Irene Rodrian

Im Bann des Tigers

Irene Rodrian

Im Bann des Tigers

Ein Fall für *Llimona 5*

List

für Æ

List Verlag
List ist ein Verlag des Verlagshauses
Ullstein Heyne List GmbH & Co. KG

ISBN: 3-471-78575-2

Satz: Gesetzt aus der Sabon bei Franzis print & media GmbH,
München
Druck und Bindung: Clausen & Bosse, Leck
Printed in Germany

I.

Sergi mit dem Scooter

I

Er war neun, und er wusste Bescheid.
Über die Einsamkeit. Die Liebe. Und die Macht.

Auf der Rambla de Catalunya staute sich der Verkehr. Die Sonne stand tief. Hitze flirrte über den Autodächern. Auf dem breiten, von Platanen gesäumten Mittelstreifen schmolz der Asphalt.

Die alten Bürgerhäuser waren in den letzten Jahren renoviert und frisch verputzt worden. Regelmäßig geölte Jalousien verschlossen die französischen Fenster, und helle Markisen bedeckten die Balkone. Hier gab es kaum noch Geschäfte und Cafés. Die Bänke unter den Bäumen waren leer.

Nur der kleine Junge mit dem Roller fuhr unermüdlich seine Runden. Er hatte dunkelblaue Ledersneakers an, dazu graue Bermudas mit Bügelfalte, ein hellblaues Hemd mit hochgekrempelten Ärmeln und eine grau-gelb-blaue Krawatte.

Ein weißer Citroën Berlingo stand halb auf dem Gehweg im löchrigen Schatten einer Platane. Der Mann am Steuer trug eine schwarze Uncle Sam-Snapcap und eine verspiegelte Sonnenbrille. Sein linker Arm ragte aus dem

Fenster, die Finger waren oben in die Dachrinne gehakt. Ein knappes rotes Muscleshirt zeigte den durchtrainierten Körper und ein gewaltiges Tattoo auf Schulter und Oberarm: rot züngelnde Flammen und davor ein gelbäugiger Tiger mit langen spitzen Zähnen im weit aufgerissenen Maul.

Der Mann schnippte eine bis auf den Filter heruntergerauchte Zigarette aus dem Fenster, sie verglühte auf einem Berg anderer Kippen. Neben ihm auf dem Beifahrersitz lag ein auf die Hälfte zusammengefaltetes Blatt Papier mit Schmutzspuren und zerfransten Ecken. Er nahm es hoch und klappte es auf. Ein digitales Farbfoto. Blauer Himmel, blaues Meer. Ein Junge kam aus dem Wasser gerannt und lachte in die Kamera. Er schob eine kleine Bugwelle vor sich her. Das nasse Haar klebte ihm wie eine Kappe auf dem Kopf, sein dünner Kinderkörper war braun gebrannt, die roten Badeshorts rutschten ihm über die Hüften. Kein Zweifel, es war derselbe Junge.

Jetzt legte er sich in die Kurve und kam ganz nah am Citroën vorbei. Der Mann duckte sich unwillkürlich, aber der Junge nahm ihn gar nicht wahr.

Der neue Scooter blinkte silbern in der Sonne, und die Bladeräder glitten fast lautlos über den Asphalt. Und dennoch: Es war kein Kickboard. Sergi fuhr mit einer Hand und zog einen Bogen, aber der Scooter reagierte nur langsam und schwerfällig. Die Großmutter hatte ihm immerhin den Scooter zum Geburtstag geschenkt. Aber sie sah die Unterschiede zwischen einem Scooter und einem Kickboard nicht, und sie verstand auch nichts, wenn er es ihr zu erklären versuchte. Zwei oder drei Räder, Lenker oder Knauf, Kinderkram oder Sportgerät. Für sie waren das alles nur diese neuen kleinen Roller.

Seit neun Monaten, seit Weihnachten war ein Kickboard Sergis allergrößter Wunsch gewesen. Aber der Vater machte es wie alles andere von den Mathenoten abhängig. In dem Fall hätte er nie eins bekommen. Sergi hasste Mathe, er verstand Zahlen einfach nicht. Er begriff nicht, wie sie zusammenhingen und was an ihnen so wichtig sein sollte. In allen anderen Fächern war er gut, aber für den Vater zählte nur Mathe. Mama hatte sowieso nie Zeit. Sie kaufte ihm Klamotten, meistens Anzüge oder alberne Blazer, aber er zog sie an. Nicht nur in der Schule. Einmal hatte sie auf einer *fiesta* mit ihm getanzt, das vergaß er nie. Das hätte in Jeans nicht halb so gut ausgesehen, hatte sie gesagt. Und sie richtete ihm jedes Jahr eine Geburtstagsparty aus. Mit Torten und Luftballons, mit einem Zauberer und allen seinen Freunden. Aber dem Vater widersprach sie nie. Sie ging ihm aus dem Weg. Sergi konnte sich nicht erinnern, wann sie zuletzt einmal etwas zusammen unternommen hatten. Nur sie drei, ohne Großmutter und ohne Onkel Eduard. Oder einfach nur ferngesehen, wie das die Eltern seiner Freunde taten. Der Vater war ein berühmter Architekt und keiner durfte ihm etwas sagen, außer der *abuela*, seiner Mutter. Die setzte immer ihren Kopf durch. Aber sie machte das geschickt, sie nickte und sagte *si, si,* aber dann machte sie doch, was sie wollte. Wie mit dem Scooter. Der Vater hatte es verboten, aber an Sergios Geburtstag hatte er doch vor der Tür gestanden. Mit einer roten Schleife am Lenker.

Sergi fuhr eine neue Kurve, flitzte über den Asphalt, sah sich schon hinausfahren, immer weiter, raus aus Barcelona, den grünen Berg hinauf bis zum Tibidabo. Er warf sich erneut herum und raste zurück.

Und sah sie.

Zuerst dachte er, es wäre ein Junge. Aber es war eine Frau, und viel zu alt für das supercoole Kickboard, das sie fuhr. Aber fahren konnte sie! Sie legte sich so steil in die Kurven, dass jeder andere umgekippt wäre, und sie sprang locker hundertachtzig Grad Volten wie mit einem Skateboard. Sergio fuhr *full speed* weiter, sie hielt voll auf ihn zu, und sprang erst in allerletzter Sekunde zur Seite. Stoppte. Lachte.

Sie hatte das absolute Superboard.

»Ich bin Anna. Und wer bist du?«

Die Frau war ziemlich groß und dünn, trug rote Sneakers zu 7/8 Hosen, und breite Rucksackträger zogen ihr bauchfreies Top glatt. Sie sah geil aus, fast so wie Britney Spears, nur eben mit dunklem Haar. Und so alt war sie doch noch gar nicht. »Leihst du mir mal dein Board?« Er grinste.

»Ist das dein Name? *Leihst du mir mal dein Brot?*«

»Sergio heiße ich. Und ich will nicht dein Brot. Äh …« Er spürte, dass er rot wurde und sprach hastig weiter. »B-o-a-r-d. Dein Kickboard würde ich mir gern mal ausleihen. Okay? Nur für fünf Minuten.«

»Ach. Brauchst du vielleicht sonst noch was? Ein Pferd? Einen Ferrari? Einen Hubschrauber?«

»Ich will doch nur einmal damit fahren!«

»Und das soll ich dir glauben?«

»Logo!« Sergi legte sich die Hand auf Herz. Aber er machte sich keine ernsthaften Hoffnungen. Sie nahm ihn nicht für voll. Wie alle Erwachsenen. Es war ein Spielchen. Es war vorbei, er wollte sich schon abwenden.

»Okay.« Anna hielt ihm den Knauf ihres Kickbords hin. Er glaubte ihr nicht. Aber sie nahm seinen Scooter und drückte Sergio stattdessen den silbernen Knauf in die Hand. Er war rund und glatt und warm. Sie sah auf die Uhr. »Eine halbe Stunde. Dann bin ich wieder hier. Und du auch. Ich verlass mich drauf!«

»*Claro*, hundertpro!« Er hätte ihr alles versprochen und auch alles gehalten. Er glühte. Er sah ihr nach, wie sie mit seinem Scooter blitzschnell über den Asphalt kurvte, sich an einem weißen Citroën Berlingo vorbeischob und in einer Nebenstraße verschwand.

Sergi fuhr. Es war dann doch völlig anders, nur mit einer Hand. Zweimal fiel er fast hin und knallte beinahe gegen eine Platane, bis er den Dreh raushatte. Mit der anderen Hand das Gleichgewicht halten wie die Rodeoreiter. Aber dann kurvte er los. Es war wie Fliegen. Nur schöner. Viel schöner.

Das war Glück.

2

Anna hatte mit dem Scooter keine Probleme. Leicht und elegant flitzte sie über die breiten Trottoirs der Mallorca, wich zwei alten Damen aus, bog rechts ab und sprang vor Dagmars Haus ab, ohne zu bremsen. Mit einer Hand riss sie den Scooter hoch, mit der anderen wollte sie läuten. Im gleichen Moment ging die Haustür auf.

Emilio, Dagmars Nachbar. Verbeulte Jogginghosen und ein uralter Einkaufskorb mit Blümchenrand. »Äh, die Señorita Anna, heute so sportlich …« Sein Kugelkopf wurde rot, als sich Anna mit ihrem Scooter an ihm vorbeiquetschte und die Treppen hinaufrannte. Ohne sich umzusehen, wusste sie, dass er in der Tür stehen blieb und ihr nachglotzte. Die Zunge tropfnass zwischen den Wulstlippen.

Dagmar öffnete gleich beim ersten Läuten. »Anna, da bist du ja. Komm rein!« Sie nahm ihr den Scooter ab und umarmte sie. Anna machte sich vorsichtig los und folgte ihr in die Küche. Sie liebte Dagmar, und ihr ganzes Leben lang hatte sie sich nach einer Mutter gesehnt, die sie in den Arm nahm. Aber jetzt, da sie die Zuwendung bekam, konnte sie nicht damit umgehen. »War die Tür unten offen?« Dagmar stellte eine große Sangriakanne mit Zitronenlimonade auf den Tisch.

»Emilio, dein schlabbriger Nachbar, geht mit Tantchens Einkaufstasche Bier holen.«

»So schlimm ist er auch wieder nicht. Irgendwie unsicher, noch nicht ganz fertig gebrannt.«

»Seh ich da dein Rotkreuzmützchen aufleuchten? Willst du ihn etwa fertig brennen? Eigenhändig?« Anna lachte und trank. »Schmeckt super. Hast du nicht Angst, dass er nachts bei dir einbricht und dich abnuckelt?«

»Angst?« Dagmar grinste. »Im Gegensatz zu dir bin ich ja nicht mehr *sweet seventeen*. Und Emilio ist ein sehr höflicher junger Mann. Und bald auch noch reich. Wenn das Testament seiner Tante für gültig erklärt wird, dann gehören ihm nicht nur ihr Geld und Schmuck, sondern auch diese ganze Etage. Inklusive meiner Wohnung.«

»Und?« Anna goss sich nach. Zitronenstücke und Eiswürfel blieben in der Glasnase zurück.

»Er wird verkaufen, nehme ich an.« Dagmar brachte einen Teller mit kleinen *roccas,* knusprigen Haselnussbaisers, und setzte sich zu Anna. Sah nicht hoch. »Dann werde ich mir eine andere Wohnung suchen müssen.«

Anna starrte sie an. Sie kannte Dagmar erst knapp ein Vierteljahr, aber sie konnte sich ein Leben ohne sie nicht mehr vorstellen. Die rundliche und schusselige Dagmar mit ihren uncoolen Klamotten, dem ungebändigten Kruselhaar und dem scharfen Verstand. Und mit ihrer schier unerschöpflichen Hilfsbereitschaft und Fürsorge. »Aber er kann dich doch nicht einfach rausschmeißen!«

»Nicht einfach, aber er kann, wenn ihm die Wohnung erst einmal gehört. Eigenbedarf. Er wohnt seit dem Tod der alten Señora schon drüben, seine Bude in Girona hat er sofort danach aufgegeben. Der weiß genau, was er will.«

»Aber es gibt hier in Spanien doch einen sehr effektiven Mieterschutz. Und du bist Anwältin!« Anna fühlte so etwas wie Panik aufsteigen. Seit sie Dagmar und die anderen vier *Llimonas* kannte, seit die sie aufgenommen und vor Polly und Frank geschützt hatten, seit sie ein Teil von *Llimona 5* war, hatte sie sich sicher gefühlt. Geborgen. Sie hasste Veränderungen. Sie hatte in ihrem Leben schon zu viele mitgemacht. Anna nahm einen *rocca* und biss hinein. Es krümelte süß in ihrem Mund. Diese Wohnung gehörte einfach zu Dagmar: die düster hohen Räume, die verrückten Mosaikböden, die wenigen und viel zu kleinen Möbel, das chaotische Arbeitszimmer mit den Aktenbergen auf jeder waagerechten Fläche und mit dem wackligen Bücherregal. Und diese große Küche mit den uralten Armaturen, dem Ungetüm von Backofen und dem gewaltigen Familientisch.

»Ich habe drei Alternativen.« Dagmar schenkte Limonade nach. »Erstens: Ich prozessiere und gewinne ein Jahr, vielleicht auch zwei, sitze aber die ganze Zeit auf einem Pulverfass. Zweitens: Ich kaufe die Wohnung selbst, dazu brauche ich allerdings etwa eine Million Euro. Drittens: Ich heirate Emilio.«

»Nein!« Anna schrie fast auf, dann sah sie, dass Dagmar grinste.

»Keine Angst. Ich werde ihn ganz sicher nicht heiraten. Ich finde ihn zwar nicht so grässlich wie du, aber … Nein!« Sie schüttelte sich und lachte. Anna war beruhigt. Sie holte die Mappe mit den Unterlagen aus ihrem Rucksack.

»Der Fall Arcas gegen Soler. Schöne Grüße von Pia. Und wenn du da durchfindest, bekommst du das goldene Pfadfinderabzeichen.«

Dagmar ließ die Mappe liegen. »Arcas war schon im Kreisverkehr, Soler ist reingefahren. Und er war betrunken. Auch, wenn er unser Klient ist.«

»Ja, so sieht's aus. Aber Arcas hat genau diesen Unfall

schon dreimal vorher gehabt. Und kassiert. In Tarragona, Valencia und in Denia. Pia hat das rausgefunden.« Anna trank aus und stand auf.

»Immerhin – der Mann kommt rum.« Dagmar klappte die Mappe auf. »Das ist ja wirklich sehr hübsch. Wunderbar!« Sie stand auch auf. »Was ich dich noch fragen wollte ...«

»Ja?« Anna blieb stehen, schaute Dagmar aber nicht an.

»Du hast morgen Geburtstag. Irgendwelche Wünsche?«

»Nein. Ich ... ich bin mit allem glücklich, so wie es ist.«

»Du wirst achtzehn. Volljährig.«

»Nicht so wichtig. Und danke für die Limo.« Anna nahm im Hinausrennen den Scooter. Hörte noch, wie Dagmar etwas hinter ihr herrief, verstand es aber nicht. Sie sprang auf den Gehweg und raste vor zur Mallorca und hinüber zur Rambla de Catalunya.

Der Platz unter den alten Platanen war inzwischen etwas belebter. Drei der Bänke waren besetzt. Zwei englische Touristen mit Sonnenhütchen und kurzen Hosen über geröteten Knien untersuchten ihre durchgefetteten Lunchbeutel, eine alte Frau in Kittelschürze strickte an einer rosa Babydecke, und ein bärtiger Mann blätterte in einem Buch. Keine Spur von Sergio.

Anna sah auf die Uhr. Sie war fast eine halbe Stunde weg gewesen. Sogar etwas länger. Scheiße. Sie war wütend. Sie hatte dem Jungen vertraut. Sie war reingefallen. Auf den Jungen, seine Art, sich auszudrücken, und die scheinwerfergroßen dunklen Augen.

Sie sah sich um.

Vorhin hatte da noch ein weißer Kombi geparkt, jetzt war er verschwunden. An seiner Stelle stand ein blauer

Seat. Die Engländer probierten hart gekochte Eier und trockene Hühnerschenkel. Die Frau in der Kittelschürze war offensichtlich halbblind. Und der Bärtige mit dem Buch schien sowieso nicht von dieser Welt zu sein.

Anna fuhr bis zum Ende der Rambla, drehte eine Kurve, fuhr wieder zurück und suchte die Gehwege auf der anderen Seite der Fahrbahn mit den Augen ab. Keine Spur von Sergio. Na schön. Ein Kickboard verloren, dafür einen Scooter und ein Stück Lebenserfahrung gewonnen.

Anna wandte sich um und fuhr los. Legte sich in die Kurven und trat durch. Seltsam, dass sie sich in dem Jungen so getäuscht haben sollte. Mit Jungen kannte sie sich eigentlich aus. Sie war mit Jungen aufgewachsen. Sie war selbst wie ein wilder Junge gewesen, in all den Jahren in der Finca auf Ibiza. Als die Mutter sich mit Miles Davis und Whisky zudröhnte, und der Vater nur ab und zu vorbeikam, mit Geschenken beladen. Ein Fremder. Ihre Meister und Beschützer waren Polly und Frank gewesen, die großen Brüder.

Anna konnte besser rennen, Rad fahren, schwimmen, tauchen, surfen und Fußball spielen als alle Jungen in ihrem Alter. Sie akzeptierten sie, sie bewunderten sie. Anna kannte keine Angst.

Nur die Einsamkeit.

Sie fuhr unter den Platanen an den Cafés vorbei bis fast hinunter zum Hafen und bog dann beim Oriente nach links ab in die Ferran. Bis zur Plaça de Sant Jaume war es einfacher, zu laufen und den Roller zu tragen. Das Rathaus war bunt beflaggt, überall auf dem Platz standen lange Reihen schwarzer Luxuslimousinen, bewacht von Dutzenden von Polizisten. Anna erkannte Manolo. »Was ist denn hier los?«

»Hoher Staatsbesuch. Aus der Dominikanischen Republik.«

Anna rannte über den Platz und fuhr dann in die Avinyó und über die Comtessa hinauf zur Plaça del Regomir. Das letzte Stück ging's bergauf. Eng, düster und kühl zwischen den hohen Häusern. Vor einem vergitterten Eingangstor stand ein Stuhl. Ein Radio, mit Lederstreifen am Stuhlbein festgetackert, und daneben ein räudiger Schäferhund. Manchmal saß auch die alte Concierge da und strickte. Hunde liebten Anna. Der Schäferhund kannte sie. Manchmal brachte sie ihm Fleischreste oder ein Würstchen mit. Doch als sie jetzt vorbeifuhr, öffnete er ein trübes Auge und knurrte böse.

Anna zischte, wie es die Kellner in spanischen Bars machen, wenn sie Hunde vertreiben wollen, und fuhr weiter. Sie dachte immer noch an Sergio.

3

Die Sonne brannte flach über die Dächer. Fritz the cat sprang vom Nachbarhaus auf die Terrassenmauer, lief über die angeschrägten Tonplatten bis zum großen Oleanderbusch und kratzte sich ein Loch in die Topferde.

Pia war mit einem Satz bei ihm, packte ihn, bevor er sich hinhocken konnte, und trug ihn zu seiner Katzenkiste hinüber. »Hier ist dein Katzenklo! Lass endlich meine Blumen in Ruhe. Es ist mühsam genug, hier so was wie einen Dachgarten anzulegen.« Fritz verharrte so, wie sie ihn hingesetzt hatte, breitbeinig, unbequem schief, und wartete, dass sie endlich verschwand. Pia blieb stehen. »Ich weiß, dass du auf Blumentöpfe spezialisiert bist. Aber hier nicht, kapiert?« Fritz starrte sie kurz an, schaute dann weg, und machte, bevor er sich zurechtsetzte, ein paar Dehnübungen, damit niemand merkte, dass er nachgab.

Pia ging in die Küche zurück und füllte Kaffee in die Maschine. Wenn Fritz kam, war Barbara normalerweise nicht mehr weit.

Manchmal konnte sie es selbst kaum glauben. Noch vor ein paar Monaten war sie *inspectora* bei der *brigada criminal* gewesen. Und Barbara eine kleine Taschendiebin, des Doppelmordes verdächtigt und von den Medien bereits abgeurteilt.

Es läutete. Aber nicht an der Wohnungstür, sondern drüben, bei *Llimona 5*.

Pias Vater wurde bei einem Polizeieinsatz getötet, als sie zwölf war. Von seiner Lebensversicherung konnte sie sich später diese Wohnung kaufen, damals ein verrottetes Dachgeschoss, in dem sie sich in monatelanger Arbeit und mit finanzieller Hilfe der Stadt zuerst nur den vorderen Teil herrichtete.

Es läutete wieder. Anhaltend. Pia ging in den neuen Büroteil. In die Detektei *Llimona 5*, die sie vor drei Monaten gegründet hatten. Als sie Dagmar kennen lernte. Und Janet. Die dünne, sommersprossige Engländerin, deren sorgfältig recherchierte Gerichts- und Kriminalreportagen ihr schon lange aufgefallen waren. Janet, die sich vor nichts fürchtete und sich nie um die vorherrschende Meinung scherte. Auch nicht, als sie zusammen Barbaras Unschuld nachwiesen und Anna, die von ihren Brüdern verfolgt wurde, fanden und bei sich aufnahmen. Die Zeit seither kam Pia manchmal vor wie eine Ewigkeit. Und dann wieder nur wie ein paar Tage. Immer noch hing der Geruch frischer Farbe in den Räumen, dem Empfangs- und Wartezimmer mit den Rattanmöbeln und dem großen Büro mit Konferenzecke, Rollschränken, Schreibtischen und der supermodernen Multimediaanlage. Und mit einem Safe hinter dem Rififiposter. Wenn Pia hier war, vergaß sie den Schmerz über das abrupte Ende ihrer Karriere bei der Kripo, dann empfand sie nur noch Stolz. Sie öffnete die Tür, als es zum dritten Mal läutete.

»Na endlich!« Der Mann sprach mit englischem Akzent. Er war etwa dreißig, groß, schlank, dunkel gebräunt. Sein Schädel war glatt rasiert, und er trug eine Sonnenbrille, die bis zu den schmalen Lippen fast sein ganzes Gesicht verdeckte. Ein weißer Anzug mit auffallend weiten Hosen, weiß-graue Budapester Schuhe und ein silbergraues Seidenhemd mit einer silbergrauen Krawatte aus dem gleichen Material. Seine Nägel waren sorgsam poliert, am linken Zeigefinger trug er einen Ring mit einem daumennagelgroßen Smaragd. Nicht gerade der tägliche Durchschnittsklient von *Llimona 5*. »Darf ich reinkommen?« Ein angedeutetes Lächeln. Pia ging voraus ins Büro und bot ihm den Stuhl neben ihrem Schreibtisch an. Janet oder Dagmar hätten die bequemen Sessel gewählt, aber Pia fühlte sich immer noch wohler, wenn wie in ihrem Büro im Polizeipräsidium zwischen ihr und einem Fremden ein Tisch stand.

»Wie kann ich Ihnen helfen?«

»Mein Name ist Jonathan Smith. Ich habe Sie im Internet gefunden. Unter www.llimona5.com. Lauter Frauen, richtig?«

»Stimmt.«

Er schaute zur Wand hinter Pias Tisch, wo die gerahmte Lizenz hing. »Und Sie sind Pia Cortés-Casares?«

»Richtig.« Pia wusste nicht recht, wie sie den Kerl einordnen sollte. Der Reichtum war nicht vorgespielt, der Name jedoch falsch, so viel war klar. Das allein allerdings war nicht besonders ungewöhnlich. Viele Menschen scheuten sich, zu einem Privatdetektiv zu gehen. Der Mann war auch nicht dunkel gebräunt, wie Pia zuerst geglaubt hatte, er stammte aus einem südlichen Land. Einem arabischen? Sie lächelte aufmunternd. Er lächelte zurück.

»Sie waren viele Jahre bei der Kriminalpolizei. Gehe ich recht in der Annahme, dass Sie die Chefin sind?«

»Vielleicht kommen wir weiter, wenn Sie mir sagen, worum es geht.«

»Ich wüsste zuerst gern mehr. Vor allem, wie es um die Diskretion bestellt ist.«

»Hören Sie, Señor Smith, Sie haben unsere Website gelesen, Sie haben sich über uns erkundigt. Sie wissen, dass wir in der Machostadt Barcelona die einzige rein weibliche Privatdetektei sind. Und das genau ist der Grund, der Sie zu uns geführt hat.«

»Sie haben mich durchschaut.« Diesmal war das Lächeln echt.

»Kann ich Ihnen etwas anbieten? Kaffee? Tee?«

»Danke, nein. Ich will es kurz machen: Ich vertrete einen, sagen wir, sehr hoch gestellten Herrn, der nicht genannt werden möchte. Wir sind nur auf der Durchreise, zwei Tage. Wir bewohnen Suiten im Claris, und die Damen würden gern shoppen gehen.«

»Wie viele Damen?«

»Sieben.«

»Es geht um Personenschutz? Sie suchen Bodyguards?«

»Ortskundige Begleiterinnen. Englischkenntnisse wären von Nutzen.«

»Waffen?«

»Barcelona ist eine Großstadt mit hoher Kriminalitätsrate. Wir erwarten höchste Sicherheit. Wie sind Ihre Preise?«

»Zweihundertsechzig die Stunde. Plus Spesen. Ich denke, zwei Body… Begleitpersonen genügen.«

»Sie haben eine Waffe und einen Waffenschein?«

»Ja. Und ich würde den Einsatz auch leiten.« Pia verschwieg, dass sie von den Frauen die Einzige mit Waffenschein war. »Gibt es bestimmte Kleidervorschriften?«

»Nein, natürlich nicht. Einfach nur eine gewisse internationale Eleganz. Keine engen Hosen, keine Miniröcke.«

»Natürlich. Selbstverständlich.« Pia war nahe dran, den Auftrag abzulehnen, als dieser Señor Smith ihr einen bereits ausgefüllten Scheck über den Tisch schob. Die arabischen Zeichen der Unterschrift konnte sie nicht entziffern, aber die Zahl war deutlich zu erkennen. *Diez mil.* Zehntausend. Eine Zehn, ein Punkt und drei Nullen. Euro. Pia berührte den Scheck nicht. Sie sah auf das Datum. *Quinze de setiembre.* Der fünfzehnte September war erst in drei Tagen. Sie blickte hoch.

»Sorry.« Ein winziges Lächeln. »Wir haben den Scheck vordatiert. Das ist kein Misstrauensvotum, nur eine kleine Vorsichtsmaßnahme. Sie machen Ihren Job, diskret und zu unserer Zufriedenheit, und wir entlohnen Sie großzügig. Sehr großzügig. Zu unseren Bedingungen. Einverstanden?«

Pia nahm den Scheck und stand auf. Es gab nur zwei Möglichkeiten: Der Typ war Gold, und sie nahm es, oder sie hatte sich geirrt, und musste ihr Lehrgeld zurückzahlen. Vermutlich kam er aus einem der Staaten, in denen einem bei Fehlverhalten Hände oder Kopf abgehackt wurden. Pia lächelte. »Sie können sich auf uns verlassen.«

»Kommen Sie morgen um zehn Uhr zum Hotel.« Der Mann wandte sich zur Tür. »Und lassen Sie hier auch mal einen Lift einbauen!«

Pia schloss die Tür und parkte den Scheck im Safe. Einen Lift einbauen. Aber gern, Señor Neffe vom Scheich von Oman oder Saudi-Arabien oder so ähnlich. *Auch* einen Lift, hatte er gesagt, er kannte also den Aufgang vom Patio zu ihrer Privatwohnung. Er überließ wohl nichts dem Zufall. Pia hörte Stimmen aus der Küche und ging schneller.

An der Theke saß Barbara mit Fritz und knabberte Chips und Käsewürfel, offenbar hatte sie Bonet mitgebracht. Er öffnete gerade eine Flasche 99-er *gran reserva.* »*Cariña mia!*« Er strahlte Pia an, wie er es in all den Jahren in der *prefectura* nicht getan hatte, und zog den

Korken aus der Flasche. »Das Leben bei der *brigada criminal* ist trostlos, seit du nicht mehr dabei bist! Dummheit und Korinthenkackerei geben sich die Hand. Silvi kennt alle Paragraphen auswendig und büffelt jeden Tag noch zehn dazu. Toni würde gern Isabel Vidal als Pressesprecher ablösen, dann käme er noch öfter ins Fernsehen, und *el jefe* Sánchez-García arbeitet mit vollem Einsatz daran, sein Handicap beim Golf unter zwölf zu bekommen.«

»Und mein Tisch?«

»Da sitzt ein Neuer. Víctor Genares. Vorher organisiertes Verbrechen.«

»Genares kenne ich. Der ist okay. Nicht so dumm wie Silvi und nicht so eitel wie Toni.« Pia stellte drei Gläser hin. Bonet füllte sie und schaute dann zu Barbara.

»Seit wann trinkst du Wein? Ich dachte, du musst auf deine Reflexe achten.« Pia hätte ihn für seine Taktlosigkeit ohrfeigen können. Es war noch gar nicht so lange her, dass Barbaras Hände bei dem grauenhaften Feuer in Barceloneta beinahe völlig verbrannt wären. Die Narben waren noch deutlich zu sehen. Aber Barbara nahm die Bemerkung anscheinend locker.

»Ich bin noch jung und spontan, Josep. Ich hab den Job gewechselt.« Sie ließ ihre Finger ein kleines Tänzchen aufführen, bevor sie den nächsten Chip schnappte. »Ich schule um. Auf Detektivin.« Sie hob ihr Glas und lachte. »*Salud, señor colega.*« Bonets Grinsen war verkniffen. Er hatte immer noch Probleme damit, dass eine ehemalige Taschendiebin jetzt als Detektivin arbeitete. Und natürlich hatte er ihr gegenüber Schuldgefühle, weil er sie damals für die Mörderin gehalten und viel zu spät reagiert hatte. Aber Barbara war jung, hübsch, absolut integer, ehrgeizig und professionell. Pia war sicher, dass sich Bonets Animositäten mit der Zeit legen würden.

»Wir haben einen neuen Auftrag«, sagte sie zu Barbara. »Personenschutz. Morgen um zehn vor dem Claris. Wir sollen so eine Art Harem beim Einkaufen bewachen. Und du bist mit Abstand die Beste beim Observieren.«

»Vor allem, wenn's um Gold und Klunker geht«, warf Bonet ein. Barbara kraulte Fritz, ein Zeichen dafür, wie sehr er sie getroffen hatte.

Pia fuhr ihn an: »Und du? Warum bist du hier? Weil's billiger ist als bei Paco & Lola?«

»Die *tapas* lassen noch etwas zu wünschen übrig. Obwohl König Alfons der Weise per Gesetz *angeordnet* hat, dass zum Wein kleine Essensportionen zu reichen sind.«

»Ja, vor zweihundert Jahren. Und in den Tavernen! Damit die Kutscher nicht vom Bock fallen. Wenn's überhaupt stimmt.« Pia mochte ihn eigentlich gern. Josep Bonet, den klugen Ermittler, der sich seit Jahren weigerte, seinen Frontjob den Jüngeren zu überlassen und sich nach oben in die Verwaltung zurückzuziehen. Aber Barbara hatte nicht nur an den Händen Narben. Pia musste sie schützen.

Bonet grinste und hob die Schultern. »Okay, tut mir Leid.« Er verzog das faltige Bassetgesicht. »Können wir noch mal bei null anfangen?« Er sah aus, als würde er gleich in eine tiefe Depression fallen. Selbst sein graues Borstenhaar schien schlapp zu machen.

»Mir kommen die Tränen. Josep, was willst du?«

Bonet schenkte sich nach und beugte seine dürre Gestalt nach vorn über die Theke. Keine Spur mehr von Depression. »Deinen Kopf. Dein geniales Hirn.«

Fritz sprang vom Hocker und lief auf die Terrasse. Barbara wollte ihm folgen, doch Pia hielt sie am Arm fest. »Bleib. Bitte.« Barbara zögerte.

Bonet hob in einer resignierenden Geste die Hände.

»Euer *beider* Köpfe! Euer *aller* bekanntermaßen viel größere Frauenhirne!«

Pia lachte. Barbara setzte sich wieder hin. »Machos sind okay, solange sie wenigstens Charme haben.«

»Man bemüht sich.« Bonet sah nicht hoch. »Also: Ich arbeite gerade an einem vertrackten Fall, bei dem ich nicht von der Stelle komme. Wir hatten in den letzten drei Wochen vier verschwundene Kinder. Kleine Mädchen zwischen sieben und neun Jahren. Keine Auffälligkeiten, weder in der Familie noch in der Schule, keine Erpresserbriefe oder Anrufe, keine Geldforderungen. Folglich behandeln wir sie wie ganz normale Vermisstenanzeigen.«

»Und was vermutest du?«

»Einen Serienkiller. Einen Sexmaniac. Einen, der auf kleine Mädchen steht. So was wie in Belgien damals. Wieso sollte das bei uns nicht auch möglich sein, verdammte Scheiße?«

»Und das will keiner hören.«

»Genau. Sánchez weigert sich, das auch nur in Erwägung zu ziehen.«

»Er hat Angst, *logo*.« Pia dachte an ihren früheren Chef. Den jovialen *comandante*, der es immer allen recht machen wollte. »Da hätte er ja auch sofort die ganzen Medien im Genick. Und vielleicht hat er sogar Recht.«

»Ja, gut. Vielleicht …«

»Nein.« Barbara schaltete sich unerwartet heftig ein. »Diese Mädchen sind viel zu jung, das sind doch noch keine Ausreißerinnen! In dem Alter rennt man noch nicht weg. Da versucht man noch, sich zu arrangieren, so grauenhaft die Situation auch sein mag. Da hofft man noch auf ein bisschen Liebe und Zuneigung.«

»Soweit ich weiß, war die Situation für keins der Mädchen grauenhaft. Sie kommen offenbar aus liebevollen, intakten Familien.«

»Da kann man sich sehr irren.« Pia zog einen kleinen Faltplan von Barcelona aus einem Stapel alter Telefonbücher hervor und breitete ihn aus. »Vier Kinder unter zehn in drei Wochen, das ist auch für eine Großstadt sehr viel.«

»Mit Sánchez kann man im Moment nicht reden, und die anderen sind sowieso zu blöde. Außer Víctor, da hast du Recht, der ist in Ordnung. Aber eins muss ich dir leider sagen, Pia, du hast dein eigenes Geschlecht schmählich verraten. Du warst eine von winzigen drei Prozent weiblichen Ermittlern im oberen Drittel bei der Kripo, du hättest es noch viel weiter bringen können, aber du hast gekniffen.«

»Josep als Frauenrechtler, das ist neu. Du weißt ganz genau, dass ich nicht gekniffen habe. Noch nie. Und weit gebracht hätte ich es nur, wenn ich damals geschwiegen hätte. Dann säße Barbara lebenslang unschuldig in Nad Ras. Und es wäre immer so weitergegangen. Leute, die nachdenken und den Mund aufmachen, sind unbequem. Oder warum bist du jetzt hier?«

»Weil ich dich vermisse. In mehr als einer Hinsicht.« Bonet grinste kurz und goss Wein nach. »Und weil du in London warst.«

»Das hast du mir nie verziehen.«

»Nein, nie! Das Praktikum hätte mir zugestanden. Ich bin der *capitán*.«

»Aber dein Englisch ist leider *very poor*.« Pia lachte. Vor einem Jahr hatte es ein Austauschprogramm mit New Scotland Yard gegeben, und Pia hatte sich dafür interessiert, sobald sie davon hörte. Sie hätte trotzdem keine Chance gegen Bonet gehabt, wären da nicht ihre überragenden Sprachkenntnisse gewesen. Ein Vorteil, den sie den Erziehungsversuchen ihrer hochnäsigen Mutter verdankte. Immerhin. In London hatte Pia Dr. Ellen Steward kennen gelernt, eine der besten Profiler Europas. Plötzlich verstand sie, was Bonet von ihr erwartete.

»Ich bin kein Profiler.«

»Du hast ein Vierteljahr mit Ellen Steward zusammengearbeitet. Du weißt mehr als jeder andere hier.«

Pia sah zu Barbara. Sie war blass geworden, schien die Luft anzuhalten. Barbara hatte selbst eine Horrorkindheit in verschiedenen Heimen durchlebt, und auch sie war ausgerissen. Immer wieder. Bis sie in Barcelona landete und von Pablo el Rey aufgenommen wurde, dem König der Taschendiebe. Dem großen Caballero aus längst vergangenen Zeiten. »Wieso sind diese Vermisstenanzeigen bei uns … äh, ich meine, bei euch gelandet?«

»Ich hab's gehört. *Uns*. Du fühlst dich immer noch solidarisch mit der *brigada criminal.*« Triumph. Pia winkte müde ab.

»Was denn sonst nach so vielen Jahren … Also?«

»Die Anzeigen landeten zu verschiedenen Zeiten bei verschiedenen *districtos*. Wir hatten eine Anfrage aus Sants, und dann habe ich ein bisschen im Computer herumgestöbert.«

»Es ist also mehr oder weniger dein privater Feldzug?«

»Víctor weiß Bescheid.« Bonet zog einen Packen Fotokopien hervor. »Die hängen, erschießen und vierteilen mich standesrechtlich, wenn sie erfahren, dass ich interne Unterlagen außer Haus gebracht habe.«

Pia zog die Papiere zu sich herüber. »Ihr habt keinerlei Spuren von den Mädchen gefunden. Auch keine Leiche.«

»*Nada*.«

»Woher kommen sie?« Pia begann zu blättern. Sah die Fotos. Ein herzförmiges Gesicht mit Stupsnase, Sommersprossen, einem Kirschmund und blonden Locken. Und einem kleinen Hollywoodlächeln.

»Àngela Doménech. Acht Jahre alt, wohnt in der Reina D'Aragó 84. Ein kleiner Bruder von vier Jahren. Eine Tante, die unverheiratete Schwester des Vaters. Sie besorgt den Haushalt. Der Vater ist Lokführer, die Mutter Filialleiterin in einem Supermarkt. Sie hat die kleine Àngela immer wieder zu verschiedenen Schönheitswettbewerben und Castings für Werbespots geschleppt. Bisher nur mit minimalem Erfolg.«

»Was ist passiert?«

»Am zweiten Juli wollte Àngela ihren Papa am Bahnhof abholen. Er sollte mit dem Madrid-Zaragoza um 18 Uhr ankommen. Sie hat das öfter gemacht. Normalerweise begleitete die Tante sie, aber diesmal hatte sie keine Zeit, es gab Streit, und Àngela lief heimlich allein zum Bahnhof. Das sind nur ein paar Straßen. Sie trug ein weißes Trägerkleid mit rosa Blümchen an Kragen und Saum, weiße Söckchen und Sandalen, und sie hatte ihre Lieblingspuppe dabei, eine Doktor-Barbie im weißen Ärztekittel mit Rotkreuzköfferchen und Stethoskop. Zwei Nachbarinnen haben gesehen, wie sie das Haus verließ und wie sie die Straße überquerte. Eine von ihnen will ein chinesisches Wäschereiauto gesehen haben, und ein Penner, der am Bahnhof seine Zeitung verkauft, gab vor, sich an ein blondes Mädchen zu erinnern, das allein da herumlief. Dann faselte er plötzlich von ihrem großen Bruder. Er war total betrunken, er konnte sich kaum auf den Beinen halten und nicht mal mehr seinen Namen nennen.

Von da an fehlt jede Spur. Der Vater kam pünktlich, schaute sich zwar nach Àngela und ihrer Tante um, aber sie holten ihn ja nicht immer ab. Er ging dann direkt heim. Vor dem Haus traf er auf die völlig aufgelöste Mutter und die Nachbarn. Er verständigte sofort die Polizei. Sie suchten das ganze Viertel ab und befragten alle Passanten. Es gab Aufrufe in der Presse und im Fernsehen, die Eltern pflasterten das ganze Viertel mit Fotos. Hubschrauber wurden eingesetzt, Suchmannschaften und speziell trainierte Hunde. Aber *nada*, absolut nichts. Es ist, als hätte sich das kleine Mädchen einfach in Luft aufgelöst.«

4

Barbara schwieg. Selbst, wenn sie gewollt hätte, sie hätte keinen Ton hervorgebracht. Diese Àngela hatte eine Mutter, einen Vater, einen Bruder und eine Tante. Menschen, die sie liebten, die sich um sie sorgten. Und trotzdem war sie verschwunden. Einfach so. Im Nichts.

Barbara holte sich ein Mineralwasser aus dem Kühlschrank. Sie hatte nie kapiert, warum Pia diesen Bonet so mochte. Jetzt bekam sie langsam einen Ahnung. Er nahm Anteil, er sorgte sich, er kam sogar her und bat Pia um Hilfe.

Barbara sah auf ihre vernarbte Hand, die das Wasser eingoss. Sie erinnerte sich an die Tage und Wochen im Klinikbett. Die Schmerzen. Die immer wiederkehrenden Verhöre. Bonet war einer von den Guten gewesen, einer von den Freundlichen. Aber sie konnte damals keinem trauen. Pia hatte sich um Fritz gekümmert. Fritz the cat. Und Dagmar, die Anwältin, hatte sie gerettet, zusammen mit Pia und Janet. Sie hatten den Mord an Robert Reimann, dem verlogenen Playboy aufgeklärt, und den an Yolanda, Barbaras Freundin. Und damit ihre Unschuld bewiesen.

Sie hatten sie aufgenommen und brachten ihr seitdem alles bei, was sie wussten. Seit dem Tod von Pablo hatte sich Barbara nicht mehr so geborgen gefühlt. So zugehörig. Sie war erst vierundzwanzig, aber sie fühlte sich wie fünfzig. Sie ölte, badete, massierte und trainierte ihre Hände regelmäßig, aber ihr war klar, dass sie niemals wieder als Taschendiebin arbeiten konnte. Nie wieder würde sie mit ihren Händen die Kunststücke vollführen können, in denen Pablo sie jahrelang geschult hatte. Aber er hatte sie auch Sprachen gelehrt, Umgangsformen und all sein Wissen.

Und jetzt lernte sie wieder. Es machte Spaß. Barbara konnte ihre Fähigkeiten einsetzen. Pia hatte sie die Beste beim Observieren genannt. Barbara wusste, dass sie gut war. Aber seit Pablo hatte ihr das niemand mehr gesagt. Und Pia meinte immer, was sie sagte. Pia kannte sich aus.

Barbara fragte sich, was diese Nachbarin unter einem chinesischen Wäschereiwagen verstand. Sie hatte in Barcelona noch nirgendwo eine chinesische Wäscherei gesehen. Und hatte man dem Penner Fotos von der kleinen Àngela gezeigt? Wen meinte er mit dem großen Bruder? Barbara schwieg. Pia würde den Fall schon lösen. Sie würde Àngela retten. Nur sie konnte das.

Pia machte sich Notizen und blätterte dann um. Barbara beugte sich vor.

Ein schmales Gesicht mit großen, dunklen Augen, einem vollen Mund und langem braunem Haar. Das Mädchen stand vor einer Achterbahn. Hellblaue Shorts und ein rosa-weiß geringeltes T-Shirt. Ein blauer Plüschaffe aus einer Schießbude baumelte an einem Bein in ihrer Hand. Kein Lächeln.

»Lídia Fornell«, kommentierte Bonet. »Sieben Jahre alt, wohnhaft in der Doctor Truëta, Nr. 17/VI. Eine vierzehn Jahre ältere Schwester, verheiratet in Alicante. Der Vater war Kranführer, vor vier Jahren bei der Arbeit verunglückt. Die Mutter bekommt von der Baufirma monatlich eine Entschädigung von knapp vierhundert Euro. Außerdem betreibt sie einen Strandkiosk. Ihr Liebhaber ist Krankenpfleger im Hospital del Mar und etliche Jahre jünger als sie.«

»Seit wann ist Lídia verschwunden?« Pia kreiste den Wohnort auf dem Stadtplan ein.

»Seit dem 31. August, dem Tag des Tourismus. Am Strand unten war bis tief in die Nacht die Hölle los. Buden mit Losen, Mandelmilch und *churritos*, eine Hüpfburg und ein kleines Karussell. Dröhnend laute Musik und jede Menge Feuerwerk. Hunderte von Kindern. Mit und ohne Eltern. Kurz vor zwölf Uhr fiel der Mutter auf, dass sie Lídia schon länger nicht mehr gesehen hatte. Etwa um die Zeit hatte ihr Freund Dienstschluss. Er beruhigte sie und versprach, Lídia zu suchen, was er aber nicht tat. Kurz vor dem großen Feuerwerk drängelten sich die Leute am Kiosk, und er half beim Verkauf der Getränke mit. In dieser Nacht verschwanden drei Kinder und sieben Jugendliche. Bis auf Lídia wurden alle wieder gefunden. Dieses Foto ist am selben Tag von einem Strandfotografen gemacht worden. Die Mutter konnte nicht sagen, woher Lídia den blauen Affen hatte. Es gab zwei Schießbuden, die diese blauen Affen als Preise anboten, aber an Lídia konnte sich keiner erinnern. Der Strand wurde durchgesiebt, die Mutter und der Freund, alle wurden durchleuchtet. Absolut *nada*.«

Das nächste Mädchen stand zwischen anderen Kindern vor der Schule. In der ersten Reihe, sie war eine der Kleinsten. Alle waren festlich zum ersten Schultag herausgeputzt, nur sie trug abgewetzte Jeans und ein Coca-Cola-T-Shirt. Afrolocken und ein Grinsen mit Zahnlücken.

»Agnès Estéban. Neun Jahre, wohnt Joachim 8. Vier Brüder und eine Schwester. Verschiedene Väter. Die Mutter ist allein erziehend und lebt von der Sozialfürsorge. Und vermutlich von Nebenjobs. Zwei der älteren Geschwister haben schon Verwarnungen wegen Diebstahls.«

Wieder zeichnete Pia den Wohnort an. »Ist das Foto neu?«

»Nein, es ist schon vom letzten Jahr. Anfang September, Schulbeginn. Die Mutter hatte kein anderes Foto von dem Mädchen. Beim ältesten Bruder wurden vier gestohlene Fotoapparate, zwei Digitalkameras und drei Camcorder gefunden, aber benutzt hat er sie offenbar nie. Agnès nahm Ende August an einem Ferienprojekt teil. Klassenaustausch mit einer Schule auf Formentera. Die Kinder wurden mit zwei Bussen zum Hafen gebracht, und erst auf dem Schiff merkten die Betreuer, dass Agnès fehlte. Danach ließ sich natürlich kaum noch etwas feststellen. Auch hier keine Spur.«

Das vierte Mädchen sah auf den ersten Blick aus wie ein Junge. Kurze dunkle Stoppelhaare, ein breites Lächeln und eine Harry-Potter-Brille. Sie trug einen schwarzen Umhang und schwenkte einen Zauberstab.

»Das ist Paula Cóllar. Acht Jahre, Rosselló, Ecke Marina, keine Geschwister. Ein Bruder starb kurz nach der Geburt. Der Vater ist Bildhauer, die Mutter Zahnärztin. Paula verschwand erst vor einer Woche. Sie besuchte ihre Großmutter, die im Nachbarhaus wohnt, blieb dort bis kurz vor fünf Uhr nachmittags und machte sich dann auf den Heimweg. Doch zu Hause kam sie nie an. Die Mutter erwartete sie nicht so früh, deshalb wurde ihr Verschwinden auch erst gegen sieben bemerkt.«

»Diese Mädchen«, sagte Barbara plötzlich so leise, dass man sie kaum verstehen konnte, »die sind zu stark. Zu wenig angepasst. Die strahlen das nicht aus, was so einen Kerl anmacht.« Bonet wollte etwas sagen, doch Pia hinderte ihn mit einer Handbewegung daran. Barbara beachtete das kaum. »Lídia und Agnès sind traurig, aber zäh. Ich kenne sie. Ich kenne sie alle. Ich war selbst eins von diesen Mädchen. Ich wollte das alles vergessen, aber Pablo hat mich gezwungen, mich zu erinnern. Ohne deine Vergangenheit hast du auch keine Zukunft, hat er immer gesagt. Wenn du nicht weißt, woher du kommst, kannst du auch nicht wissen, wohin du willst. Es hat wehgetan. Es tut immer noch weh. Überall. Es war auch überall gleich. Die Frauen haben weggeschaut. Die Männer haben es getan. Durch Blicke, durch Bemerkungen, durch Berührungen. Fast alle. Die Heimleiter, die Sozialarbeiter, die Köche, die jungen und die alten, sogar die Pfarrer. Sie hatten einen Blick dafür, einen Instinkt, einen todsicheren Riecher, wer von uns ein Opfer war. Es waren immer die Lieben, die Höflichen, die Unsicheren. Die Ängstlichen. Die Angepassten. Die man erpressen konnte. Die man manipulieren konnte.« Barbara holte tief Luft. »Ich weiß nichts, ich sehe nur die Fotos, die Augen. Aber diese Mädchen passen nicht. Höchstens die Erste, Àngela. Aber die war schon auf so vielen Wettbewerben, die kennt die erwachsenen Männer, die weiß Bescheid. Mehr als die anderen. Mehr als gut ist in ihrem Alter.«

Bonet wollte hochfahren, etwas sagen, aber Pia kam ihm zuvor. »Sie hat Recht.« Pia ermunterte Barbara durch eine Kopfbewegung, weiterzureden. Barbara hob zögernd die Schultern.

»Àngela und Lídia sind beide sehr einsam. Aber damit leben sie, seit sie auf der Welt sind. Ich kann mir nicht vorstellen, dass sie einfach mit irgendjemandem mitgehen würden. Versprechungen, Spielzeug oder Süßigkeiten würden nicht genügen. Diese beiden Mädchen sind misstrauisch. Vorsichtig. Wer immer sie weglocken wollte, müsste sich wirklich Mühe geben.«

»Das ist leider einfach«, bemerkte Bonet. Die Herablassung in seiner Stimme war leise, aber unüberhörbar. »Diese Typen haben Fantasie. Sie brauchen zum Beispiel nur zu erzählen: *Deine Mutter hat einen Unfall gehabt!* Oder etwas Ähnliches.« Barbara musste sich zwingen, weiterzureden.

»Dann würden sie fragen: *Woher kennst du meine Mutter?* Der Typ müsste wirklich gut *vorbereitet* sein.«

»Das machen die. Tagelang. Wochenlang. Monatelang. Die sind richtig fixiert auf ihre Opfer.«

»Und die beiden anderen?« Pia beachtete Bonet nicht, sie war auf Barbara konzentriert. Nahm sie ernst. Barbara wurde sicherer.

»Agnès und Paula sind völlig anders. Selbstbewusst, stark. Agnès, weil sie sich von Anfang an behaupten musste. Und weil sie, auch wenn sie vielleicht nicht viel Zärtlichkeit erfahren hat, doch weiß, wo sie hingehört. Dieses Mädchen ist nie geschlagen worden, missbraucht oder manipuliert. Sie ist wie ein kleines wildes Tier. Frei. Wenn der einer erzählen würde, *deine Mutter ist verunglückt*, dann würde sie lieber zu Fuß in die Klinik laufen, als zu einem Fremden ins Auto zu steigen.«

»Und wenn's für sie kein Fremder war?«

»Einer aus ihrer Familie oder dem näheren Umfeld? Der hätte sich doch schon vorher an sie rangemacht. Und genau das passt ja nicht.« Barbara holte Luft und erwartete wieder einen Einwand von Bonet, aber diesmal schwieg er. »Und Paula ist aus genau entgegengesetzten Gründen so selbstsicher. Sie ist geborgen, hat Eltern und Großeltern, die sich für sie interessieren, sich um sie kümmern. Auch sie weiß genau, wo sie hingehört, und ich gehe jede Wette ein, dass sie sich sehr gut artikulieren kann.«

»Und das kannst du alles aus diesen paar Fotos erkennen? Kompliment!« Bonet grinste und schenkte sich Wein nach. Barbara schwieg und sah Hilfe suchend zu Pia. Diese blätterte ihre Notizen durch, nahm die Fotos aus den dünnen Akten und legte sie nebeneinander vor sich hin.

Die Gesichter. Vier kleine Mädchen.

»Ich müsste natürlich noch sehr viel mehr wissen, Josep. Aber diese Fotos verraten in der Tat einiges. Und Barbara ist nicht nur begabt im Lesen von Gesichtern, sie ist auch geschult im Beobachten von Menschen.«

»Logisch. Das war schließlich Teil ihres Jobs!«, grunzte Bonet.

»Und es spricht noch einiges mehr gegen einen Psychopathen, wie du ihn im Auge hast, gegen einen Serienkiller mit sexuellen Motiven.« Pia strich den Faltplan glatt und kreiste die Adressen ein. »Die Mädchen kommen aus allen Ecken der Stadt. Àngela Doménech wohnt im Bahnhofsviertel Sants, Lídia Fornell im Poble Nou, am Meer unten, Agnès Esteban vorn im Raval beim MAC BA, und Paula Collar gleich hinter der Sagrada Familia.«

»Na und?« Bonet begann zu zweifeln, aber er widersprach automatisch. Pia klappte den Plan zusammen.

»Es gibt natürlich Ausnahmen, aber fast neunzig Prozent dieser Art Serientäter agieren in ihrem Viertel. Immer im selben Umkreis. Sie beziehen ihre Stimulation aus alltäglichen Beobachtungen. Sie kennen ihre Opfer. Meist bevorzugen sie einen ganz bestimmten Typ. Und diese vier Mädchen sind völlig verschieden, in Herkunft, in ihrem Wesen und im Aussehen.«

»Sie alle sind hübsch.« Barbara schaute Bonet nicht an. »Wirklich sehr hübsch, auch wenn man es bei Agnès und Paula nicht gleich sehen kann.«

Fritz kam von der Terrasse herein und lief zur Wohnungstür. Jetzt hörte auch Barbara den Schlüssel im

Schloss, die Schritte, das Türenknallen. Jemand kam herein. Rummms! Anna. Irgendetwas flog in die Ecke, vermutlich ihr Kickboard. Sie trat in die Küche und warf ihren Rucksack auf einen Stuhl. Er fiel daneben. »Oh Mann, ich bin so was von verarscht worden!« Sie nahm das Mineralwasser aus dem Kühlschrank und trank direkt aus der Flasche. Pia reichte ihr ein Glas, doch Anna beachtete sie nicht. »Und ich hab mir eingebildet, ich kenn mich aus mit Jungs. Ha!«

Bonet füllte die Weingläser nach und versuchte, Anna trotz ihres ungestümen Auftritts zu übersehen. »Das ist doch lächerlich. Dann müssen wir eben eine andere Gemeinsamkeit finden!« Er sprang auf. »Jemand, der alle vier Mädchen kannte. Arzt, Lehrer, Sporttrainer, irgendeiner! Ich kann einfach nicht glauben, dass diese Mädchen einfach so im Bermudadreieck von Barcelona verschwunden sind!«

»Was für Mädchen?«, fragte Anna. Im gleichen Augenblick fiepte ein Handy im Nokia-Originalton. Es war Bonets.

»*Sí?*« Er wandte sich ab und ging in den Flur hinaus, aber die Frauen konnten ihn immer noch verstehen. »Víctor! Ja, ich verstehe. Wo? Adresse? Seit wann? Ach du liebe Zeit. Das ist doch noch viel zu früh. Vermutlich ist er schon längst wieder zu Hause. Und außerdem ist er ein Junge. Der passt sowieso nicht in das Schema. Aber vielen Dank für deinen Anruf.« Bonet kam zurück in die Küche, zog seine alte Fliegerjacke an und klapperte mit den Autoschlüsseln. Er war auf dem Sprung, er wollte gehen. Er wich Barbaras Blick aus, sah nur Pia an. Pia liebte er, in Janet war er sogar ein bisschen verliebt, an Dagmar hatte er sich gewöhnt. Aber mit Barbara und Anna, einer jungen Extaschendiebin und einer noch jüngeren Exfixerin, kam er nicht zurecht.

»Halt, halt, halt, *tío* Josep!« Pia stellte sich ihm in den Weg. »Du kannst jetzt nicht einfach abhauen. Was war das eben für ein Anruf? Mein Nachfolger Víctor? Der steht doch auf deiner Seite. Was hat er gemeldet? Wieder ein vermisstes Kind?«

»Das hat mit den anderen nichts zu tun. Víctor hat nur zufällig davon gehört und mich angerufen. Oben bei der Catalunya ist irgendein verwöhntes, reiches Bürschchen verschwunden. Ein Junge.«

Pia sah auf die Uhr. »Seit wann?«

»Ach, erst seit ein paar Stunden. Die *abuela* sollte auf ihn aufpassen, und er ist abgehauen. Ein Junge, ich bitte dich!«

»Ja, ist ja schon gut! Das ist sicher ein Zufall. Aber trotzdem. Wenn ich mich nicht irre, könnte auch ein kleiner Junge in dieses Muster passen. Dann sind diese Mädchen nicht weggelaufen. Und sie sind auch keinem pathologischen Sexmonster in die Hände gefallen. Sie sind entführt worden!«

»Kidnapping?« Bonet starrte Pia an. »Aber es hat nie einen Anruf gegeben, keinen Brief, keine Lösegeldforderung!«

»Darum geht's auch nicht. Sagen wir, sie sind geraubt worden.«

»Geraubt! Hast du *geraubt* gesagt? Bin ich hier im falschen Film, oder was?«

Anna schrie leise auf, hielt sich jedoch sofort den Mund zu. »Du bist in Barcelona.« Pia klopfte mit dem Stift auf den Stadtplan. »Hat Víctor noch mehr gesagt? Name? Wohnort?«

»Sergio Montoro. Neun Jahre alt. Einzelkind. Vater Architekt, Mutter Anwältin. Er wohnt –«

»Ganz in der Nähe der Rambla de Catalunya«, unterbrach Anna ihn heftig. Sie war plötzlich sehr blass.

»Ja«, sagte Bonet langsam, »in der Valencia. Was weißt du darüber?«

»Ich kenne ihn. Sergio. Ich habe seinen Scooter.«

5

Das Telefon läutete. Dagmar nahm nicht ab. Der Anrufbeantworter schaltete sich ein. Fusté, zum dritten Mal. »Jetzt gehen Sie doch endlich ran, Daga! Ich weiß, dass Sie zu Hause sind.« Ein kurzes Schnaufen. »Na schön. Rufen Sie mich an, sobald Sie zurückkommen. Sofort!« Dagmar kippelte mit ihrem Drehsessel zurück. Die Lehne knarzte rostig auf. Dagmar setzte sich hastig wieder gerade hin. Diese spanischen Stühle waren wohl nicht für germanische Hinterteile konzipiert.

Daga. Seit sie den Medienprozess um den Millionär Robert Reimann und seine angebliche Mörderin Barbara Dyckhoff so glorios durch Freispruch wegen erwiesener Unschuld gewonnen hatte, nannte Fusté sie fast zärtlich Daga und versäumte keine Gelegenheit, zu erwähnen, dass sie seine Juniorpartnerin war und in seiner Kanzlei arbeitete. Er zeigte sich gern mit ihr in der Öffentlichkeit, und nicht immer konnte sie dem entgehen. Er hatte ihr sogar ein größeres Büro angeboten, aber Dagmar behielt lieber ihre Besenkammer in seiner Luxusetage.

Sie hatte jedoch das Arbeitszimmer in ihrer Wohnung durch einen größeren Schreibtisch, ein zusätzliches Regal und eine Korkwand erweitert. Und sie genoss es sehr, nach ihrer eigenen Zeitvorstellung und in bequemen Klamotten arbeiten zu können. Seit dem Mordprozess und seit sie mit Pia und Janet *Llimona 5* gegründet hatte, gab es genügend Arbeit. Sie hätte vielleicht sogar ganz auf Fusté und die Sozietät verzichten können. Aber erstens war er einer der besten und anerkanntesten Strafverteidiger Barcelonas, und zweitens konnte sie durch Emilio jederzeit ihre Wohnung hier verlieren.

Nein, nein, nein! Keine negativen Gedanken. Nicht runterziehen lassen. Dagmar sah auf die Fotos ihrer Kinder an der Korkwand. Das glückliche Lachen von Sarah, das übermütige Grinsen von Jochen, der blaue Himmel von Mallorca im Hintergrund. Sie waren gesund, es ging ihnen gut. Und sie würde sie wiedersehen. Sie war nicht mehr die hilflose Dagmar, die man entmündigen und in die Klapsmühle stecken konnte. Sie war eine angesehene Anwältin. In Spanien. Dagmar atmete ein paarmal tief durch und beugte sich wieder über die Papiere.

Der so aussichtslos erscheinende Fall Arcas gegen Soler schien dank Pias Nachforschungen im Polizeicomputer plötzlich eine völlig neue Wendung zu nehmen. Gustavo Soler, 24, ein Freund von Janets Sohn Eric, war nachts um halb eins mit dem Twingo seiner Mutter in Les Roquetes in den Kreisverkehr gefahren und hatte dabei den Mercedes von Jaime Arcas, 48, gerammt. Arcas war stocknüchtern und er hatte Vorfahrt. Soler hatte diese Vorfahrt missachtet und er hatte 0,6 Prozent Alkohol im Blut. Wenig, aber doch zu viel. Zudem war Soler völlig high von Pillen und Gras gewesen, aber das konnte man ja bisher noch nicht messen.

Dagmar zog das Telefon zu sich heran und rief Janet an.

»Diga?« Im Hintergrund spielte Glenn Gould die Pastorale von Franz Liszt.

»Dagmar hier. Hör mal, Gustavo Soler, dieser Freund von Eric …«

»Moment mal«, unterbrach Janet sie und stellte den CD-Player leise. Dann sagte sie: »Ja, ich weiß, es ist aussichtslos, es ist schon das dritte Auto seiner Mutter, das er zu Schrott gefahren hat. Ich mag Gustavos Mutter, aber er ist ein verwöhnter Kindskopf und er kann nicht Auto fahren, tut mir Leid, dass ich euch da reingezogen habe.«

»Muss dir nicht Leid tun. Pia hat was rausgefunden.« Dagmar konnte ihre Begeisterung kaum zurückhalten. »Dieser Jaime Arcas hat ganz offensichtlich eine Masche. Er lauert spät nachts im Kreisverkehr, bis einer gerade reinfahren will, und gibt dann Gas. Crash. Um diese Stunde haben die anderen fast immer Alkohol im Blut, und selbst wenn nicht: Er ist im Recht.«

»Du willst mir doch nicht etwa sagen, dass Gustavo unschuldig ist?« Janet lachte und zündete sich eine Zigarette an.

»Genau das. Arcas hat so etwas offenbar schon öfter gemacht. Und natürlich hat er immer gewonnen. Eben kam Anna vorbei und brachte mir die Unterlagen. Pia hat drei Städte im Polizeicomputer gefunden. Tarragona, Valencia, Denia.«

»Vielleicht gibt es sogar noch mehr!»

»Genau. Ich dachte mir, du könntest da vielleicht mal bei den Versicherungen nachbohren. Die vielleicht gleich gezahlt haben, und wo das Ganze gar nicht erst zur Polizei kam.«

»Yes! Und diese Versicherungen sind garantiert gern bereit, eine kleine oder auch größere Erfolgsprämie auszuspucken, wenn wir ihnen bei der Aufklärung eines so hinterhältigen Betruges helfen. Dagmar, du bist genial!« Janet freute sich immer, wenn bei einem ihrer Fälle wirklich Geld herauskam.

»Ich fax dir die Unterlagen. Sieh mal, was du machen kannst.«

»Morgen ist Freitag.« Janets Stimme klang neutral.

»Richtig, ja.« Dagmar wusste, was sie meinte. Der Freitagabend gehörte *Llimona 5*. Seit sie die Detektei gegründet hatten, seit sie Freundinnen geworden waren, seit sie auch Barbara und Anna aufgenommen hatten, war der Freitag heilig. Es gab *tapas* oder auch ein richtiges Essen, jede Menge Cava und Wein. Sie redeten über alles und jedes, über Arbeit, Finanzen, Probleme und Klatsch. Nur sehr gute Freunde waren an diesen Abenden willkommen. Und dieser Freitag war ein besonderer. »Annas Geburtstag.«

»Du hast sie heute gesehen?«

»Ich habe sie sogar darauf angesprochen. Ich glaube, dass ihre beiden Brüder pünktlich morgen bei uns auf der Matte stehen werden. Für die geht es ja wohl um sehr viel Geld. Ich wollte herausfinden, was Anna dazu meint, ob sie einen Plan hat ... Aber sie ist mir ausgewichen.«

»Ah ja.« Janet schwieg. Im Hintergrund spielte Glenn Gould immer noch Liszt. Janet zeigte sehr selten Emotionen. Aber an Anna hatte sie von Anfang an sehr großen Anteil genommen. Anna war in einer Luxusfinca auf Ibiza aufgewachsen. Den Vater kannte sie kaum, die Mutter lebte in ihrer eigenen Whiskywelt. Nur die beiden älteren Brüder dienten als fragwürdige Vorbilder. Anna kam sehr jung an Drogen. Erst Alkohol, Haschisch und Kokain, dann Heroin. Mit sechzehn ging sie von zu Hause fort. Sie zog sich mit Wasser, Vitaminpillen und Konservendosen in eine einsame Felshöhle zurück und stand ganz allein, nur mit Hilfe ihres Hundes, den brutalen und harten Entzug durch. Danach lebte sie fast ein Jahr lang in Valencia und arbeitete als Automechanikerin, bei Paco, ihrem Freund, und seiner Familie. Bis ihre Brüder sie aufstöberten, und Amigo, ihren Hund, töteten. Anna floh nach Barcelona, wurde von Dealern ausgeraubt, verhungerte fast, hielt aber durch. Anna war zäh. Und sie war äußerst liebenswert. Obwohl sie so wild und vereinsamt aufgewachsen war, hatte sie sich eine kindliche Neugier und Offenheit bewahrt. Das erkannten auch die anderen Frauen, als Anna zu ihnen stieß. Für Dagmar war sie eine Art Ersatz für die beiden eigenen Kinder, die noch immer unerreichbar waren, und auch die coole Pia schloss sie sofort in ihr Herz. Aber ganz besonderen Anteil nahm Janet. Auch Janet hatte in einer Finca auf Ibiza gelebt, als ihre Söhne noch klein waren. Im Gegensatz zu Annas Mutter hatte sie sich immer um die Jungen gekümmert und für deren gute Ausbildung gesorgt. Und trotzdem wäre ihr Eric, der Jüngste, beinahe entglitten. Er war immer noch ihr Sorgenkind, und natürlich hatte sie Schuldgefühle. Vielleicht sah sie in Anna eine Art Herausforderung. Anna war noch so jung. Ihr konnte man noch helfen.

Dagmar hörte, wie sich Janet eine neue Zigarette ansteckte. Gierig den Rauch einsog. »Haben sich diese Brüder noch mal gemeldet?«

»Bisher nicht. Aber das sagt nichts. Ich bin sicher, die lauern im Hintergrund und planen etwas.«

Es war nicht leicht gewesen, wenigstens das befristete Aufenthaltsbestimmungsrecht für Anna zu bekommen. Anna war erst siebzehn, ihre Mutter lag nach einem Autounfall mit schwersten Hirnverletzungen im Pflegeheim. Die beiden älteren Brüder Paul und Frank wollten Anna unter allen Umständen in die Finger bekommen. Und als direkte Familienangehörige hatten sie das Recht auf ihrer Seite. Aber Anna hatte tödliche Angst vor ihnen.

Janet hätte die Brüder gern erschossen, und Pia wollte sie unter leicht manipulierten Anschuldigungen verhaften lassen. Dagmar fand den Ausweg: Die drei jungen Leute waren in Spanien geboren und aufgewachsen. Die Mutter war Deutsche, der Vater Amerikaner. Bei der Geburt bekamen sie drei Pässe, einen spanischen, einen deutschen und einen amerikanischen. Mit achtzehn mussten sich die Jungen entscheiden. Paul und Frank wählten die amerikanische Staatsangehörigkeit, damals, um der Wehrpflicht zu entgehen, heute gaben sie sich gern als Superamerikaner. Anna besaß noch alle drei Pässe. Eben auch den spanischen. Es stand also eine minderjährige Spanierin gegen zwei Nicht-Europäer. Dagmar war Annas Anwältin, und Pia rannte durch alle Behörden. Sie benutzte sogar zweimal den Namen ihrer hochwohlgeborenen Mutter. Sie machte nicht wirklich falsche Angaben, aber gewisse zweideutige Bemerkungen. Dabei konnte man Paul und Frank sicher einiges nachsagen, aber nicht, dass sie ihre Schwester missbraucht hatten. Dummerweise war diese Lüge jedoch viel leichter zu verkaufen als die unglaubwürdige Wahrheit.

Annas Vater stammte aus einer sehr reichen Familie. Er kam als Student nach Ibiza und wurde dort selbst wohlhabend. Seine Familie in Atlanta verzieh ihm nie, dass er in Europa blieb, dass er dort eine Deutsche heiratete. Seine Frau verzieh ihm nie, dass er das glückliche Hippieleben gegen Grundstückskäufe und Immobilienhandel eintauschte. Anna konnte sich an die bunte Hippiezeit nicht mehr erinnern. Als sie auf die Welt kam, war die Finca schon renoviert und der Vater verschwunden. Fünfzehn Jahre später verunglückte er beim Tauchen.

Er hatte der Familie in Ibiza eine ganze Menge Geld hinterlassen. Aber es ging um das ganz große Vermögen in Atlanta. Und da gab es in seinem Testament eine Bedingung. Er hatte in einem Labor in Barcelona eine Genprobe hinterlegt. Und die Kinder sollten nur dann erben, wenn sie alle drei wirklich seine Kinder waren. Annas Mutter, der Vater, die Brüder – sie alle waren blond, nur

Anna selbst hatte dunkle Haare. Paul und Frank hatten ihren Speichel abgeliefert, und natürlich waren sie echte Söhne Amerikas.

Aber Anna weigerte sich. Sie wollte nicht. Dagmar verstand nicht wirklich, warum. Nur eine kleine Probe, und dann war alles klar. Entweder war Anna dann reich oder nicht. Aber auf alle Fälle wäre sie ihre beiden Brüder los. Sie alle verstanden es nicht wirklich. Sie waren zwar bereit, Anna zu schützen, aber sie verstanden sie nicht. Nur Barbara durchschaute Annas Verhalten. *Anna hat Angst. Sie hat niemanden in ihrem Leben, der wirklich zu ihr steht. Sie will nicht, dass ihr womöglich auch noch der Vater genommen wird.*

»Die Brüder werden auftauchen«, sagte Janet jetzt am Telefon leise.

»Ja. Ab morgen. Wenn Anna volljährig ist, haben wir keine Rechte mehr, dann können wir sie nicht mehr schützen.«

6

Aber, wieso nicht?« Anna schrie fast. »Ich bin die Einzige, die Sergi kennt!«

Bonet parkte den Seat in der Mallorca vor einem hohen weißen Eckhaus mit minimalistischen Jugendstilsäulen, großzügigen Balkonen und gläsernen Erkern an allen Stockwerken. Drehte sich zu ihr um. »Weil es nicht geht. Dass ich Pia mitnehme, verstößt schon gegen alle Regeln. Um es ganz deutlich zu sagen, nicht einmal ich habe hier offiziell etwas zu suchen.«

»Pia!«

Pia hätte Anna gern mitgenommen. Anna hatte einen extrem genauen Blick für Menschen, sie witterte Schwächen und Lügen meterweit gegen den Wind, und sie hatte dabei so eine naiv unschuldige Ausstrahlung, dass die Leute sie immer wieder unterschätzten, sie in den Arm nehmen wollten und ihr gleichzeitig die unglaublichsten Dinge anvertrauten. »Es geht nicht. Er hat Recht. Leider.« Pia stieg aus. Bonet wartete schon.

Anna trat ihre Tür fast auf. »Ihr denkt doch nicht im Ernst, dass ich hier brav wie ein Hund auf euch warte! Scheiße!« Sie riss den kleinen Scooter aus dem Wagen und schleuderte ihn Pia vor die Füße. »Hier. Das ist sein Scooter. Zeig ihn den Eltern. Sie werden ihn wiedererkennen.

Und bohr mal nach. Ich habe Sergi noch vor« – sie sah auf ihre Superswatch –, »vor anderthalb Stunden gesehen. Nach so kurzer Zeit hätte die Polizei nicht mal die Anzeige aufgenommen. Seine Eltern oder die *abuela* haben ihn aber angeblich schon seit zwei Uhr nicht mehr gesehen. Das sind fast fünf Stunden. Das ist doch eine ganz gewaltige Diskrepanz.« Anna lief wütend davon.

Pia wäre gern hinter ihr hergegangen. Aber Bonet nahm sie am Arm und zog sie mit sich. Sie konnte gerade noch den kleinen Roller aufheben. »Du traust Anna nichts zu.«

»Mein Gott, sie ist erst siebzehn!«

»Morgen wird sie achtzehn.«

»Und sicher macht ihr ein großes Fest für sie. Das arme Mädchen. Mir kommen die Tränen. Eine kleine Fixerin, die zu Hause durchgebrannt ist. Und bei der ihr jetzt unbedingt die Ersatzmamas spielen müsst.«

»Ein Mädchen, das es ganz allein geschafft hat, von dem Teufelszeug loszukommen und das *clean* geblieben ist. Und sie hat was im Kopf.«

»Weil sie mit Worten wie Diskrepanz um sich werfen kann. Ha!«

»Weil sie unglaublich schnell lernt, und weil sie gern lernt. Es macht uns einfach Spaß, ihr alles beizubringen, was wir selbst wissen. Außerdem hat sie sogar meine alte Rostbeule wieder auf Vordermann gebracht.« Pia lachte. »Fährt jetzt wieder wie neu, und das hat keiner der oberklugen Mechaniker geschafft. Nicht einmal du.« Sie bemerkte seinen Gesichtsausdruck.

Seine sonst so friedlich hängenden Bassetwangen waren weiß vor Anspannung. »Josep! Du bist doch nicht etwa eifersüchtig! Auf die kleine Anna!«

»Mach dich nicht lächerlich. Ich finde deine Idee, Privatdetektivin zu spielen, schon per se total bescheuert. Aber du und deine beiden anderen Freundinnen als Journalistin und als Anwältin, ihr habt ja wenigstens gewisse kriminalistische Qualifikationen. Aber diese Barbara und deine Anna, die haben höchstens kriminelle Energie!«

»Du bist ja doch eifersüchtig.«

Bonet grunzte als Antwort. Sie standen vor der breiten, von Säulen getragenen Eingangsfront des Eckhauses. Rundbögen und Glastüren. Auf der einen Seite ein elegantes Schuhgeschäft, auf der anderen eine Confiserie mit erlesenen Törtchen und Pralinen. Zwei Anwaltskanzleien, vier Notariate, eine *gestoría*. Rechts ein etwas schmalerer Rundbogen mit vier leeren Klingelschildern. Vier, nicht eines mehr. Bonet drückte auf den obersten Knopf. Aus der geriffelten Deckplatte eines Lautsprechers knarzte es. »*Sí?*«

»Polizei.«

Der Summer ertönte sofort. Bonet schob die Tür auf und ließ Pia den Vortritt. Eine Treppe mit grün-weißen Kacheln und einem blank polierten Holzgeländer. Dann eine kleine Halle mit grünen Jugendstilornamenten auf den Wänden, ein verwaister Concierge-Tresen in der Ecke und ein Fahrstuhl. Sie fuhren in den vierten Stock. Wieder eine kleine Halle. Ein rundes Oberlicht und vier Töpfe mit blank polierten Gummibäumen, die so regelmäßig wuchsen, dass sie wie aus Plastik aussahen. Nur eine Wohnungstür. Sie war offen. Ein Mann stand im Türrahmen. Etwa Mitte dreißig, breitschultrig, drahtig. Sein gewelltes Haar war dunkelblond mit ersten grauen Strähnen, er trug Nike-Schuhe, Jeans und Sweatshirt. Randlose Porsche-Brille.

»Mein Name ist Anselm Montoro. Danke, dass Sie so schnell gekommen sind.« Er trat zur Seite, um sie einzulassen, und Pia gab ihre Hoffnung auf, dass der kleine Sergi inzwischen schon wieder zu Hause war. Sie kamen in eine große, achteckige Diele mit offenbar neu verlegtem Parkettboden, einer ebenso neuen Balkendecke und monochromen Gemälden auf den schneeweißen Wänden. Klimatisierte Kühle. Es gab einen Flur zum Küchentrakt und einen zu den Schlafzimmern. Und sechs geschlossene Türen. Anselm Montoro öffnete die mittlere. »Die Polizei ist da.« Wieder ließ er sie vorgehen.

Ein gewaltiges Wohnzimmer im gedämpften Licht der Jalousien. Auch hier Parkett, ein paar fröhliche Teppiche des früheren Javier Mariscal, eine Eckbar mit seinen witzigen Barhockern, eine voll bestückte Bücherwand aus dunklem Holz, Sofas und Sessel in abgestimmten Grau- und Weißtönen mit bunten Kissen, niedrige Tischchen, ein deckenhoher, nach drei Seiten offener Kamin aus matt poliertem Stahl.

Neben dem Kamin stand ein Mann in Montoros Alter. Kleiner als Montoro und übergewichtig. Er hatte schütteres Haar und ein volles, von Bluthochdruck gerötetes Gesicht mit auffällig hellblauen Augen. Er trug die verknitterte Hose eines Sommeranzugs und darüber ein kurzärmeliges Hemd mit dunklen Flecken unter den Achseln. Er hielt ein Glas Whisky in der Hand und lächelte Pia und Bonet zu, als würde er sie auf einer Party begrüßen. »Wir sind sehr besorgt! Was bringen Sie uns für Nachrichten? Gute, so hoffe ich.«

»Mein Bruder Eduard.« Montoro blieb neben der Tür stehen. Gegenüber, auf der Fensterseite, saß auf einem der Sofas eine ältere Dame. Klein und hager, doch sie schien den ganzen Raum zu beherrschen. Sie trug ein Hemdblusenkleid aus blaugrüner Paisleyseide, hatte eine bunte Häkeldecke neben sich und einen Stapel Bücher. Ihr weißes Haar war zum klassischen Bob geschnitten, die Lesebrille saß tief auf der Nase. Sie musterte die Besucher aus wässrig blauen Augen.

»Mutter, das sind die Leute von der Polizei. Das ist meine Mutter, Matilde.«

Ihre Augen waren gerötet, als hätte sie geweint, aber ihre Stimme klang scharf und beherrscht. »Und wer sind Sie?«

»Verzeihung. Ich bin *capitán* Josep Bonet von der *brigada criminal*, und das ist Pia Cortés-Casares.«

»Eine Frau? Haben Sie auch einen Rang?«

»*Inspectora*«, sagte Pia hastig, um Bonet die Lüge zu ersparen. Und immerhin, sie hatte die Kripo schließlich in Ehren verlassen und alle Titel behalten. Matilde zeigte ihre Verachtung für Frauen in Männerberufen mit einem leichten Senken der Mundwinkel, das Pias eigene Mutter kaum besser hinbekommen hätte. Dann wandte sie sich wieder an Bonet.

»Sergio ist ein temperamentvoller Junge, er ist weggelaufen. Wir machen uns natürlich große Sorgen um ihn und haben sein Verschwinden hier bei uns im *districte 1* gemeldet, aber man hat uns beruhigt. Und jetzt kommen Sie von der *brigada criminal*! Vermuten Sie etwa ein Verbrechen?«

Ein Schluchzen, ein Aufschrei. Erst jetzt nahm Pia die zweite Frau wahr. Sie saß in einem der Sessel, fast verborgen durch eine beinahe deckenhohe Zimmerpalme. Schmal, zierlich, blond. Sie trug einen grauen Seidenanzug über einem weißen Top, eine Perlenkette und Schuhe mit flachen Absätzen. Sie hatte gleichmäßige Gesichtszüge, und wenn man genau hinschaute, war sie sogar schön. Doch man sah nicht hin, sie war zu unauffällig. Tränen liefen in dunklen Streifen über ihre Wangen. »Entführt? Sergi ist entführt worden?«

»Meine Frau. Júlia.« Anselm Montoro machte keinen Schritt zu ihr hin. »Das ist dummes Zeug! Wer sollte Sergi entführen? Er ist abgehauen. Er hat wieder mal eine schlechte Note in Mathematik bekommen und Angst vor den Konsequenzen. Das ist leider nicht neu. Und er weiß genau, was ihn diesmal erwartet.« Júlia schluchzte lauter auf. Anselm sah zu seiner Mutter.

»Bitte!« Die alte Dame sprang auf, eins der Bücher fiel auf den Boden. *Gott und die Wilmots* von John Updike. »Nimm dich zusammen. Du siehst zu viele amerikanische Fernsehserien. Entführt. Lächerlich! Sergi wird wieder einmal versuchen, zum Hafen zu kommen. Er träumt davon, als Schiffsjunge nach Südamerika …« Sie brach mitten im Satz ab und starrte auf den silbernen Scooter, den Pia noch immer in der Hand hielt. Kam noch ein paar Schritte näher. Flüsterte jetzt. »Das ist sein kleiner Roller. Das ist Sergis neuer Silberroller. Den würde er doch nie im Leben verlieren oder hergeben!«

»Er ist tot!« Júlia sprang auf, rannte auf Pia zu und riss ihr den Scooter aus der Hand. »Er ist tot. Mein kleiner Sergi ist tot.« Sie hielt den Scooter für einen Moment in den Händen, dann schleuderte sie ihn plötzlich nach Matilde, traf sie hart am Schienbein. »Und das ist deine Schuld! Nur du bist schuld!«

Die alte Dame rieb sich kurz das Bein, verzog aber sonst keine Miene. Antwortete auch nicht. Der silberne Roller lag vor ihr auf dem Parkett, eins der Räder drehte sich leer.

II.

Der Tiger zeigt die Zähne

7

Anna war so wütend, dass sie kaum Luft bekam. Dieser Bullenarsch! Dieser verblödete Paragraphensack. Wollte sie im Auto zurücklassen wie ein Kind. Dabei hatte erst sie ihn wirklich auf Sergi aufmerksam gemacht. Sie kannte Kinder wie Sergi, sie hatte eine reelle Chance, ihn zu finden. Und Pia hatte klein beigegeben. Spielte jetzt da oben bei Sergis Eltern die dumme kleine Assistentin vom großen *capitán*. Statt *Llimona 5* ins Gespräch zu bringen und den Auftrag an Land zu ziehen.

Anna gelangte wieder auf die Rambla de Catalunya und blieb unter der ersten Platane stehen. Atmete tief durch. Okay, dann eben allein. Sergi. Ich werde dich finden.

Es war kurz nach halb acht. Die Schatten der Häuser ließen den Asphalt abkühlen, fast alle Bänke waren jetzt besetzt. Familien, Kinder, Liebespaare. Angestellte eilten von der Arbeit nach Hause, Teenager flanierten in Grüppchen auf der Suche nach einem Flirt, Jungen flitzten mit Rollerskates hin und her, und die ersten Touristen kamen frisch geduscht aus ihren Hotels, auf der Suche nach einem Restaurant, das so früh schon geöffnet hatte.

Der blaue Seat stand immer noch unter der Platane. Anna ging näher und schaute hinein. Jede Menge CD-

Hüllen auf dem Beifahrersitz und leere Coladosen auf dem Boden, der Aschenbecher quoll über. Das Handschuhfach stand halb offen, eine angebrochene Tafel Schokolade, eine Tüte Gummibärchen, Tempos und Kondome.

»Willst du meine Telefonnummer?«

Anna fuhr herum. Der Junge hinter ihr war kaum älter als sie. Kurzes Haar über einem kantigen Pickelgesicht mit ersten Bartstoppeln. Er grinste breit, während seine Kiefer unermüdlich einen Kaugummi bearbeiteten. »Du hast einen süßen Arsch.«

»Und du? Hast du wenigstens einen Namen?«

»Jordi. Und du?«

»Fina.«

»Und? Willst du?«

»Mal sehen.«

»Klingt aber sehr unentschlossen. So siehst du gar nicht aus.«

»Bin ich auch nicht. Wie ist denn deine Nummer?«

»Die wirst du nicht so schnell vergessen.« Er blinzelte schelmisch, während seine Kiefer weiter mahlten. Anna blieb ernst.

»Also? Oder hast du gar kein Telefon?«

»Dreiundneunzig-zweihundertzweiunddreißig-dreihundertfünfundsechzig-zwei. Kannst du dir das merken?« Grinsen.

»Logo. Neun-drei-zwei-drei-zwei-drei-sechs-fünf-zwei.«

»Nicht so übel«, sagte er kauend, nachdem er die Nummer unter einem leichten Speichelregen noch einmal vor sich hin gemurmelt hatte.

»Und du? Wie steht's mit deinem Gedächtnis? Vorhin hat hier ein weißer Citroën Berlingo geparkt. Du bist direkt nach ihm hergekommen. Wie war die Nummer?«

»So'n Kombi?« Jordi grinste breiter. »Barcelona-

Nummer. Drei-sieben-neun-null ... äh.« Er hörte für einen Moment sogar auf zu kauen.

»Das ist nur die Hälfte.« Anna hatte Mühe, locker zu klingen. *Drei-sieben-neun-null*, memorierte sie im Stillen. Jordi beugte sich zu ihr herüber und stippste gegen ihre Brustwarzen. Speicheltropfen im Mundwinkel.

»Und der Typ hatte ein Tattoo. Auf dem linken Arm, und halb auf der Schulter. Ein Tiger. Stehst du auf Tattoos?«

»Ja. Und wie. Lass dir mal den Schwanz tätowieren. Dann ruf ich dich an.« Sie lächelte süß. Er wollte etwas sagen, sprang stattdessen in den Seat und raste mit aufkreischendem Getriebe davon. Anna wandte sich ab, sie hatte den Bärtigen wiederentdeckt.

Er saß jetzt zwischen einem innig knutschenden Liebespaar und einer Dame im Schneiderkostüm mit Dackel. Anna hätte ihn fast übersehen, er las nicht mehr in seinem Buch, sondern hielt es geschlossen auf den Knien. Aber es war eindeutig derselbe Mann. Langsam ging Anna auf ihn zu. Ein Sonderling, fraglos. Vielleicht hatte er keine Wohnung. Lebte stattdessen irgendwie zwischen Bibliotheken, Museen und Parkbänken. Der Dackel entdeckte eine Pudeldame auf der anderen Seite der Rambla. Er drehte völlig durch und riss das Frauchen im Schneiderkostüm mit. Anna setzte sich auf den freien Platz.

Der Bärtige roch ziemlich streng nach Schweiß und alten Klamotten. Anna schielte auf den Bildband auf seinen Knien. Antonio Gaudí. »Ich finde es ein Verbrechen, was da jetzt mit der Sagrada Familia passiert!« Sie wandte sich nicht direkt an den Mann, aber er reagierte sofort.

»Wie meinen Sie das?«

»Dass man den jungen Architekten freie Hand lässt. Das ist ein Verrat am großen Meister.«

»Sie verstehen etwas von Kunst? Von Architektur?« Er wandte sich ihr zu. Unter buschigen Brauen blitzten wache Augen.

»Nicht viel. Ich gehe ja noch zur Schule. Aber ich interessiere mich dafür. Ich möchte Architektur studieren. Und ich meine, man sollte Gaudís Skizzen auswerten und genau befolgen. Es gibt schließlich genug. Und wo sie fehlen, müsste man eben seinen Intentionen folgen!«

»Nun ja, in gewisser Weise wird das gemacht.« Der Mann lächelte, und Anna wusste nicht genau, ob er sich über sie lustig machte.

»Dieses neue Dach über dem Passionsportal, das ist doch eine Beleidigung!«

»So neu ist es nun auch nicht mehr. Ein halbes Jahrhundert.« Jetzt lächelte er breit. Es war ein freundliches Lächeln. Anna lächelte zaghaft zurück.

»Ich hatte gehofft, Sie könnten mir vielleicht helfen. Ich habe meinen kleinen Bruder verloren. Vor knapp zwei Stunden. Ich dachte, er wäre heimgefahren, aber da ist er auch nicht.«

»Der kleine Lockenkopf mit dem Roller?«

»Ja!« Anna hielt die Luft an.

»Du hattest auch einen Roller. Ihr habt getauscht.«

»Genau.«

»Ihr seid aber nicht zusammen hergekommen. Ihr habt euch erst hier getroffen.«

»Ja.«

»Ich sehe viel, wenn ich hier sitze. Oft über Stunden.«

Die beiden Hunde bellten hysterisch und rissen an ihren Leinen. Zu der Pudeldame gehörte ein junges Mädchen in Jeans. Sie schrie den Pudel auf dänisch an. Offenbar ein Au-pair-Mädchen. Schneiderkostüm blieb relativ gelassen. Aber eine Verständigung zwischen ihnen war unmöglich. Die Hunde wussten sich besser zu helfen. Die

Pudeldame stellte sich auf der Straße direkt an die Bordkante und knickte mit den Hinterbeinen etwas ein, der Dackel sprang auf den Bordstein hoch, schob sich über sie und verhakte sich problemlos.

»Ihr habt euch beim zweiten Mal nur knapp verpasst. Er hat auf dich gewartet. Aber als du gekommen bist, war er schon weg. Hattet ihr euch verabredet?«

»Ja, eigentlich schon.«

»Offenbar ist dir dein großer Bruder zuvorgekommen. Das ist doch auch dein Bruder? Der mit der schwarzen Kappe?«

Die Dame im Schneiderkostüm und das dänische Au-pair-Mädchen sahen hilflos jammernd und schimpfend den beiden Hunden zu. Autofahrer hupten, Jungen und Männer blieben stehen und gaben aufmunternde Kommentare ab, junge Mädchen kicherten, eine alte Dame wandte sich ab, andere wiederum lobten lachend die Klugheit der Pudeldame.

»Der mit dem Tattoo?«

»Du meinst, ob er tätowiert war? Ja, ich glaube schon. Er hatte so ein ärmelloses Hemd an. Und am Arm ein ganzes Gemälde in rot, schwarz und gelb. Ein Tier, denke ich. Ein Drache?«

»Ein Tiger.« Anna stand auf. »Danke. Sie haben mir sehr geholfen.«

»War interessant, mit dir zu reden. Wenn du noch mehr Fragen zu Gaudí hast – ich bin fast jeden Nachmittag hier.«

Um die beiden Hunde hatte sich inzwischen eine richtige Zuschauermenge gebildet. Anna hörte die Anfeuerungsrufe noch lange.

Sie begann leicht zu traben, die Rambla de Catalunya weiter in Richtung Plaça de Catalunya und Ramblas. Sie musste nachdenken. Sie kannte eine halbe Autonummer.

Barcelona drei-sieben-neun-null. Eigentlich war das die ganze Nummer, was noch fehlte, waren die Buchstaben. Ein weißer Citroën Berlingo. Ein junger Fahrer mit schwarzer Snapcap, Muscleshirt und einem Tigertattoo auf dem Oberarm.

Sie lief an den Cafés und Restaurants vorbei. In dem einen tranken Kids Cola oder löffelten ihre Eisbecher, im anderen nahmen Familien, Paare und junge Geschäftsleute ihren Aperitif, im nächsten warteten schon die ersten Deutschen, Engländer und Amerikaner auf das Abendessen. Weiß beschürzte Kellner flitzten mit vollen Tabletts von den Restaurants über die Fahrbahn auf den breiten, platanenüberdachten Mittelstreifen.

Im Prinzip war es ganz einfach. Sie musste nur zurück zum Pati de Llimona gehen und Pia alles berichten. Die konnte dann mit Hilfe von Bonet und ihren anderen alten Polizeikumpels alle in Frage kommenden Berlingos ermitteln. Keine Affäre. Aber Bonet hatte sie gedemütigt, und Pia hatte nicht widersprochen.

Im Schaufenster von Catalunya Wagen stand ein quietschgelber VW-Beatle. Taxis parkten im Halbkreis, die Fahrer diskutierten erregt über steigende Preise. Noch zwei gleich große Blocks der fünf- oder sechsstöckigen Bürgerhäuser des Eixample. Auf einigen Dächern gab es Gärten oder Aufbauten, Sonnenmarkisen mit Firmenaufschriften vor den Balkonen, Leuchtreklamen über den Erkern. Bald wurden die Geschäfte einfacher, dann kamen die Banken und Versicherungen und schon öffnete sich die Rambla zum riesigen Rund der Plaça de Catalunya. Der Verkehr schob sich schrittweise von allen Seiten her über die Kreuzungen. Menschenpulks stauten sich vor den Linienbussen und den bunten Doppeldeckern. Unter der Steinskulptur spielte eine Latinoband mit voll aufgedrehten Verstärkern Samba-Rhythmen, ein paar Leute tanzten, Luftballons stiegen in die Luft, der Corte Inglés ragte wie ein gewaltiger Schiffsrumpf in den Platz hinein, und die Grünanlagen davor waren bunt gesprenkelt von Gruppen junger Menschen.

Die Luft war schwer von Staub und Dieselöl. Anna blieb stehen. Sie beneidete die anderen. Alle. Die Gehetzten und die Gelangweilten. Sie hätte sich gern ein Eis an der Bude gekauft und dann ein Weilchen den Sambaspielern zugehört. Vermutlich hätte sie das auch gemacht, wenn sie nicht Sergi getroffen hätte. Aber dann hätte auch niemand etwas über den weißen Berlingo und den tätowierten Mann herausbekommen.

Niemand hatte sich je wirklich um Anna gekümmert. Und sie hatte irgendwann begriffen, dass sie allein die Verantwortung für sich übernehmen musste. Dann war sie zu den Frauen von *Llimona 5* gekommen, und die hatten seitdem für sie gesorgt. Sie war die jüngste, sie war das Küken. Es war schön so. Ein bisschen wie damals bei Paco und seinen Eltern und Geschwistern in Valencia. Nur noch viel besser. Niemand erwartete etwas von ihr. Keiner wollte sie heiraten. Sie wurde akzeptiert. Einfach so, ohne Bedingungen. Vielleicht sogar geliebt. Eine Familie, die sie in der Art nie gehabt hatte.

Aber nun war nicht mehr sie das Küken. Nun gab es Sergi. Und vielleicht war er in Gefahr. In großer Gefahr. In Lebensgefahr, vermutlich. Ziemlich sicher sogar. Anna hatte bei *Llimona 5* schon genug gelernt, um zu wissen, dass in so einem Fall jede Sekunde zählte. Und sie besaß Informationen, die möglicherweise helfen konnten, Sergi zu retten. Aber sie stand hier herum und dachte nur daran, wie blöd Bonet war und wie unfair Pia.

Anna kam gar nicht erst auf die Idee, zu telefonieren. Sie rannte einfach los. Sie war wieder topfit und rennen konnte sie. Fünfzehn Minuten, maximal zwanzig. Sie hatte ihren optimalen Rhythmus noch nicht gefunden, als sie ihn sah.

Einen weißen Citroën Berlingo an der Ecke Fontanella.

B – drei-sieben-neun-null. Und noch XL. Er stand halb auf dem Bürgersteig, im absoluten Halteverbot. Keine zehn Meter weiter war ein Zeitungsstand. Ein Mann mit schwarzer Snapcap, rotem Muscleshirt und einem Riesentattoo auf dem linken Oberarm stand davor und kaufte Zigaretten. Eine halbe Stange. Er schien unendlich viel Zeit zu haben. Schwatzte mit dem Verkäufer, kaufte noch ein Feuerzeug, riss die erste Schachtel auf und steckte sich eine Zigarette an, während er zahlte. Anna hatte *Llimona 5* und alle guten Vorsätze vergessen. Sie lief zu dem Berlingo hinüber. Er war neu, er roch noch nach Lack. Keine Firmenaufschrift, kein Logo, nicht einmal eine Staubschicht. Die leicht gewölbten Fenster waren von innen gegen die Sonne mit Goldfolie abgedichtet. »Sergi? Bist du da drin?« Anna klopfte gegen das Blech. Nichts. Keine Reaktion. Sie sah zu dem Mann im Muscleshirt hinüber.

Er rauchte und unterhielt sich immer noch mit dem Standbesitzer. Sie klopfte heftiger. »Sergi! Ich bin's, Anna! Bist du da drin? Melde dich! Beweg dich! Versuch es wenigstens, wenn du mich hörst!« Nichts. Sie trat an die Rückseite des Citroën. Auch hier waren die Scheiben abgedichtet. Zerknittert funkelndes Gold fing die fast waagrechten Sonnenstrahlen ein. Man sah noch die messerscharfen Falten, in denen die Folie ursprünglich zusammengelegt gewesen war.

Anna entdeckte ganz oben links ein dunkles Dreieck, dort hatte sich die Abdeckung gelöst. Anna war ziemlich groß, aber dorthin gelangte sie nicht. Sie sah sich noch einmal um.

Die beiden Männer lachten. Anna sprang hoch, stellte sich auf die Stoßstange und hielt sich an der schmalen Rinne über den Fenstern fest. Die Scheibe reflektierte wie ein Spiegel. Anna musste das Gesicht dicht an das Glas legen und die Augen mit einer Hand beschatten.

Sie sah die flach geklappten Rücksitze, in einer Ecke ein paar Kartons, eine halb offene Reisetasche auf dem Boden, eine alte Decke und eine nachlässig aufgerollte Isomatte. Ansonsten schien der Laderaum des Berlingo leer zu sein. Eine Decke, eine Isomatte, aber kein Sergi.

Ihre Fingerkuppen brannten, aber sie zog sich noch höher, um auch in die hinteren Ecken zu schauen. Eine blinkende Kugel. Ein kleiner silberner Roller.

Ihr Kickboard.

8

Fritz schlief zusammengerollt auf einem Besucherstuhl. Im CD-Player spielte *¿Estopa ké pasa!?* Barbara saß am Computer und ging die E-Mails durch. Sie hatte viele ihrer CDs hergebracht. Und zusammen mit Anna neue gekauft, wann immer sie etwas Geld übrig hatten. Pia hörte viel Jazz, aber auch Musiker wie Manu Chao. Janet liebte vor allem Glenn Gould, und wenn seine Goldberg-Variationen die Fenster vibrieren ließen, kamen Barbara immer noch die Tränen. Pablo el Rey, ihr Freund und Mentor, hatte eine große Sammlung von Langspielplatten gehabt. Abends nach getaner Arbeit füllten sich die eleganten Kellergewölbe mit Beethoven, Hindemith oder Brahms. Als nach seinem Tod die Behörden in das Haus eindrangen, die Möbel zerlegten und all seine Schätze ans Tageslicht zerrten, zerfiel der Glanz zu Staub. Die persischen Teppiche waren durchgetreten, die Bücher stockfleckig, die Gemälde und Musikinstrumente verstaubt und die Antiquitäten brüchig. Barbara konnte nicht verhindern, dass sie auch sein geheimes Kabinett aufrissen und unter dem Gegröle der Zuschauer leerten. Seine Schule für Taschendiebe. Die Menschengruppen, Männer und Frauen in den Kleidern verschiedener Jahrzehnte, mit kleinen Glöckchen, die anzeigten, wenn die Hand des Diebes nicht geschickt genug war. Pablo stammte aus einer längst vergangenen Zeit. Er hatte sich selbst überlebt. Und Barbara hatte keinerlei Rechte. Sie war nicht verwandt mit ihm. Es gab auch kein Testament. Der große alte Mann hatte ihr sein Wissen vermacht, seine Bildung und sein Können. Sie konnte nichts von seinen Sachen retten, außer einem Karton mit alten Schallplatten. Abspielen ließen sie sich nicht mehr.

Die Abendsonne warf Goldstreifen auf die anderen Tische im Büro, auf die Rattanmöbel und die alten Filmposter an den Wänden. Der nachgebaute Casablanca-Quirl an der Decke trieb keuchend die heiße Luft im Kreis herum. Auf allen Papieren lagen kleine bunte Glassteine, damit sie nicht wegflogen. Merkbar kühler wurde es nicht. Aber der Ventilator hatte Stil.

Noch vor einem Vierteljahr hätte Barbara keinen Cent mehr für ihr Leben gegeben. Alles erschien so sinnlos. Und wenn ihr jemand erzählt hätte, dass sie ein paar Monate später hier am Computer sitzen würde, nicht nur untergebracht und zufrieden, sondern von den anderen akzeptiert und rundum glücklich, dann hätte sie gespuckt. Oder gelacht.

Sie sah ihre Hände an. Bewegte die Finger. An einigen Stellen glänzte die Haut, rosige Narben zogen sich über die Gelenke. Die Schwellungen waren abgeklungen, aber einige Bewegungen schmerzten noch immer.

Barbara prüfte nach, wie viele User sich seit dem Tag zuvor in ihre Website www.llimona5.com eingeloggt hatten. Achtundneunzig. Fast hundert. Es wurden immer mehr. Nicht nur Neugierige. Eigentlich musste sie Robert Reimann dankbar sein. Dem Mann, der sie zur Mörderin machen wollte. Dem Mann, der sie töten wollte. Ihm verdankte sie nicht nur die verbrannten Hände und die Horrorwochen im Krankenhaus und im Knast, sondern auch drei, ja sogar vier Freundinnen und ein neues Leben. Als königliche Taschendiebin hätte sie sowieso keine Zukunft gehabt.

Fritz wachte auf und reckte den Kopf. Sah zu ihr herüber und maunzte. »Alles klar, jemand ist heimgekommen.« Barbara fuhr den Computer herunter und folgte Fritz in die Küche.

Es war Dagmar. »Hallo, Barbara!«, sagte sie strahlend und räumte Kühlschrank und Regale voll. Tüten über Tüten.

Offensichtlich hatte sie auf dem Herweg einen Abstecher über die Boqueria gemacht und eingekauft. Tomaten, Zwiebeln, Knoblauch, Paprika, Auberginen, Salat, frische Kräuter, eine Melone, dunkle Trauben, ein bereits zerlegtes Kaninchen, drei Kaninchenlebern extra, frischer Ziegenkäse, junge Walnüsse und Brot.

»Hast du Angst, dass wir verhungern?« Barbara hinderte Fritz daran, das Kaninchen aus dem Pergamentpapier zu holen. Dagmar lachte.

»Wenn du einkaufen würdest, oder Anna, oder Janet, dann wären wir nach drei Tagen verhungert.«

»Nicht wirklich. Bei Anna hätten wir Gummibärchen, Chips und Cola satt.« Barbara zog Fritz vom Ziegenkäse weg. »Und bei Janet genug Zigaretten und Whisky, um das Hungergefühl für Wochen zu unterdrücken.«

»Wo sind die anderen eigentlich?« Dagmar hatte alles gut verstaut und knüllte die Tüten zusammen. Noch bevor Barbara antworten konnte, rannte Fritz los. Dann hörten auch sie den Schlüssel in der Wohnungstür.

Pia. Sie war mit Korb und Plastiktüten beladen. »Ich hab ein paar Sachen zum Essen mitgebracht.« Sie begann, die Theke voll zu laden. Knoblauch, Fenchelknollen, Zucchini, Lauch, Karotten, junge Kartoffeln, Serranoschinken, frische *gambas* und *bacalao*.

»Sprecht ihr euch eigentlich vorher ab?« Barbara lachte. »Da sind ja nicht mal Tomaten doppelt!«

»Nein, nein, reiner Zufall.« Dagmar grinste und begann, auch Pias Einkäufe einzuräumen. Pia zog Fritz von der Tüte mit den *gambas* weg.

»Morgen ist ja nicht nur unser *Llimona-5*-Freitag. Es ist auch Annas Geburtstag. Und außerdem kann immer mal ein Gast vorbeikommen. Oder zwei. Haben wir noch Wasser und Wein?«

»Roten sowieso, weißen ausreichend, Wasser jede Menge. Bier kaum noch.« Dagmar musste nicht einmal nachsehen. Pia nickte nur.

»Und wenn schon. Wir sind ja keine Bar. Wo ist Anna?«

»Anna? Die habt ihr doch mitgenommen. Du und Bonet.«

»Sie ist nicht hier? Sie ist nicht heimgekommen?« Pia starrte Barbara verblüfft an. »Scheiße.«

»Was ist los?« Dagmars Stimme bekam einen leicht hysterischen Ton. Sie fühlte sich immer sofort verantwortlich, wenn etwas schief zu gehen schien. »Was ist mit Anna?«

»Wir hatten Streit.« Pia kraulte Fritz abwesend. »Sie war sauer, weil wir sie nicht mit reingenommen haben zu der Familie von dem vermissten Sergio Montoro, aber ich dachte nicht, dass es so ernst war. Mist, verdammter Mist. Jetzt können wir sie wieder überall suchen!«

»Morgen wird sie achtzehn.« Dagmars Stimme war wieder fest. »Und garantiert werden diese beiden Brüder aufkreuzen.«

Sie stellte drei Sektgläser auf die Theke und nahm eine Flasche Cava aus dem Kühlschrank.

»Das ist es. Natürlich!« Pia nahm ihr die Flasche ab, zog die Metallkappe hoch und drehte den Draht auf. »Habt ihr darüber gesprochen?«

»Ich hab's versucht, aber sie ist mir ausgewichen.«

»Ach so, ihr habt für morgen eine Party geplant!«

Barbara lachte. »Annas Geburtstag. Deshalb habt ihr so viel eingekauft. Darauf hätte ich ja auch früher kommen können. Sie wird volljährig. Logisch! Ich hab auch schon ein Geschenk für sie. Ein T-Shirt mit einem Foto von Fritz the cat und eine CD von Enrique Bunbury. Super! Eine Überraschungsparty. Ich wette, sie hat keine Ahnung ...« Barbara brach ab. Dagmar und Pia sahen sich so komisch an. Pia konzentrierte sich darauf, den Korken aus der Flasche zu bekommen.

»Anna wollte nicht, dass wir darüber reden, aber ich denke, es ist besser, wenn du auch Bescheid weißt. Das mit der Party ist schon richtig. Wir wollten nur ein paar Freunde einladen. Bonet natürlich, Luis Llobet, Eric und die Jungs, Miguel vielleicht, Kémil Matrín und Elena ...«

»Aber das ist nicht alles?«

»Nein.« Pia goss langsam die Gläser voll und erzählte Barbara die Geschichte von Anna und ihren Brüdern.

»Mann, der Vater muss ja wohl ein absoluter Mistkerl gewesen sein. Erst lässt er die Frau mit den Kindern sitzen, und dann legt er seiner *family* post mortem so ein Stinkei ins Nest! Und wie sollen die das überhaupt nachprüfen, wenn er tot ist?« Barbara nahm einen Schluck. Eiskalt und trocken. Es schmeckte. Bei Pablo hatte sie manchmal Champagner getrunken. Zur Belohnung für herausragende Leistungen, an besonderen Tagen.

»Annas Vater hat eine Genprobe in einem Labor in Barcelona hinterlegt. Er hat also einen Verdacht gehabt.« Dagmar schüttete Erdnüsse in eine Schale. Pia beugte sich über die Theke und fischte eine Tüte mit Tortillachips hervor.

»Anna hat als Einzige in einer durch und durch blauäugig-blonden Familie grüne Augen und dunkle Haare.

Das kann tausend Gründe haben. Wie auch immer, in ihrer Kindheit waren die Haare von Sonne und Meer ausgebleicht, und außerdem hat sie weder die Mutter noch den Vater oft gesehen. Ich hab ihr gesagt, sie soll den dämlichen Gentest machen. Sie hat nichts zu verlieren, höchstens viel zu gewinnen. Aber sie will nicht.«

»Sie hat Angst vor der Wahrheit.« Dagmar knabberte an einem Chip. Pia schnaufte auf.

»Sie sollte lieber Angst vor ihren Brüdern haben.«

Barbara beobachtete die beiden. Dagmar und Pia waren ihre großen Vorbilder. Von ihnen hatte sie gelernt, was Freundschaft war. Und Stärke. Und jetzt spürte sie bei ihnen plötzlich Unsicherheit. »Als ihr Anna gefunden habt«, begann sie vorsichtig, »da war sie erst siebzehn. Also hätten doch die älteren Brüder das Sorgerecht gehabt, oder zumindest das Aufenthaltsbestimmungsrecht.«

»Richtig.« Pia sah sie nicht an. »Aber Anna hatte Angst. Wir mussten sie schützen. Ihr helfen.«

»Und dann hat Dagmar einen juristischen Dreh gefunden, dass Anna hier bleiben kann, bis sie volljährig ist!«

»So ähnlich …« Auch Dagmar sah sie nicht an. Und plötzlich begriff Barbara, warum Pia und Dagmar sich so seltsam verhielten.

»Ihr habt gelogen. Ihr habt ein *fake* gebaut.« Einen Moment lang war es still. Fritz versuchte, den Mülleimer zu öffnen. Pia stand auf, nahm Fritz hoch und setzte ihn auf die Terrasse.

»Anna ist ja nicht nur Spanierin, sie ist auch Amerikanerin. Und Paul und Frank hatten relativ viel Geld und die amerikanische Botschaft hinter sich.«

»Ihr habt ihnen Missbrauch …?«

»Nur so haben wir es geschafft, dass Anna bei uns bleiben konnte, und Paul und Frank sich ihr bei Strafandrohung nicht nähern durften.« Dagmar füllte die *tacos* nach.

»Aber das war doch nur, um Anna zu retten. Und vermutlich stimmt's ja sogar.«

»Nein.« Pia atmete tief durch. »Man kann diesen beiden Mistkerlen sicher alles Mögliche unterstellen, aber das haben sie nie getan. Im Gegenteil, auf ihre Art haben sie sich als Einzige um sie gekümmert. In den Jahren auf Ibiza, als Anna noch ein Kind war.«

Barbara wollte etwas Tröstendes sagen, aber sie schwieg. Sie fühlte mit Pia und Dagmar den Schmerz, die eigenen Grundsätze von Ehrlichkeit und Integrität verraten zu haben.

»Morgen hat Anna Geburtstag.« Pia stand auf. »Morgen wird sie achtzehn. Volljährig. Und dann erlischt das Verbot, dann muss Anna selbst entscheiden, wie sie vorgehen will, dann ist alles wieder offen.«

»Davor soll Anna Angst haben? Ihr glaubt, sie kommt deswegen nicht heim?« Barbara konnte es nicht fassen. Sie stand mit ihren vierundzwanzig Jahren zwischen den beiden und Anna. Sie konnte beide Seiten verstehen. Aber Anna war ihr näher. Auch Pia mit ihrer arroganten Mutter, Dagmar mit dem Exmann, der ihr die Kinder vorenthielt, und Janet mit ihren drei Söhnen – sie alle hatten ihre Geschichten und Probleme. Aber keine von ihnen kannte diese ausweglose Verlorenheit, die ein Kind empfindet, das von niemandem geliebt wird. »Das glaube ich nicht. Das passt nicht zu Anna.«

»Sie hat Angst vor ihren Brüdern, sicher. Aber sie liebt sie auch. Sie hat vor allem Angst vor der Entscheidung. Das ist für sie ein Loyalitätsproblem.« Dagmar versuchte immer, alle Seiten zu sehen.

»Ihr meint, Anna wird von selbst heimkommen, nur eben ein bisschen später?«

»Aber sicher.« Pia stand schon in der Tür zum Flur. »Genau wie der kleine Sergi. Er ist ein wilder Junge, erst seit ein paar Stunden abgängig, und seine Großmutter weiß, dass er davon träumt, auf einem Containerschiff nach Südamerika durchzubrennen. Bonet lässt den Hafen absuchen. Sie werden ihn noch vor Einbruch der Nacht haben.«

»Ja, aber Anna? Sie liebt uns. Sie gehört hierher. Sie weiß, dass sie nicht mehr allein ist.«

»Sie weiß auch, was sie tut.« Pia sah Barbara nicht an. »Wir hatten Streit. Sie ist wütend auf mich. Sehr wütend.«

»Und Josep Bonet? Hat der wieder eine seiner Taktlosigkeiten rausgelassen?«

»Barbara, versuch doch wenigstens, ihn zu verstehen. Er ist Polizist. Mit Haut und Haaren Ermittler. Er hat einfach Probleme mit Anna.«

»Ich verstehe ja, dass er mit *mir* Probleme hat. Ich war immerhin Taschendiebin und hab auf der anderen Seite vom Zaun gestanden. Aber Anna hat doch niemandem was getan. Sie hatte nur die falschen Eltern, Brüder und Freunde.«

»Sie hat Drogen genommen.«

»Sie hat nie gedealt. Und sie hat sich aus eigener Kraft befreit. Zeig mir jemand, der das noch geschafft hat!«

»Er ist stockeifersüchtig!«, sagte Dagmar. »Er liebt Pia. Auf seine Art. Er fühlte sich für sie verantwortlich. Auch dafür, dass sie die *prefectura* verlassen hat. Zu Recht, würde ich sagen. Und er beneidet sie auch um ihren Mut. Er knabbert schwer daran, dass sie jetzt Detektivin mit einer eigenen *agencia* ist. In Janet ist er verliebt. Und er respektiert sie. Aber schon mich kann er nicht richtig einordnen. Geschweige denn euch beide.«

»Kann schon sein«, gab Pia widerwillig zu, »Anwälte sind für ihn normalerweise diejenigen, die sogar Vergewaltiger und Mörder, die er mühsam eingekreist und überführt hat, im Handumdrehen wieder freibekommen.

Und außerdem ist er natürlich ein unverbesserlicher Macho.«

»Na schön.« Barbara holte sich das Telefon. »Anna ist eingeschnappt. Das erklärt vielleicht, weshalb sie nicht anruft und uns Bescheid sagt.« Sie tippte Annas Handynummer ein. »Dann rufen wir eben bei ihr an!«

Das Freizeichen. Dreimal. Sechsmal. Zehnmal. Pia und Dagmar beobachteten sie. Dann die Mailbox. *Willkommen bei MoviStar. Dieser Anschluss ist im Moment nicht erreichbar. Bitte hinterlassen Sie eine Nachricht nach dem Signal.*

9

Angst. Panik. Schmerzen. Tiefe Dunkelheit. Die Muskeln brannten, die Kehle war ausgedörrt. Schmerzen. Verloren. Ausgeliefert. Ein Vogel zwitscherte Warnrufe. Die Brandung krachte gegen die Felsen. Dröhnen. Vibrieren. Schmerzen. Sie konnte sich nicht bewegen. Gefangen. In der Höhle. Der Berg arbeitete. Barst. Stürzte über ihr zusammen. Verschüttete sie. Begrub sie. Verstümmelt. Gelähmt. Tot. Und keiner vermisste sie. Schmerzen. Sie fror. Schweißgebadet.

Das Zittern machte ihr bewusst, dass sie sich wirklich nicht bewegen konnte. Dass sie gar nicht in der Höhle war. Dass sie nur einen *flashback* hatte. Nur.

Anna lag auf dem Boden. In einem Auto. Es bewegte sich nicht vorwärts. Vibrierte vor einer Kreuzung. Auf der Gegenfahrbahn rauschte der Verkehr. Ein Handy hatte gefiept. Ihr Handy. Die Handgelenke brannten unter einer viel zu eng gezogenen Fessel, die Beine waren an den Fußgelenken zusammengeschnürt. Die Knie konnte sie leicht anwinkeln. Immerhin. Es war auch nicht wirklich dunkel. Sie hatten ihr die Augen verbunden. Und den Mund zugeklebt. Ruhe. Ruhig bleiben. Panik zurückdrängen. Sie atmete langsam durch die Nase. Ein, aus. Ein, aus. Sie lag halb auf der Seite. Blech, das noch nach Farbe roch. Der Berlingo. Die Erinnerung kam zurück.

Sie stand an der Stoßstange des Berlingo und schaute durch das Rückfenster. Ihr Kickboard. Sie sah rüber zu dem Typ mit der Snapcap und dem zähnefletschenden Tiger auf dem Arm. Er stand immer noch an dem Zeitungsstand, quatschte, rauchte.

Schaute dann zum Berlingo herüber.

Zu ihr.

Sie wollte sich herumwerfen und wegrennen, als sie plötzlich gepackt wurde. Von hinten. Eine Hand drückte ihr den Nacken zusammen, die andere packte ihren linken Arm und drehte ihn so brutal hoch, dass die Schulterknochen krachten. Sie wollte schreien, aber sie bekam keine Luft. Sie hörte seinen schweren Atem und roch Schweiß und süßliches Rasierwasser. Ihr verdrehter Arm zwang sie in eine gekrümmte Haltung, ein Knie drückte sie gegen die Autowand. Dann tauchte eine dritte Hand auf und öffnete die rückwärtige Tür. Tattoo-Tiger war dazugekommen. Anna versuchte noch einmal, auf sich aufmerksam zu machen, zu strampeln, zu schreien, aber sie schaffte es nicht. Durch einen heftigen Stoß landete sie in dem Berlingo, und dann krachte auch schon die Tür zu.

Sie waren zu zweit, und sie arbeiteten Hand in Hand. Schweigend. Geschickt, schnell, effektiv. Sie machten das nicht zum ersten Mal. Anna hatte keine Chance.

Sie fesselten und knebelten sie, und sie verbanden ihr die Augen. Zu spät. Sie hatte sie gesehen. Sie würde sie wiedererkennen. Immer und jederzeit.

Tattoo-Tiger war älter, als sie zuerst gedacht hatte, Ende zwanzig mindestens. Dunkel sonnengebräunt, blondes Kurzhaar unter der Kappe, Faltenfächer unter einer verspiegelten Sonnenbrille. Der andere war sehr viel jünger. Achtzehn, neunzehn vielleicht. Lang, dünn, Jeans und weißes T-Shirt. Ein kantiges Kinn, fusseliger Bartwuchs. Dunkler Pferdeschwanz und das Gesicht von einem Piratentuch und einer rotglasigen Brille halb verborgen. Goldkettchen mit Kreuz.

Anna zwang sich, nicht an mögliche Konsequenzen zu denken. Nur an Sergi. Und dass sie ihm helfen musste.

Der Berlingo begann zu rangieren, aber Anna spürte, dass einer der beiden noch im Laderaum war. Sie versuchte, die Geräusche zu orten, versuchte zu spüren, ob sie abbogen oder in der Fontanella blieben. Dann war da plötzlich die Hand an ihrem Arm gewesen, drehte die Ellbogenbeuge nach außen, und sie spürte den scharfen Einstich der Nadel.

Die Panik stieg bei der Erinnerung sofort wieder auf. Schweißtropfen, die schon beim Austreten auf der Haut festfroren. Langsam. Ruhe. Einatmen. Ausatmen. Ein. Aus. Sie hatte nur einen *flashback* gehabt. Wenn die ihr wirklich Heroin gespritzt hätten, dann wäre sie doch nicht einfach weggetreten. Im Gegenteil. Und sie würde sich auch jetzt ganz anders fühlen. Ein Schlafmittel also.

Der Berlingo ruckelte ein Stück weiter. Sie hörte Stimmen. Erregtes Flüstern. Streit. Beide saßen jetzt vorn. Aber sie konnten sie sehen.

Sie durfte sich nicht noch einmal bewegen. Sie waren misstrauisch. Halt, stopp. Nachdenken! Sie hatte einen *flashback* gehabt. Also war sie weg gewesen. Sie waren längst nicht mehr an der Plaça de Catalunya. Die Männer mussten ihr Nachschub geben. Hatten die sich so verschätzt? Wie viel Zeit war vergangen? Oder hatten sie … Ein Gedanke versuchte sich an die Oberfläche zu schieben. Schlafen. Anna wehrte sich mit allen Kräften, aber die Müdigkeit schwemmte sie hinweg.

10

Vor der *tienda* wurde ein Lieferwagen mit Getränkekisten entladen. Cola, Fanta, und ein Schwätzchen mit Romuald, dem alten Ladenbesitzer. Florència, seine Frau, war gestern operiert worden. Eine Unterleibsgeschichte. Keiner wusste Genaueres. Aber sie war die Seele des Geschäfts, und ohne sie war Romuald verloren. Und ohne ihn waren auch die Frauen verloren, denn mittlerweile gab es kaum noch *tiendas* in der Avinyó. Zwiebeln, Knoblauch, Tomaten, *bacalao* und ein hervorragender Ziegenkäse. Die Autos stauten sich bis zur Ferran, aber das war normal.

Janet blieb stehen, um zuzuhören. Ein gutartiger Tumor, keine Komplikationen. Florència war stark. In wenigen Wochen würde sie wieder im Laden stehen. Janet überquerte die schmale Straße, sie schob sich zwischen Autos, Vespas und Eisenpollern hindurch. Wenn Romuald nicht bei seiner Frau war, dann musste sie andere Verwandte haben, die sich in der Klinik um sie kümmerten. Schwestern, Cousinen, Nichten.

Janet wohnte nicht im *barrio gótico*, und sie kaufte auch nur sehr selten Tomaten oder Ziegenkäse. Aber sie hasste es, mit anzusehen, wie immer wieder ein Stückchen vom alten Barcelona starb, um einer Boutique, einer

Videothek oder einem neuen Designershop Platz zu machen.

Wie dieser. Sie blieb vor Bertrans Schaufenster stehen. Schuhe. Drei Paar auf einem gläsernen Brett vor einer einzelnen samtweißen Rose. Drei Stufen hinunter in den Laden. An den Wänden die riesigen Bilder eines wilden jungen Malers. Eric war nicht zu sehen. Nur Bertran. Er lächelte, winkte Janet zu und zeigte in Richtung Schilling. Sie winkte zurück und ging schneller. Erleichterung. Bertran und Eric waren noch zusammen, er hatte gelächelt, alles im grünen Bereich.

Als Janet zum ersten Mal nach Barcelona gekommen war und sich in die Stadt verliebt hatte, war sie Mitte zwanzig gewesen, Marc, Sean und Eric waren kleine Jungen, und Barcelona steckte noch im neunzehnten Jahrhundert. Damals gehörte das Schilling zu einer österreichischen Waffenfabrik, heute war es ein absolut cooles Café.

Eric saß an einem der Fenstertische. Mit Gustavo Soler, das traf sich gut. Er sprang auf, als Janet hereinkam, umarmte sie kurz. »Hello Mom. J&B?«

»*Medio*, einen halben. Mit viel Eis.« Sie setzte sich. Gustavo lüpfte mit dem Rest seiner extrem teuren Erziehung kurz den Hintern.

»Freut mich, Sie zu sehen.«

»Das kannst du laut sagen.« Janet lachte. Eric brachte ihren Whisky und zwei neue Bier für sich und Gustavo. Gustavo fühlte sich sichtlich unwohl. Er war ein hübscher Junge, nicht sehr groß, schmal, fast zierlich, mit einem vollen dunklen Haarschopf über leuchtend blauen, fast violetten Augen. Er schaute nervös an ihr vorbei und wagte es nicht einmal, Eric direkt anzusehen. Sie war die Mutter von Eric, und sie war mit seiner Mutter befreundet. Und Mama Soler wusste nicht, dass ihr Sohn schwul war.

»Entspann dich.« Janet legte ihm eine Hand auf den Ellbogen, er zuckte zusammen. Sie ließ los und lehnte sich zurück. »Bleib ganz cool, okay?« Sie nahm sich eine Zigarette aus dem Celtaspäckchen, Eric gab ihr Feuer. Janet wandte sich jetzt an ihn. »Sag deinem Freund, dass sein Verfahren gut aussieht. Dieser Typ, den er im Kreisverkehr angefahren hat, macht das schon seit Jahren. Geplant und gezielt. Wir werden uns mit der Versicherung kurzschließen. Er ist aus dem Schneider.«

Gustavo hatte nur die Hälfte verstanden. Sein Gesicht war leer. Janet stand auf, trank ihr Glas im Stehen aus. »Und sag ihm, er soll seiner Mutter endlich reinen Wein einschenken. Mütter lieben ihre Söhne. Was auch immer sie treiben.« Sie knuffte Eric kurz gegen die Schulter und ging hinaus.

Die jungen Männer sahen ihr nach. Janet spürte ihre Blicke zwischen den Schulterblättern. Drei Söhne. Marc, der mit vierzehn zurückgegangen war nach England, zu seines Vaters Eltern, und jetzt ehrbarer Banker mit Reihenhaus war. Einmal im Jahr die Weihnachtskarte. Ihre beiden kleinen Enkeltöchter hatte Janet noch nie gesehen. Sean, der Meeresbiologe. Regelmäßige Briefe, Mails und Anrufe. Mit Sean hatte es nie Probleme gegeben. Aber Sean lebte sein Leben in einer völlig anderen Welt. Und Eric. Der mit fünfzehn an die Drogen kam, und den sie fast verloren hätte. Der jetzt, so wie es schien, clean und gefestigt war, in einem flippigen Schuhladen und glücklich in der Beziehung zu Bertran. Liebte sie Eric mehr als die anderen beiden? Anna hatte sie das einmal gefragt. Janet hatte sich darüber nie Gedanken gemacht. Nur manchmal hatte sie das Gefühl, über sehr dünnes Eis zu gehen.

Sie bog ab in die schmale Gasse hinauf zur Plaça del Regomir. Düstere Kühle. Der Geruch von feuchten Steinen und altem Gemäuer. Urin und exotische Gewürze. Sie blieb stehen, um Luft zu holen. Das Café der alten Leute. Einige winkten ihr zu, sie winkte zurück. Sie gehörte hierher, sie war hier zu Hause. An den Glastüren des Kulturinstitutes hingen Plakate zu den Ausgrabungen im Stadtmuseum. Janet überquerte den Patio von *Llimona 5* und ging zum Fahrstuhl hinüber.

Als sie die Tür aufschloss, hörte sie erregte Stimmen in der Küche. Fritz kam zur Begrüßung, wandte sich aber sofort ab, als er sie erkannte. Sie hatten schon lange gelernt, friedlich miteinander umzugehen. Janet trat nicht nach ihm, schubste ihn nicht einmal mehr vom Stuhl, und Fritz blieb auf Abstand, er wusste, dass von dieser Frau weder *gambas* noch Streicheleinheiten zu erwarten waren. Janet erreichte die Küche knapp hinter ihm.

Sie standen alle an der Theke. Pia machte eine Flasche Cava auf, Dagmar briet gepfefferte und mit Speck umwickelte Datteln, Barbara schnitt Brot auf. Das Gespräch brach plötzlich ab.

»*Good news*, Leute!« Janet schob sich auf den Hocker neben Barbara. »Pia, du hattest Recht bei Arcas versus Soler. Dieser Jaime Arcas ist ein Gauner, er reitet seit Jahren auf dieser Masche. In verschiedenen Städten. Legt sich nachts in einem Kreisverkehr auf die Lauer und rummst gegen den nächstbesten Wagen. Ich habe mit der Versicherung von Gustavo Solers Mutter gesprochen. Die waren höchst interessiert. Und erfreut. Dagmar, sie werden sich mit dir direkt in Verbindung setzen. Wenn alle Fälle aufgeklärt sind, ist für uns eine feine, kleine Provision drin. Und damit wäre die nächste Mahlzeit gesichert. Pia, ist noch J&B da?«

»Klar.« Pia nahm die Whiskyflasche, goss Janet ein Glas halb voll und schlug ein paar Eiswürfel aus der Wanne in den apfelgrünen Thermotopf. Ihr Lächeln wirkte verkrampft. Dagmar brutzelte vor sich hin, Barbara hob Fritz hoch und schmuste mit ihm.

Janet steckte sich eine Zigarette an und nahm den ersten Schluck. »Könntet ihr mich bitte einweihen? Was ist los?«

Schweigen.

»Na schön, ich bin telepathisch nicht übermäßig begabt, aber *ladies*, hier stinkt doch was. Und zwar gewaltig.«

Janet schaute sich um. »Anna. Wo ist Anna?«

»Es ist meine Schuld. Wir haben gestritten.« Pia sah auf die Uhr. »Wir haben uns zuletzt um halb fünf gesehen. Und seitdem ist sie verschwunden.«

»Das ist doch nicht mal vier Stunden her!« Janet wollte schon einen Witz über überbesorgte Adoptivmütter und erwachsene Kinder machen, schaffte es aber gerade noch, den Mund zu halten. Zartfühlende Sensibilität war wirklich nicht ihre Stärke, dafür war Dagmar zuständig, aber wenn sich sogar die pragmatische Pia sorgte, dann gab's möglicherweise wirklich ein Problem. »Ich höre.«

Pia und Dagmar sahen sich an. Dagmar hatte Tränen in den Augen, aber vielleicht kam das auch von der heißen Herdplatte. Es war erstaunlicherweise Barbara, die sonst so selten sprach, die jetzt redete. Knapp und prägnant. »Bonet war hier. In den letzten Wochen sind vier kleine Mädchen in Barcelona verschwunden. Keine Leichen, keine Lösegeldforderungen. Heute nun auch ein kleiner Junge. Anna kannte ihn. Sie hatte sogar seinen Scooter.« Pia schnaufte auf, sagte aber nichts. Barbara sah sie nicht an. »Bonet und Pia haben sie aber nicht zu dem Gespräch mit seiner Familie mitgenommen. Es gab Streit, Anna war sauer. Steht zu vermuten, dass sie sich selbst auf die Suche gemacht hat.«

»Andererseits wird sie morgen achtzehn.« Dagmar

schob die Datteln auf einen Teller. »Du weißt, was das bedeutet. Ich habe sie darauf angesprochen, sie ist mir ausgewichen. Vielleicht graut es ihr einfach vor diesem Tag …«

»Anna geht nicht an ihr Handy. Ihr neues schönes Nokia.« Barbara setzte Fritz ab. »Also will sie entweder absichtlich keinen Kontakt. Oder sie steckt wirklich in der Scheiße und kann nicht antworten.«

»Oder sie hat's nicht gehört, oder sonst was!« Die Datteln dampften vor sich hin, dann begannen sie unbeachtet zu verdorren.

»Macht euch doch nicht verrückt!« Janet versuchte die Stimmung etwas zu heben. »Anna ist *tough*, die hat schon ganz andere Situationen gemeistert.« Sie hätte gern selbst geglaubt, was sie sagte. Aber sie kannte all die Fallen und Gefahren, die in einer Großstadt auf einen Exjunkie lauern. Wütend drückte sie die Zigarette aus. »Anna kommt zurück. Noch vor morgen früh. Jede Wette!«

11

Rascheln. Und ein leichtes Kitzeln an der Nase. Sie wollte die Hand heben, schaffte es nicht, dann zog der Schlaf sie wieder in die Dunkelheit zurück. Kitzeln. Niesreiz. Und Schmerzen. Dumpf hämmernd in den Schläfen, hinter den Augen. Die Schmerzen drängten sich nach vorn und schoben alle anderen Gefühle zurück. Sogar die Müdigkeit.

Anna öffnete vorsichtig die Augen.

Direkt vor ihr hockte das graurunde Hinterteil einer Ratte, der lange, dürr behaarte Schwanz zitterte an ihrer Nase. Anna holte tief Luft, das Niesen sprengte ihr den Schädel. Die Ratte machte einen Satz senkrecht in die Höhe, stieß ein schrilles Quieken aus und war aus ihrem Gesichtskreis verschwunden.

Anna versuchte die Arme und Beine zu bewegen. Es ging nicht. Sie lag seitlich auf einer dünnen Isomatte, an Füßen und Händen gefesselt. Vor ihrem Gesicht stand ein Kinderteller aus rotem Plastik, mit gelben Bärchen ringsum auf dem Rand. Festgetrocknet eine erkaltete Paella. Ein Knochen mit Fleischresten lag daneben. Der Imbiss der Ratte vermutlich.

Anna nieste noch einmal, atmete dann ein paarmal tief durch. Es roch nach feuchtem Beton und Kreuzkümmel. Die Kopfschmerzen waren jetzt erträglich. Durst. Neben dem Bärchenteller lag ein roter Bärchenbecher, umgekippt. Der Boden darunter war noch feucht. Glück gehabt, Ratte. Anna rutschte auf dem Rücken Richtung Wand und schob sich halb hoch.

Ein niedriger Kellerraum, rundum Beton. Man konnte noch die Spuren der ursprünglichen Stützbretter erkennen. Ungefähr vier mal drei Meter. Hinter dicht verschraubten Holzplatten offenbar ein kleines Fenster in Deckenhöhe. Darunter ihre Matte. Gegenüber eine Lattentür, mit Blech vernagelt. An der schmalen Wand ein Eisenregal mit gelochten Seitenleitern wie aus einem Stabilo-Baukasten. Vergammelte Kisten und Kartons bis unter die Decke. Oben eine nackte 25-er Birne, halbblind von Staub und Fliegendreck.

Anna schloss die Augen wieder und hielt einen Moment lang die Luft an. Stille. Dann nahm sie ein gleichmäßiges Summen wahr. Ein Generator vielleicht. Immerhin, irgendetwas existierte hier in dem Gebäude, auch wenn es nur eine Maschine war. Und die Ratte natürlich. Allein war sie jedenfalls nicht.

Die Fesseln an ihren Füßen waren schmale Kabelbinder, wie sie bei der Polizei benutzt wurden.

Anna sah sich prüfend um. Die Blechverkleidung der Lattentür. Oben links stand eine Ecke etwas ab. Anna warf sich herum, robbte zur Tür, legte sich in die richtige Position und schob langsam ihre Beine hoch. Noch ein Stück. Noch etwas weiter nach links. Jetzt hatte sie das Plastikband direkt an der vorstehenden Blechecke. Hakte es fest. Und riss. Ein heller Schmerz. Blut tropfte aus der Schnittwunde in der nackten Haut über ihrem Nike-Sneaker. Noch einmal. Etwas sorgfältiger eingehakt, leichtes Schubbern, um einen Einschnitt zu schaffen, dann wieder ein heftiger Riss. Ja! Das Band platzte ab, ihre Füße waren frei.

Anna verschnaufte für einen kurzen Moment, wälzte sich dann auf die Knie und stemmte sich hoch. Das Problem war, die auf dem Rücken gefesselten Arme bis an die vorstehende Blechecke zu bekommen. Sie schaffte es nicht mal bis zur Hälfte. Drehte sich wieder um. Ihre Füße waren taub. Erst langsam begann das Blut darin zu prickeln. Anna klemmte den linken Schuh mit der Sohle unter eine der unteren Blechecken. Druck. Gefühl. Mehr Druck. Sie rutschte ab, schob den Schuh wieder unter das Blech. Drückte die Sohle ins Blech und hebelte. Die Sohle hielt. Langsam lösten sich die Nägel, das Blech ließ sich hochbiegen. Anna kam sich vor wie in einem dieser obercoolen Werbefilme von Nike. Sie hockte sich hin, drehte sich um und schob ihre Handfessel gegen die Blechecke. Schnitt sich nur einmal ins Handgelenk, dann war sie frei.

Es war nicht ganz einfach, in dem ausgedorrten Mund Spucke zu produzieren, aber nach ein paar Versuchen hatte Anna genug, um ihre Wunden zu versorgen. Spucke heilte alles. In den Zeiten ihrer wilden Kindheit auf Ibiza hatte man für Jod und Pflaster nur tiefe Verachtung gehabt.

Langsam stand Anna auf. Erst jetzt wurde ihr klar, was sie getan hatte. Sie hatte beobachtet, überlegt, gehandelt. Keine Dröhnung, nicht einmal einen *flashback*. Sie hatte versucht, Sergio zu finden. Dabei hatten sie sie geschnappt. Sie hatten ihr ein Schlafmittel gegeben, sie hatten sie hier in dieses Kellerloch gesperrt.

Sie war gefangen. Okay.

Aber nicht mehr gefesselt. Und sie war klar im Kopf. Glasklar. Alle Reflexe funktionierten. Sie litt nicht an Klaustrophobie, sie hatte keine Angst vor Ratten. Es war alles nur ein Spiel. Polly und Frank wollten austesten, wie schlau und stark sie wirklich war.

Nein. Kein Spiel.

Sergio.

Der kleine Sergi mit ihrem Kickboard. Jemand hatte ihn entführt. Und sie war zufällig über den Berlingo gestolpert. Und hatte nicht aufgepasst. Hatte sich schnappen lassen. Blöd wie ein dämlicher Anfänger. Tolle Detektivin.

War da noch ein anderes Geräusch? Anna lauschte auf das Summen des Generators. Verkehrslärm? Eine Katze? Die Ratte? Nichts. Sie wartete. Schloss die Augen. Wartete. Ein Wimmern? Sie legte das Ohr an die Blechverkleidung. Stille. Anna bildete mit beiden Händen einen Trichter und schob ihn an den schmalen Raum zwischen Blech und Lattenrost.

»Hallo?«

Sogar das Wimmern war verstummt.

»Sergio?«

Nichts.

»Sergi? Bist du hier?«

Schweigen. Aber Anna glaubte seinen Atem zu spüren. Sie war sich plötzlich sicher. »Sergi? Ich bin's, Anna. Du weißt schon, die mit dem Kickboard. Ich hab versucht, dich zu finden. Da haben sie mich auch erwischt.«

Atemlose Stille.

»Komm schon, Sergi, melde dich! Wo bist du? Wir müssen jetzt zusammenhalten. Sonst kommen wir hier nicht raus.«

Keine Antwort.

»Du bist ganz schön schlau, Sergi. Das könnte ja auch eine Falle der Entführer sein. Okay. Ich bin jetzt ruhig. Und wenn du dich bei mir melden willst, dann pfeifst du einfach einmal kurz. Einmal kurz pfeifen, das sagt noch nichts. Das kann man nicht orten.«

Nichts.

Anna zwang sich, nichts zu sagen. Zu warten. Zu warten. Zu warten. Und dann erkannte sie das Geräusch noch nicht einmal als Pfeifen. Es war nur ein Hauchen. Phhh, Phhh. Wie von einem kleinen Kind, das noch nicht pfeifen kann.

»Ich hab's gehört, Sergi. Sehr klug von dir, nicht wirklich zu pfeifen. Die könnten uns ja sonst hören. Hast du auch so einen Durst? Ich hatte hier eine Ratte zu Besuch. Magst du Ratten? Sie sind intelligent. Und mutig. Sie hat mir meine Paella weggefressen und mein Wasser getrunken.«

»Anna?« Ein dünnes Stimmchen.

»Ja?«

»Ich mag Ratten nicht. Ich finde sie eklig!« Ein Schluchzen in der Stimme. Sergio. Sie hatte ihn. Anna wurde ganz ruhig.

»Das versteh ich gut. Sie sind ja auch widerlich. Aber sie können dir nichts tun, Sergi. Sie haben Angst vor dir. Entsetzliche Angst! Für die bist du ein gefährlicher Riese!«

»Anna?«

»Ja?«

»Holst du mich hier raus?«

»Klar. Dazu bin ich ja hier.«

»Gleich?«

»Fast gleich. Ich muss nur erst noch mehr über diesen Keller hier rausfinden. Und über unsere Entführer.«

»Anna?«

»Ja?«

»Ich bin froh, dass du da bist!«

»Ich auch, Sergi!«

»Anna?«

»Ja?«

»Ich ... ich ... es tut mir so Leid, aber die haben mir dein Kickboard weggenommen ...«

»Mach dir keine Sorgen. Das kriegen wir wieder. Null problemo. Und weißt du was?«

»Was?«

»Wenn wir hier rauskommen, dann gehört es dir.«

Schweigen.

»Sergi?«

»Ja?«

»Wenn du magst.«

»Bist du ganz sicher?«

»Hundertpro!«

»Dass wir hier wieder rauskommen?«

»Sag ich doch.«

Schweigen.

Schwer von Hoffnung und Zweifel. Anna hätte gern noch etwas gesagt, irgendetwas Handfestes, um ihr Versprechen zu untermauern. Sie überlegte, wie sie den Jungen aufmuntern konnte, ohne zu lügen.

Plötzlich sein Schrei. »Neiiin!«

Anna wollte sich gegen die blechverkleidete Lattentür werfen, hielt sich aber in allerletzter Sekunde zurück. Hielt sich die Hand vor den Mund, zwang sich, die Luft anzuhalten, ruhig zu werden. Erst einmal zu lauschen.

Schritte. Das Klappern von Metall gegen Holz. Eine Männerstimme: »Hey! Stell dich nicht so an, ich tu dir doch nichts!« Ein Schlüssel drehte sich im Schloss. Rostige Scharniere knarzten. »Im Gegenteil, du Schwachkopf. Ich bring dir was. Hier. Und Comics.« Pause. »Na? Wie sagt man?«

»Danke. Danke, Tiger!« Die Stimme von Sergi.

»Will ich auch meinen.« Eine Tür knallte zu. Ein Schloss schnappte zu. Schritte? Das Schmatzen von Gummisohlen auf Beton war kaum zu hören. Kam aber näher.

Anna huschte zurück zur Isomatte, legte sich hin, drehte sich auf die Seite und bog Füße und Hände wie gefesselt nach hinten. Schloss die Augen.

Diesmal waren Schlüsseldrehen und Türknarzen ganz nah. Sie spürte, dass sie nicht mehr allein war. Hörte den fremden Atem. Zwei schmatzende Schritte in den Raum hinein. Etwas wurde neben ihrer Matte abgestellt. Anna blinzelte durch die Wimpern.

Eine Wasserflasche aus Plastik. Hellblau. Kühl. Wasser. Ein dunkelroter Nike-Air mit zweifarbiger Profilsohle und einem eingetretenen Kaugummi kam in ihr Blickfeld. Trat gegen ihre Schulter. »Ey!« Anna bewegte sich nicht. Abermals ein Tritt, diesmal etwas heftiger. Und ein Hauch von Panik in der Stimme. »Das gibt's doch nicht! Du kannst doch nicht immer noch pennen!« Die Stimme war direkt über ihrem Gesicht. Sie erkannte den Geruch. Bier, Schweiß, kalter Zigarettenrauch und süßliches Rasierwasser. Anna zuckte zurück und riss die Augen auf.

Tief über sie gebeugt der Mann mit dem Tigertattoo. Das Gold einer verspiegelten Sonnenbrille, darüber gerunzelte Brauen, Schweißtropfen auf glatter gebräunter Haut, die Unterlippe zwischen die Zähne gezogen. Er wippte auf den Fußballen. Als er zurückfederte, sah Anna das Messer in seiner Hand.

12

Es waren nicht sieben, sondern acht. Die hochwohlgeborenen Prinzessinnen des Mister Jonathan Smith. Sie alle waren schwarz verhüllt, höchstens die Augen waren zu erkennen. Die achte war klein und schmal und trug himmelblaue Jeans unter den schwarzen Stoffmassen. Sie blieb immer zwischen drei übergewichtigen Matronen. Sie flüsterten und kicherten miteinander. Die anderen vier bildeten eine Art Gruppe in der Gruppe. Brillantenbesetzte Sonnenbrillen. Unter dem Schwarz bunte Seidenhosen, Sandalen, Pumps, elegante Stiefeletten.

Sie sprachen arabisch und nur miteinander. Nur eine von ihnen hatte sich ganz zu Anfang an Pia gewandt. Auf französisch. Sie hatte ihr Anweisungen erteilt. Sehr höflich, sehr zuvorkommend. Und sehr herablassend. Ihre Sonnenbrille war blau getönt, und sie hatte ständig ein goldenes Handy am Ohr.

Ihnen folgten zwei Mädchen mit dunkler Haut, die offensichtlich nicht weiter zählten. Sie sollten vermutlich die Tüten tragen. Domestiken, die nicht nur auf kurzzeitlich begrenzter Honorarbasis arbeiteten.

Pia trug einen blauen Hosenanzug mit einer weiten Jacke, die das Pistolenholster verbarg und in deren Taschen sie alles Nötige unterbringen konnte, dazu ein hellblaues Poloshirt und Laufschuhe. Sie bildete die Vorhut. Barbara deckte nach hinten ab. Sie trug einen langen Rock mit gefältelter Bluse und einer kurzen Weste mit Taschen.

Sie waren am Morgen überpünktlich um kurz vor zehn vor dem Claris angekommen, hatten aber noch fast eine Stunde warten müssen. Bis endlich Mister Smith und die Damen erschienen. Er winkte nur kurz. Keine von ihnen stellte sich mit Namen vor. Zwei weiße Stretchlimousinen mit grau uniformierten und bemützten Chauffeuren wurden vorgefahren. Pia stieg mit Lady Blaue Brille und drei Damen in die erste, Barbara blieb bei den anderen. Sie fuhren in die Rambla de Catalunya und von da an immer wieder ein paar Schritte. Und noch ein paar. Hinter ihnen staute sich der Verkehr. Aber niemand nahm wirklich Notiz.

Dior, Gucci, Cartier. Bulgari, Chopard, Piaget. Die Matronen und das junge Mädchen deuteten auf Passanten, auf Autos, auf Häuser. Kicherten, verglichen mit ihrem Stadtführer. Die anderen vier wirkten extrem gelangweilt, ja geradezu angewidert. Sie verglichen vermutlich mit Paris, Genf und Zürich. Trotzdem kauften sie unablässig. Das hier und das und das. Tüten über Tüten wurden von den schwarzen Sklavinnen zu den weißen Limousinen getragen.

Pia war wütend. Auf die Welt und überhaupt. Aber in erster Linie auf sich. Ein ganz einfacher Auftrag. Viel Geld. *Sehr* viel Geld. Und sie konnte es nicht professionell sehen.

Sie sah nur diesen grotesken Reichtum. Diese idiotischen Kleidervorschriften. Die Rolle dieser Frauen, die diese schweineteuren Schmuckstücke und Designerklamotten höchstens mal heimlich in der Hotelsuite anziehen würden. Und dazu noch diese fast hündische Ergebenheit der Dienerinnen. Und nicht zu vergessen ihre eigene Schleimspur. Sie sah auf die Uhr. Kurz vor zwölf. Schon wieder fast der halbe Tag rum. Und noch immer keine Nachricht von Anna.

Sie waren beim Boulevard Rosa, der Luxuspassage zwischen der Rambla de Catalunya und dem luxuriösen Passeig de Grácia. Pia erklärte dem Fahrer der ersten Limousine, wie er fahren musste, dann nahm sie die Frauen mit in die Passage. Hier konnte sie sich etwas entspannen. Ein geschlossenes System, blendend helles Licht, gläserne Glitzerläden auf beiden Seiten, ein Café mit den besten Petits Fours der Stadt und ein privater Sicherheitsdienst.

Lady Blaue Brille und Gefolge verzogen auch hier verächtlich die Gesichter, entdeckten dann aber ein Schuhgeschäft, das ihren Ansprüchen zu genügen schien, und drängelten sich schnatternd hinein. Zwei Verkäuferinnen stürzten sich auf sie, und nach kurzer Zeit war der Boden mit Schuhen und Schachteln übersät. »Das ist eine optimale Situation.« Pia versuchte Barbara etwas aufzuheitern, die den ganzen Tag noch nicht viel gesagt hatte. »Hinter den riesigen Glasscheiben sind sie alle zusammen und gut sichtbar.«

Barbara schwieg.

Neuer Versuch. »Sehen aus wie Krähen in Aspik.«

Barbara schien sie nicht zu hören, versteifte sich plötzlich, entspannte sich wieder. Pia wandte sich um. Die Passagenstreife. Zwei Männer in knappem Uniformkhaki. Schlagstöcke und Pistolenhalfter. Pia erkannte den einen, es war ein früherer Kollege. »*Hola*, Simón.« Er stutzte kurz, strahlte dann und kam auf sie zu.

»Pia! Ich hab gehört, du hast auch aufgehört.« Er winkte seinen Kollegen herbei. »Das ist Felip. Felip, das ist die berühmte Pia, von der ich dir erzählt habe.« Felip war noch keine zwanzig, groß, dünn und schlaksig, rotblond mit einem rosigen Jungengesicht, das sich noch mehr rötete, als er Pia begrüßte.

Pia wandte sich zu Barbara um. »Meine Kollegin Barbara. Barbara, das sind Simón und Felip. Mit Simón habe ich mehr Nächte verbracht als mit irgendeinem anderen Mann. Wir sind jahrelang zusammen auf Streife gegangen.« Sie und Simón lachten. Barbara verzog keine Miene.

Felip starrte sie an, und auf seinem Gesicht bildeten sich zwei dunkelrote Flecken. Er verbeugte sich steif. »Freut mich, Sie kennen zu lernen.« Barbara lächelte zwar nicht, aber ihr Gesichtsausdruck war nicht mehr ganz so finster. Pia wandte sich wieder Simón zu.

»Und, wie gefällt's dir so außerhalb der *prefectura*?«

»Hält sich die Waage. Mehr Geld, weniger Action. Und dir?«

»So ähnlich. Freiheit und Eigenverantwortung, aber keinen Rückhalt mehr durch den Apparat. Und natürlich Jobs, von denen du Pickel kriegst.« Sie senkte die Stimme. »Im Moment muss ich auf diese Krähen da drin aufpassen.« Simón folgte ihrem Blick.

»Araber, o Gott! Sei bloß vorsichtig.«

»Simón, das sind Frauen!«

»Araber, das genügt, fürchte ich. Es laufen ein paar völlig irre Fanatiker durch die Stadt. Ich hab nur ein Gerücht gehört, aber an deiner Stelle wär ich extrem wachsam.«

»Danke. Ich werde es beherzigen.« Pia umarmte Simón, obwohl sie früher nie wirklich eng befreundet gewesen waren.

Barbara und Felip schienen sich ganz nett zu unterhalten. Aber nachdem Felip und Simón weitergegangen waren, verfiel Barbara wieder in ihr melancholisches Schweigen.

Im Schuhladen sah es mittlerweile aus wie nach einem

Raketenangriff. Lady Blaue Brille telefonierte mit ihrem goldenen Handy und reichte lässig eine silberfarbene Karte an die Kasse. Platinsilbern. Ha. Blaue Brille war gar keine Lady. Sie war nur die Sekretärin.

Pias Stimmung stieg. Sie legte Barbara kurz den Arm um die Schultern. »Ich weiß, warum du so bist. Es ist wegen Anna. Mir geht's genauso. Wir sollten sie suchen, statt hier mit diesen Flattervögeln rumzuhängen.«

»Und warum tun wir's dann nicht?« Barbara machte sich los, aber nicht so heftig, wie Pia erwartet hätte. »Anna ist seit gestern Nachmittag verschwunden.«

»Du weißt doch, Anna ist zäh.«

»Und wenn sie unsere Hilfe braucht?«

»Janet und Dagmar suchen sie ja. Verdammt, ich mach mir genauso Sorgen wie du. Aber ich bin mir ziemlich sicher, dass sie einfach nur sauer ist. Und außerdem müssen wir auch den Laden am Laufen halten. Wir haben einen Vertrag unterschrieben.«

»Scheiß drauf. Das war natürlich wieder Janet. Die hat sich mit ihrem Tagesplan gegen uns alle durchgesetzt. Der geht's doch immer nur ums Geld.«

»Ja, glücklicherweise. Ohne Janet wären wir schon pleite. Und was Anna angeht – du weißt ganz genau, dass Janet alles für sie tun würde. Ah, sie sind fertig, sie kommen.«

Später verstand Pia selbst nicht, warum sie Barbara nichts von Simóns Warnung erzählt hatte. Warum sie so viel Zeit damit vergeudet hatte, ihr eigenes und Barbaras schlechtes Gewissen zu beruhigen, statt die Passage richtig im Auge zu behalten. Statt nachzudenken. Statt einfach nur ihren verdammten Job zu machen.

Blaue Brille und die anderen kamen wieder heraus, von den Verkäuferinnen katzbuckelnd begleitet. Offensichtlich hatten sie den ganzen Laden aufgekauft, die beiden

Dienerinnen konnten die übervollen Tüten kaum schleppen. Pia bedeutete ihnen, ihr zu folgen. Vor dem Café gab es einen kurzen Disput, Blaue Brille zeigte auf ihre Uhr. Piaget, immerhin. Es gab noch einen kurzen Stop bei dem Eckladen an der Gabelung. Nautische Andenken und antike Navigationsgeräte. Geschliffenes Glas, gewachstes Mahagoni, poliertes Kupfer und Messing. Die kleine Lady mit den himmelblauen Jeans schien sehr interessiert, wurde aber von den anderen weitergezogen. Man war müde. Man war hungrig. Man wollte nicht mehr. Sie stöhnten und jammerten, als hätten sie den Himalaya hinter sich.

Pia sah den Ausgang auf den Passeig de Gárcia vor sich, auf den breiten Luxusboulevard. Helles Sonnenlicht und die gefleckten Schatten der Platanen. Autos schoben sich Stoßstange an Stoßstange die Straße entlang, Fußgänger warteten in geduldigen Pulks an den Ampeln.

Pia sah die weiße Kühlerhaube einer der beiden Stretchlimousinen. Keinen der Fahrer. Nur die Umrisse von zwei Rucksacktouristen direkt am Eingang der Passage. Das hätte ihr auffallen müssen. Die Fahrer hatten die klare Anweisung, neben ihren Wagen zu warten. Außerdem war hier nun wirklich keine Gegend für Rucksackreisende. Aber erst der Schrei von Barbara riss sie aus ihrer Lethargie und den Gedanken an Anna.

Alles ging blitzschnell. Pia warf Blaue Brille und das junge Jeansmädchen auf den Boden, brüllte die anderen Frauen auf Spanisch an, aber sie verstanden alle und warfen sich ebenfalls zu Boden. Pia sprang hoch und stellte sich zwischen die Frauen und den Ausgang. Sah das dunkle Ei in der Hand des einen Typs mit dem Rucksack. Handgranate? Sie hatte die Pistole in der Hand, bevor sie darüber nachdenken konnte, und schoss. Dreimal über den Jungen in die Decke, dreimal vor ihnen auf den

Boden. Funken sprühten, Querschläger heulten. Die Jungen ließen das Ei fallen und rannten davon.

Rauchwolken quollen hervor und vernebelten die Sicht. Pia wandte sich um. Die Frauen lagen dicht gedrängt an einer Seite der Passage, die drei älteren hatten das Jeansmädchen zwischen sich gezogen. Hinter ihnen stand Barbara über einem jungen Mann, dem sie gerade den Arm auf den Rücken drehte, bevor sie ihn hochzog. Sie zeigte Pia den hochgereckten Daumen. Sie hatte da hinten alles im Griff. Pia hielt sich einen Ärmel vor das Gesicht und lief durch die Rauchwolken nach vorn zum Ausgang.

Neugierige Passanten sammelten sich bereits. Der erste Streifenwagen hielt, hinter ihm ein zweiter. Pia kannte die Kollegen. Ismael, Pau, Roger und Valentí. Sie berichtete kurz, was geschehen war. Den Fahrer der ersten Stretchlimousine fanden sie gefesselt und geknebelt im Kofferraum, der andere war mitsamt dem Auto verschwunden. Ismael drängte die Passanten zurück, Pau und Roger halfen den Frauen durch die Reste der Nebelschwaden nach draußen. Valentí rief Verstärkung und gab eine Fahndungsmeldung nach der zweiten Stretchlimousine raus. Dann nahm er Barbara den jungen Mann ab.

Etwa Mitte zwanzig. Jeans, schwarzes Sweatshirt mit computerverzerrtem Mansonporträt, Rucksack. Dürr, langes fettiges Haar und ein schütterer Bart. Auffällig helle Augen. Herpes an der Oberlippe, eitrige Pickel am Kinn. Er sah hungrig aus, sehr jung. Er schwieg. Sie durchsuchten ihn. Er war Amerikaner, Stephen Allison. Auch er hatte eine Nebelbombe dabei. Einen Wurfstern, ein Jagdmesser, und im Rucksack eine Pumpgun.

Pia hatte Bonet angerufen, aber Mister Jonathan Smith war schneller. Er trug wieder seinen grauen Dreiteiler, hatte aber jetzt wie zum Trotz dazu ein kariertes Kopftuch mit schwarzem Reif an. Er kam mit vier normalen Taxis.

Er zeigte Valentí ein Formular mit vielen Stempeln. Die Frauen kletterten in die Taxis, ohne noch einmal zurückzuschauen. Blaue Brille steckte ihr goldenes Handy ein, als würde sie es in nächster Zukunft nicht mehr benötigen. Smith kam auf Pia zu. Pia setzte zu einer Erklärung an.

Smith winkte ab. Er wirkte nervös. »Sie waren gut, Kompliment. Wir reisen sofort ab. Das hätten wir schon gestern tun sollen. Danke.« Er stieg ins letzte Taxi, und sie fuhren los, gerade als Bonet ankam. Er sah den Taxis nach und grinste. Die ersten Reporter erschienen, ein Ü-Wagen von TV3.

Pia starrte ihn an. »So zufrieden? Ein Anruf vom Innenminister?«

»Ja, stimmt. Ganz richtig. Übrigens, die zweite Stretchlimo und die beiden anderen Typen haben wir auch schon geschnappt. Jetzt heißt es vermutlich, mit der amerikanischen Botschaft zu kooperieren.«

Pia dachte über eine passende Antwort nach.

»Pia?« Barbara stand neben ihr. »Brauchst du mich noch?«

»Aber ja. Meine Güte, das hier zieht einen Rattenschwanz von Papieren und Bürokratie nach sich, wir müssen …«

»Nein«, unterbrach Barbara sie. »*Du* musst. Und du machst das auch. Ich geh jetzt Anna suchen.« Sie lächelte kurz und wandte sich ab. Ging.

Pia sah ihr nach. So viel auf einmal hatte Barbara den ganzen Tag über nicht gesprochen.

13

Sie war selbst überrascht. Die Anzeichen waren so klar und deutlich gewesen wie in einer Lehrstunde von Pablo el Rey. Der Fahrer stand nicht neben seiner Limousine und die beiden Rucksacktouristen bewegten sich nicht, sie waren wie zu Puppen erstarrt. Das hätte Pia genauso erkennen müssen. Dass sich von hinten noch ein dritter anschlich, hatte sie selbst erst im allerletzten Augenblick gespürt, dank ihrer Instinkte und Reflexe aus den Jahren als Taschendiebin in Barcelonas Straßen.

Barbara hatte die Passage fast wieder durchquert und sah schon die Rambla de Catalunya vor sich, als sie jemanden hinter sich herrennen hörte. Sie fuhr herum. Felip, der schlaksige Sicherheitsmann. Er war so schnell, dass er ins Straucheln kam, als er bei ihr abbremsen wollte. Seine Gummisohlen quietschten auf den Bodenkacheln. Er grinste und wurde wieder rot. »Gut, dass ich dich noch erwischt hab. Wieso bist du plötzlich abgehauen?«

»Was soll ich da noch?«

»Mann, da herrscht eine Höllenaufregung! Ein Attentatsversuch auf eine millionenschwere arabische Familie. Von drei Amerikanern. Bis an die Zähne bewaffnet. Und das hier in Barcelona, und in diesen Zeiten. Die Polizei dreht durch, die Diplomaten plustern sich auf, die Medien kochen über. Und du fragst, was du da sollst?«

»Pia ist ja noch da. Ich hab's eilig.« Barbara setzte sich wieder in Bewegung. »Um ehrlich zu sein, ich bin ganz froh, dass sich dieser blöde Bewachungsauftrag so schnell erledigt hat.« Felip blieb neben ihr. Barbara war nicht sehr groß, Felip überragte sie deutlich. »Und du? Wirst du da drüben nicht gebraucht? Als Zeuge?«

»Wir waren ja hier, am anderen Ende der Passage. Ich hab nur den Krach gehört, und dann hab ich gesehen, wie du diesen Kerl aufs Kreuz gelegt hast. Das war genial!«

»Das war Tae Kwon Do.« Barbara blieb stehen und blinzelte auf die Straße hinaus. Es war Mittag, die Sonne stand hoch, und der Schattenstreifen neben den Häusern war keinen Meter breit. Selbst die Platanen auf dem breiten Mittelstreifen hatten nur winzige Schatten. Auch die weißen Schirme über den Cafétischen schienen die Sonne nicht wirklich zurückhalten zu können.

»Hast du Lust auf 'ne Cola?« Felip war immer noch neben ihr. Er winkte einem der Kellner zu, die über die Straße flitzten, der winkte zurück und rief etwas, das im Autolärm unterging. Barbara sah hoch. Felip hatte ein Grübchen am Kinn, wie Kirk Douglas in alten Schwarz-Weiß-Filmen. Die Sonne blendete sie.

»Ich hab's eilig, wie gesagt. Und du hast doch Dienst, oder?«

»Bei dem Durcheinander fällt doch gar nicht auf, wenn ich fehle. Ich kann ja sagen, dass ich hier verdächtigen Spuren nachgegangen bin. Und Simón wird mich schon eine Zeit lang decken.«

»Tut mir Leid. Ich muss ...« Barbara sprach nicht weiter. Sie kannte Felip nicht. Wollte allein sein. Anna suchen. Aber andererseits war es auch sehr angenehm, diesen schlaksigen Kerl mit den Grübchen so dicht neben sich zu haben.

Er sah sie an. Grübchen auch rechts, gleich neben dem Mund. »Was ist los? Vielleicht kann ich dir helfen?«

»Ich ... ich muss meine Freundin suchen. Sie ist verschwunden. Seit gestern. Und ihre letzte Spur endet dort oben am Ende der Rambla de Catalunya.«

»Okay. Ich mach mit. Nach der Cola. Vier Ohren hören mehr als zwei.« Er zog Barbara mit hinüber in das nächste Café. »Hier hab ich letzten Sommer gejobbt.« Felip bestellte zwei Colas. »Aber die Uniform bringt mehr. Und vor allem hab ich den Abend frei!« Er lachte. Große, schneeweiße Zähne wie aus einer Zahnpastawerbung. Auch die Khakiuniform war makellos.

»Und wer bügelt deine Hemden? Mama?«

»Das macht ein Waschdienst. Ich wohn nicht mehr bei Mama. Ich bin mit den Leuten von der Band zusammen.«

»Du spielst in einer Band?«

»Las Garrapatas.« Die Colas wurden gebracht und ein Teller mit in der Schale gesalzenen Erdnüssen. Barbara merkte, dass sie Hunger hatte. Sie nahm sich eine Hand voll Erdnüsse und begann, sie zu schälen.

In der Bewegung und in der Sonne sah man die Narben auf ihren Händen besonders deutlich. Wie purpurn geschwollene Flüsse auf einer blassen Landkarte. Sie zwang sich, die Hände oben zu lassen, weiter die Nüsse zu schälen. »Die Zecken. Schöner Name für eine Jungsband.«

»Wir sind drei. Und ich bin der einzige Junge«, sagte Felip und legte ein Häufchen fertig geschälter Erdnüsse vor Barbara auf den Tisch. »Und jetzt erzähl von deiner Freundin.«

»Was spielst du?«

»Sax. Los, komm schon. Ich bin gut im Suchen. Und ich kenne eine Menge Leute. Ich helfe dir!«

»Ich fürchte, du brauchst selbst Hilfe.« Eine Hand legte sich von hinten schwer auf Felips Schulter. Simón. Er warf einen Blick auf den Zettel mit der Rechnung, legte Geld auf den Tisch und trank Felips Cola aus. Dann hob er bedauernd die Schultern und wandte sich an Barbara. »Tut mir Leid, im Moment kann er Ihnen nicht helfen. Er hat einen Job, genau definiert im Boulevard Rosa. Er hat eine Uniform und eine Waffe. Und er ist nicht berechtigt, die Waffe außerhalb seines Dienstbereichs zu tragen.«

»Simón, du kannst dir den Job sonstwohin …« Felip sprang auf, doch Simón unterbrach ihn ruhig.

»Du kannst jederzeit kündigen. Aber dann musst du vorher die Uniform ausziehen und die Waffe abgeben. Klar?«

Barbara konnte nicht länger zuhören. Sie sprang auf und rannte über den Mittelstreifen und quer durch die Autos auf die andere Straßenseite.

Sie schritt weit aus. Sie hatte schon viel zu viel Zeit verloren. Janet wollte heute noch einmal mit Sergios Familie reden, Dagmar sollte Annas Spuren nachgehen.

Barbara verdankte Dagmar viel. Sie hatte sie damals als Erste an ihrem Krankenbett besucht, als sie dort mit den Verbrennungen gelegen hatte. Des Doppelmordes verdächtigt. Und Dagmar hatte an sie geglaubt. Hinter der etwas betulichen Dagmar steckte eine brillante Anwältin.

Zusammen mit Janet und Pia hatte sie Barbara freibekommen und rehabilitiert. Dann hatten sie sich zu der Detektei *Llimona 5* zusammengeschlossen. Das war alles großartig. Und danach begannen sie mit der Ausbildung: Jede brachte den anderen bei, was sie konnte. Pia war der Chef, sie hatte die Papiere, sie besaß einen Waffenschein, sie kam von der Kripo. Das akzeptierten die anderen alle. Und sie alle profitierten davon.

Aber Barbara hatte immer noch Mühe, sich als Detektivin zu fühlen. Obwohl ihr Erfolge wie der heutige Recht gaben. Sie sah sich immer noch als Außenseiterin. Dagmar gehörte zum Gründertrio. Sie war eine der drei Säulen von *Llimona 5*. Aber Barbara konnte auch sie nicht als Detektivin sehen. Dagmar konnte sich nicht verstellen. Dagmar war im Alltag ängstlich, da half auch Pias Tae Kwon Do-Unterricht nichts. Dagmar würde Anna niemals allein finden.

Barbara war jetzt auf dem Platz vor dem Hotel. Das Regente war lupenreiner Jugendstil. Auf dem ersten der halbrund geschwungenen Balkone hatte sich eine spanische Fahne schlapp um die Stange gewickelt.

Mittagsruhe. Die Bänke waren leer. Der Asphalt weich von der Hitze. Aber Barbara glaubte noch die letzten Spuren der langen Achten zu sehen, die zwei schmale Räder gezogen hatten. Über den Platz, zwischen den Bänken hinauf und hinab, Kurven und Rosetten.

Barbara stieg die drei Stufen zum Hotel hoch und gelangte durch das gläserne Portal in eine kühle Lobby. Zwei ältere Amerikaner, die gerade auscheckten, beschwerten sich, weil sie ihr Gepäck selbst tragen mussten. Hinter der Theke eine junge Frau in dunkler Bluse, die gelassen und höflich blieb und ihnen ein Taxi bestellte. Dann wandte sie sich Barbara zu. Auf ihrem Namensschild stand Alícia. Barbara war froh, dass sie noch das damenhafte Outfit trug. »Ich suche meinen kleinen Bruder. Der fährt hier immer mit seinem Roller rum.« Sie zeigte das Foto von Sergio vor, das Pia für sie alle vervielfältigt hatte. »Bitte Alícia, Sie müssen mir helfen!«

»Ja, gern.« Alícia musterte das Foto. »Ah ja, der kleine Junge mit dem Roller. Der ist fast jeden Tag hier.«

»Und gestern Nachmittag?«

»Da hab ich keinen Dienst gehabt. Aber fragen Sie doch

mal nach dem Taxi zwölf-dreizehn.« Sie lächelte. »Das ist Marta, meine Cousine. Die steht fast immer hier, und die hört das Gras wachsen.« Alícia wandte sich einem schwedischen Paar zu, das unter Stöhnen seine Koffer und Taschen die Stufen hochschleppte.

Barbara ging aus der Jugendstilkühle wieder hinaus auf die gleißende Straße. Direkt neben dem Hotel standen ein paar Taxis, aber alle Fahrer waren Männer. Dann kam ein weiteres Taxi an, zwei ältere Damen stiegen aus. Die Fahrerin half ihnen mit dem Gepäck. Barbara wartete, bis die Damen im Hotel verschwunden waren. »Marta?«

»Ja bitte?« Die Fahrerin war deutlich älter als die junge Frau im Hotel, übergewichtig, mit Brille und streichholzkurzen Haaren. Barbara zeigte ihr Foto vor.

»Ich suche meinen kleinen Bruder. Er fährt hier immer mit seinem Scooter. Aber seit gestern Abend ist er verschwunden.«

»Klar. Sergi.« Marta gab Barbara das Foto zurück. »Er ist verschwunden, sagen Sie?«

»Wann haben Sie ihn zuletzt gesehen?«

»Na gestern. Ich war hier. Stundenlang kein Kunde. Es gibt so Tage. Sergi läuft hier immer mit seinem Roller rum. So ein netter Junge. So wohlerzogen. Immer mit Bügelfalten in den Shorts und mit Krawatte …«

»Und dann kam meine Schwester dazu. Richtig? Sie hat auch so einen silbernen Roller.«

»Ja, genau.« Marta lachte. »Die beiden haben die Roller getauscht. Aber dann bekam ich endlich eine Fuhre.«

»Bitte, Marta. Erinnern Sie sich! Wer war zu der Zeit noch auf dem Platz?«

»Auffällig meinen Sie? Auf einer Bank hat ein Mann gesessen … mit Matratze im Gesicht« – sie lachte –, »Vollbart und viel zu lange Haare … der ist hier auch fast jeden Tag. Liest immer in dicken Bildbänden. Ein Künstler vielleicht. Ich denke, der hat sonst nichts Richtiges zum Wohnen ...« Ein Mann kam auf das Taxi zu und zog die Tür auf. Marta hob bedauernd die Schultern, stieg ein und fuhr los.

Barbara ging langsam über den Platz zu den leeren Bänken. Ein alter Künstler mit Bart und Bildbänden. Sie musste nur auf ihn warten. Sie setzte sich auf die erste Bank. Das Holz glühte durch ihren dünnen Rock. Die grelle Sonne war extrem schlecht für ihre Narben, eigentlich hätte sie Handschuhe mitnehmen sollen oder wenigstens die Salbe. Sie verbarg die Hände unter den verschränkten Armen. In der Westentasche steckte das Handy. Sie zog es hervor und wählte Annas Nummer.

Sie erwartete nichts, höchstens wieder die Mailbox. Das Freizeichen. Doch plötzlich eine Männerstimme, schroff: »*Diga!*«

»Hallo? Ja?« Barbara war so überrascht, dass sie stotterte. »B-bitte, ist Anna da?«

»Nein!«, schnauzte die Männerstimme. Dann knackte es laut, und die Verbindung war unterbrochen.

14

Er trat darauf herum, bis nur noch ein Kreis platter Metallteilchen und bunter Lötpunkte übrig blieb. Das größte Problem hatte er mit dem glänzend roten Mantel und dem silbergrauen Tastennetz. Das Plastik sprang immer wieder unter seinen Schuhsohlen weg.

Anna bewegte sich nicht. Sie starrte nur auf seinen wütenden Fuß, der die Trümmer ihres schönen neuen Nokias immer feiner zertrat. Ihr Einstiegsgeschenk von *Llimona 5*. Aber das war es nicht, was so wehtat. Es war die Dummheit. Ihre eigene unermesslich große Dummheit.

Es war an einem Freitag gewesen. Vor genau sieben Wochen. Ihr inzwischen heiliger *Llimona-5*-Freitag, an dem sie alle fünf zusammensaßen, aßen, tranken und über die vergangene Woche sprachen. Über Aufträge, Kunden, Pläne, Probleme und Erfolge. In dieser Woche hatten Barbara und sie bei Pia ihre ersten Prüfungen abgelegt. Kriminologie, Kriminalistik, Überwachungstechniken, Verwaltung, Kampfsport. Sie hatten bestanden, und es gab ein richtiges Fest. Von Pia bekamen sie die beiden Nokias, von Janet die Karten, von Dagmar die Luxusverkleidungen, Barbaras königsblau und ihres knallrot.

Anna war so stolz darauf. Sie trug es immer bei sich.

Auch heute. Nicht im Rucksack, sondern in der unteren Tasche der Cargohosen. Deshalb hatten sie es auch nicht gefunden. Den Rucksack hatten sie ihr abgenommen, aber sie selbst hatten sie wohl nicht weiter gefilzt.

Sie hätte telefonieren können. Sie hatte ein geladenes und funktionierendes Handy dabeigehabt. Und sie hatte es nicht genutzt. Sie hatte nicht bei Pia angerufen. Sie hatte versagt.

Der Mann bekam die rote Verkleidung nicht kaputt, trat sie weg. Atmete schwer, als hätte er einen Marathonlauf hinter sich. Unter seiner dunklen Snapcap liefen helle Tropfen hervor. Auch auf seinen Schultern glänzte der Schweiß. Der Tiger mit dem aufgerissenen Maul und den bluttriefenden Zähnen war wie von Lack überzogen. »Wer war das?«

»Woher soll ich das wissen?« Anna wich zurück, obwohl er sich nicht bewegt hatte. Das Telefon hatte sich in genau dem Augenblick gemeldet, als er direkt vor ihr stand. Er hatte Anna herumgerissen, gemerkt, dass sie sich von den Fesseln befreit hatte, und das Nokia gefunden.

»Es war eine Frau.«

»Eine Freundin vielleicht?«

»Wen hast du angerufen?«

»Die hat doch mich angerufen!«

»Wen hast du zuletzt mit diesem Telefon angerufen?« Er schrabbte über das zertretene Nokia. Seine Stimme wurde immer leiser. Anna grinste verächtlich.

»Wenn du mein schönes Handy nicht kaputtgemacht hättest, dann wär's einfach gewesen, die Wiederwahl zu drücken. Jetzt dürfte es etwas schwieriger werden.«

Der Schlag kam blitzschnell und unerwartet. Mit dem Handrücken ins Gesicht. Anna fiel rückwärts gegen die Wand. Tastete mit der Zunge nach den Zähnen. Brennen.

Er war mit einer geschmeidigen Bewegung über ihr, packte ihr Haar und riss sie hoch. Sie schrie unwillkürlich. Er drehte ihr Gesicht nah zu sich hin. Zigarettenrauch und Bier. Sie sah sich in der Brille. Sie war nur außen golden, zur Mitte hin grün verlaufend. »Ich möchte gern, dass du weißt, wer hier der Chef ist. Hast du mich verstanden?«

»Ja.« Ihre Stimme zitterte. Er verdrehte die Hand mit ihrem Haar. Kam noch ein Stück näher.

»Dann noch mal: Wen – hast – du – zuletzt – angerufen?«

»Sie tun mir weh!«

»Ich warte.« Sein Griff spannte sich eher noch an.

»Okay, okay, ich sag's ja. Ist kein Geheimnis. Gestern Abend, den Pizzaservice.«

Einen Moment lang bewegte er sich nicht, und Anna dachte schon, er hätte ihr geglaubt. Dann schlug er ihr plötzlich die linke Faust in den Bauch, ohne ihre Haare loszulassen. Der Schmerz nahm ihr die Luft und trieb ihr Tränen in die Augen. Der Mann ließ sie los, und sie fiel zu Boden. Krümmte sich um den Feuerball in ihrer Mitte und hechelte nach Luft.

»Nun?«

»Meinen Vater. Aber er war noch nicht da. Er ist verreist.« Sie legte Traurigkeit in ihre Stimme. »Er ist dauernd verreist.«

»Nummer?«

»93 40574.« Sie dachte an Barbara und ihren Pablo. Waren das überhaupt genug Ziffern?

»Name?«

»Pablo …« Weiter kam sie nicht. Das schrille Geräusch war zuerst nicht als Schrei zu erkennen. Es klang eher wie ein hohes Pfeifen. Erst als zwischendurch kleine Pausen entstanden, registrierte Anna, dass es der Junge war, der schrie.

Tigertattoo richtete sich auf, wandte sich um. Und brüllte: »Ruhe, verdammt noch mal!« Das schrille Schreien setzte kurz aus und sofort wieder ein. Der Mann zögerte kurz, sein Blick flitzte zwischen Anna und der Tür hin und her. Er knurrte wie ein Hund.

Anna vergaß ihren Schmerz, setzte sich halb auf. »Bitte. Ich kann Ihnen vielleicht helfen. Ich kenne den Jungen. Wenn Sie uns zusammenlegen, dann werde ich ihn sicher beruhigen.«

»Das kann ich auch selbst.« Er war schon bei der Tür.

»Aber wenn Sie zum Beispiel Geld für ihn haben wollen, dann sollte er doch besser unversehrt sein, oder?«

Tiger stand in der Tür. Die Pausen zwischen den Schreien wurden etwas länger, aber Höhe und Lautstärke waren ungebrochen. Sein Mund verzog sich zu einem schiefen Grinsen.

»Na schön. Wie du meinst.« Er kramte in seiner Hosentasche herum und kam wieder zu ihr, immer noch grinsend. Er nahm ihre Hand, dann die andere, drehte sie um. »Ich will dir nicht wehtun. Okay? Wenn du mitspielst, wird dir nichts passieren.« Das Plastikband schlüpfte wie von selbst über ihre Gelenke und zog sich fest. Anna wehrte sich nicht. Er stand auf. »Bis gleich.«

Das Schreien wurde jetzt von immer längeren Pausen unterbrochen. Schluchzer nahmen ihm die Spitze. Tiger ging hinaus, ohne die Tür zu schließen. Grinste noch einmal zu Anna zurück.

Jetzt hätte sie aufstehen und rausrennen können.

Aber sein Grinsen zeigte, dass er in der stärkeren Position war. Es gab noch weitere Türen. Und die waren verschlossen. Er war nicht allein. Er hatte ein Messer. Und eine Pistole.

Abrupt brachen Sergis Schreie ab. Sie hatten den Mann nicht wirklich nervös gemacht. Das hieß, niemand konnte sie hören. Das war nicht gut. Aber etwas anderes machte Anna viel größere Sorgen. Der Mann trug keine Maske. Ob mit oder ohne verspiegelter Sonnenbrille – Anna würde ihn überall und jederzeit wiedererkennen. Für Sergi galt sicher dasselbe. Und dumm war Tigertattoo nicht. Er wusste Bescheid.

Das bedeutete, weder sie noch Sergi würden das Versteck lebend verlassen.

»Na los, mach schon, du kriechende Kröte!« Der Mann erschien als Erster in der Tür, dann kam Sergio, er schleppte eine ungeschickt zusammengerollte Isomatte und einen Beutel mit einer Wasserflasche und ein paar Comic-Hefte mit sich. Er zögerte. Blinzelte in den Raum. Lächelte verzagt, als er Anna sah.

»Hey.« Er war bleich, hatte dunkle Schatten unter den Augen, ein Hämatom am Kinn, seine Hose war schmutzig, das Hemd eingerissen. Schürfwunden an beiden Knien.

»Hallo Sergi.« Anna lächelte ihm beruhigend zu.

Sergi sah sie an, wollte näher treten. Der Mann gab ihm einen Tritt, der ihn stolpern und hinfallen ließ. »Das Liebespaar des Jahres, wie rührend.« Er schubste Sergis Isomatte gegen die Wand neben der Tür. »Dahin. Für die Doppelmatratze bist du noch zu jung.« Er lachte und sah auf Sergi hinunter, der hastig seine Matte an der Wand ausrollte.

»Das reicht!« Er kniete sich neben Sergi hin, packte seine Beine, fesselte sie mit einem Band. Griff dann nach den Händen. Sergi wehrte sich nicht. »Schau gut zu!« Er sah zu Anna und drehte sich Sergi wie ein Hühnchen am Grill zurecht. »Da ist er, dein kleiner Liebling. Du hast ihn gern. Prima!« Er beugte sich zu Sergi hinunter. »Und du? Du magst doch die hübsche Anna auch, oder?« Sergi sah kurz zu Anna, dann senkte er den Blick. Nickte unmerklich.

Der Mann mit dem Tigertattoo lächelte. »Das ist schön. Das gefällt mir wirklich gut. Klingt fast nach Liebe, oder? Tja, wahre Gefühle sind selten geworden heutzutage.« Für einen Moment dachte Anna, er würde gehen. Aber er setzte sich auf Sergis Matte, wandte sich ihr zu. »Davon können wir alle profitieren. Klein-Sergi kann zuschauen, was Männer und Frauen so miteinander treiben, und davon lernen. Und du wirst alles machen, was man dir sagt. Weil sonst dein kleiner süßer *novio* angeritzt wird.« Er hatte das Messer in der Hand und hielt es Sergi an den Hals. Ritzte die Haut. Blut. Sergio bewegte sich nicht, weinte nicht. Nur seine Augen wurden riesengroß. »*Claro?*« Tiger lächelte breiter.

Und nahm langsam die verspiegelte Brille ab. Seine Augen waren hell und durchsichtig wie gerade erst gefrorenes Eis.

15

Es gab offensichtlich Personal. Jemand musste diese vier geklonten Gummibäume regelmäßig besprühen und abwischen, so künstlich sahen sie aus. Die Sonne sprenkelte bunte Punkte durch die Jugendstilornamente im Oberlicht. Janet sah auf die Uhr. Halb drei. Aus der offenen Tür kam der Geruch von Knoblauch und frisch gebratenen *gambas*. Es war die heilige Mittagzeit, in der man in Spanien bei Todesstrafe niemanden stören durfte.

Der Mann, der in der Tür erschien, hatte auch dementsprechend deutlich die Serviette in der Hand. Er sah gut aus, intelligent. Grau meliertes Haar, randlose Brille. »Ja bitte?« Janet hatte sich nicht angemeldet. Und die Zeit hatte sie absichtlich ausgesucht, um möglichst die ganze Familie anzutreffen.

»Es tut mir Leid«, sagte sie, »ich komme sehr ungelegen.« Sie hatte mit Bedacht das handbestickte Seidenkleid angezogen. Es war nicht gerade bequem, aber es saß wie aufgemalt und es stammte aus Chinas großer Vergangenheit. Eine Kostbarkeit. »Mein Name ist Janet Howard. Verzeihen Sie, dass ich nicht vorher angerufen habe. Aber ich dachte, wir könnten Zeit sparen, wenn ich gleich vorbeikomme.«

Er schwieg. Musterte sie. Schätzte ihr Alter, ihre Herkunft und ihr Aussehen. In dieser Reihenfolge. Dann lächelte er herablassend. Janet setzte ihren hochnäsigen Gutsherrinnen-Ton ein.

»Und Sie sind Señor Montoro?«

»Ja, entschuldigen Sie. Anselm Montoro. Worum geht es?«

»Um Ihren Sohn. Sergio.«

»Wer ist da?«, kam eine sehr bestimmende Frauenstimme von innen.

»Gleich, Mutter.« Montoro trat zurück und öffnete die Tür weiter. »Bitte, kommen Sie herein.«

Janet folgte ihm in ein Esszimmer mit einem riesigen ovalen Mahagonitisch. Der Tisch war massiv und sicher gut hundert Jahre alt. Unten gab es noch ein Fach mit einem Kohlebecken, an dem man sich früher die Füße gewärmt hatte. Verdeckt von einem gigantischen Tischtuch. Heute war die Oberfläche poliert, dunkel schimmernd vor den schneeweißen Wänden. Von den zwölf Korbstühlen waren nur vier besetzt. Aber es gab fünf Gedecke.

Ein Mann, älter, kleiner und dicker als Montoro, aber mit deutlicher Familienähnlichkeit. Rote Säufernase. Eine junge Frau, unscheinbar und verhuscht. Am Kopfende des Tisches saß der Boss. In diesem Fall die Mutter. Etwa siebzig, dürr, zäh und weißhaarig. Sie warf Janet nur einen kurzen Blick zu, wandte sich dann sofort an Montoro. »Was soll das, Anselm?«

»Mutter, das ist Janet Howard. Sie ermittelt, sie kommt wegen Sergi ...«

»Ist sie auch von der Polizei? Haben die denn heute überhaupt keine Männer mehr?«

»Mutter, bitte!« Montoro sah Janet entschuldigend an. »Darf ich vorstellen: Meine Mutter Matilde, mein Bruder Eduard und meine Frau Júlia.» Júlia sah Janet trübe an, Eduard grinste leicht, beide machten aber sonst keine Geste der Begrüßung. Montoro blieb höflich. »Möchten Sie nicht mit uns essen?«

Eine junge vietnamesische Frau brachte den nächsten Gang herein. Kaninchen mit Karotten, Rosinen und Pinienkernen, und wieder eine Welle von Knoblauch. Immerhin kam die Frau ohne Häubchen und Servierschürzchen.

»Nein danke. Ich würde mich nur gern mit Ihnen unterhalten. Danke. Bemühen Sie sich nicht. Ich kann stehen. Und wir können auch hier sprechen. Ich arbeite für die Privatdetektei *Llimona 5*. Eine unserer Detektivinnen ist kurz vor Sergios Verschwinden mit ihm zusammengetroffen. Sie hat später versucht, ihn wiederzufinden, und ist seitdem auch verschwunden.«

Keine Reaktion. Das Kaninchen dampfte den Knoblauch aus und wurde kalt. Alle starrten Janet an. Die Vietnamesin verharrte neben dem Tisch. Dann erwachte Matilde zum Leben und winkte die junge Frau mit einer kleinen Handbewegung aus dem Zimmer. Wandte sich wieder Janet zu.

»Und was haben wir damit zu tun?«

»Nichts.« Janet hatte Mühe, ruhig zu bleiben. Sie drehte Matilde den Rücken zu und wandte sich ausschließlich an Montoro. »Sergio ist verschwunden. Aber das interessiert die Polizei nicht wirklich. Ein Junge? Na und! Der ist durchgebrannt, der wird schon wieder auftauchen.«

»Genauso ist es auch!« Eduard. Er legte kurz seine Hand auf die von Júlia, die wie erstarrt am Tisch saß.

»Nicht unbedingt.« Janet wandte sich immer noch direkt an Anselm Montoro. »Ich sage Ihnen jetzt etwas, das besser unter uns bleiben sollte. Es sind in den letzten Monaten eine ganze Reihe Kinder verschwunden. Und bei der Kripo weigert man sich, dieses Verschwinden als Serie zu erkennen. Wir aber von *Llimona 5* haben ein ganz persönliches Interesse, die Kinder zu finden und herauszufinden, was passiert ist.»

»Und wir sollen das vermutlich finanzieren!« Matildes Stimme war schneidend. Langsam drehte sich Janet zu ihr um und hob das Kinn.

»Ich kann mich nicht erinnern, von Geld gesprochen zu haben.« Diesen Ton beherrschte sie ebenso. »Ich habe Ihnen lediglich angeboten, bei der Suche nach Ihrem Enkel zu helfen. Wenn Sie sich nicht weiter für den Verbleib von Sergio interessieren, dann ist das wiederum auch eine interessante Information.«

»Nein!« Ein Aufschrei von Júlia.

»Bitte.« Montoro warf seiner Mutter einen wütenden und gleichzeitig hilflosen Blick zu. »Wir sind alle etwas angespannt. Entschuldigen Sie. Natürlich werden wir alles tun, um Sergio wiederzufinden! Und wir sind dankbar, Sie auf unserer Seite zu wissen. Womit können wir Ihnen helfen?«

»Hast du dir ihren Ausweis zeigen lassen?« Matilde. Janet war mit drei Schritten bei ihr und klappte ihre Brieftasche auf. Es war die alte Brieftasche ihres Vaters, das Leder duftete immer noch. Und es trug die Goldprägung. Cambridge und eine Krone. Damals gab es noch keine Fächer für Kreditkarten, deshalb steckten Janets Karten alle durcheinander in einem der kleineren Fächer. Sie waren sorgsam angeordnet, für genau solch einen Fall. Zum Protzen. Die goldene Amex und die Platin-Visa erkennbar ganz vorn, dahinter die anderen, auch Harrod's, Corte Inglés und ihr Spirituosenhändler. Zu sehen waren nur Silber, Gold und Schwarz. Sie zog ihren Ausweis heraus und legte die Visitenkarte von *Llimona 5* daneben. »Sie können jederzeit anrufen. Tag und Nacht.

Eine von uns ist immer da.« Janet richtete sich wieder auf, steckte den Ausweis ein und klappte die Brieftasche zu.

Matilde starrte Janet an, dann senkte sie den Blick und schnippte die Visitenkarte von sich weg. Schwieg. Es war ein gutes Gefühl, diese Frau sprachlos zu sehen. Janet wandte sich wieder Montoro zu. »Dürfte ich wohl mal das Zimmer von Sergio sehen?«

»Natürlich. Bitte, kommen Sie!«

Janet folgte Montoro, blieb aber in der Tür noch einmal kurz stehen. »Es tut mir unendlich Leid, Sie beim Essen gestört zu haben.«

16

Deine Eltern werden inzwischen Himmel und Hölle in Bewegung gesetzt haben, um dich zu finden!« Anna versuchte zu Sergi durchzudringen, aber der lag nur auf seiner Matte und starrte an die Decke. Reglos. Schweigend. Apathisch. Sie versuchte es weiter. »Deine Mutter. Dein Vater ... Sie werden doch nicht zulassen, dass du noch länger hier bleibst!«

Keine Reaktion.

»Sie haben Geld und Einfluss. Richtig? Ich seh's doch an deiner Schuluniform.«

Schweigen.

»Warum sonst hätten die ausgerechnet dich geschnappt? Die wollen Geld.«

Sergi bewegte sich nicht, schien aber leicht die Schultern zu heben.

»Und mit Geld und Einfluss kann man in Barcelona eine Menge erreichen. Überall eigentlich. Und das ist auch für dich gut. Ich meine, die dürfen dir gar nichts tun. Die wollen dich ja teuer verkaufen. Richtig?«

Sergi schüttelte langsam den Kopf.

»Nein? Was meinst du damit? Rede doch endlich mit mir. Bitte, Sergi!«

Er schwieg. Lag nur da. Aus seinen Augen liefen Tränen. Anna hielt es nicht länger aus. Sie wälzte sich auf die Seite, kam auf die Knie und hoppelte zur Tür. Sie war todmüde, und die Schmerzen zerrissen sie. Aber da war Sergi. Er wirkte jetzt nicht mehr ganz so apathisch. Er schielte zu ihr her.

Anna schob sich wieder an der Tür hoch, bis sie zu dem herumgebogenen Blechstück kam, und hob ihre Handgelenke dort hin. Hängte die Plastikfesseln ein und riss. Schmerz. Blut. Sie versuchte, die Fesseln noch genauer an die Blechecke zu haken.

Die Drohungen von Tigertattoo waren nur allzu deutlich und anschaulich gewesen. Er würde wiederkommen. Vielleicht bald. Anna tastete verzweifelt mit ihren Handgelenken nach dem Blech.

»Mehr zur Wand hin.« Sergi redete wieder! Anna folgte seiner Anweisung.

»Gut so?«

»Noch etwas weiter, und dann ein Stückchen runter.«

Anna schaute zu ihm hinüber. Er saß jetzt halb aufgerichtet und hatte ihre Handgelenke im Blick. »Ja. Gut. Ein Stückchen zurück. Genau! Jetzt!«

Anna hängte sich mit Kraft an die Plastikbänder und rieb sie hin und her. Zack. Frei.

Gleich darauf war sie bei Sergi und nahm ihn in die Arme. Drückte ihn, wiegte ihn. Er wehrte sich nicht, blieb aber stocksteif, dann endlich gab er nach. Weinte, weinte, weinte. Bitterlich, als hätte er die Tränen von Jahren für diesen Augenblick aufgespart. Anna hielt ihn fest.

Jeden Moment konnte Tigertattoo wiederkommen. Jeden Moment konnte alles vorbei sein. Aber das spielte plötzlich keine Rolle mehr. Sie hielt Sergi im Arm. Und ließ ihn weinen. Die Zeit verschwamm zu einer endlosen Kette von Minuten. Oder einem winzigen Augenblick. Irgendwann hob Sergi den Kopf. Schniefte. Anna putzte ihm die Nase. Dann nahm sie seine Plastikfesseln ab. Das Zusammenziehen musste ihm wehtun, aber er verzog keine Miene. Er sah sie nur an. Dunkle Augen. Schniefte noch einmal durch die Nase hoch. »Tun sie nicht.«

»Wer tut was nicht?« Anna gab ihm ihr vorletztes Taschentuch.

»Meine Eltern.«

»Du meinst, sie tun gar nichts?«

»Die setzen nicht Himmel und Hölle in Bewegung. Die nicht.«

»Aber sie lieben dich doch! Sie vermissen dich.«

»Sie sitzen nur da und warten, was die *abuela* sagt. Bei uns hat Großmutter das Sagen. Sie ist der Chef. Absolut.«

»Aber die *abuela* liebt dich doch auch. Du hast mir erzählt, dass sie dir den Scooter geschenkt hat.«

»Ja, schon …« Sergi überlegte. »Aber ich glaube nicht, dass sie mich wirklich liebt. Sie hat mich noch nie in den Arm genommen. So wie du.« Er schmiegte sich an sie, und Anna hielt ihn fest.

»Es gibt Menschen, die können Gefühle nicht so gut zeigen.«

»Aber sie *kann* ihre Gefühle doch zeigen! Hass. Oder Verachtung. Sie hasst meine Mutter. Sie ist immer gemein zu ihr. Mama liebt mich, glaube ich. Manchmal tanzen wir, oder sie berührt mich kurz am Kopf oder am Rücken. Wenn Großmutter nicht da ist. Oder wenn sie wegschaut.« Er schluckte.

»Aber sie hat dir den Scooter geschenkt.«

Sergi dachte nach, er rückte etwas von Anna weg. »Ich glaube, sie wollte Papa ärgern. Der hat gesagt, dass ich nur dann einen Scooter zum Geburtstag bekomme, wenn ich es in Mathe mindestens auf sechs Punkte schaffe.«

Anna fror. Sie dachte an ihre eigene Kindheit auf Ibiza zurück. Der Vater, der so selten kam und immer ein Fremder blieb. Die Mutter, die schon morgens Whisky trank und den ganzen Tag mit der Musik von Miles Davis im Halbdunkel der Finca verdämmerte. Aber sie waren nicht böse gewesen. Nicht intrigant oder hinterhältig. Nur völlig desinteressiert. Niemand hatte Anna in den Arm genommen. Aber es hatte auch niemand ihren Schulbesuch kontrolliert oder irgendwelche Leistungen von ihr erwartet. Wenn überhaupt, dann bekam sie ein Mindestmaß an Fürsorge von Polly und Frank, den großen Brüdern. Ihre Welt bestand damals aus Sonne, Meer und Freiheit. Und aus vielen Freunden. Bis die Drogen dazukamen.

Sie nahm Sergi abermals in den Arm. Zu fest. Er machte sich wieder frei. »Aber das schaff ich nie im Leben. Ich kapier Mathe einfach nicht. Ich bin bei vier. Und das ist wirklich schlecht.«

»Wann war dein Geburtstag?«

»Am sechzehnten August. Und deiner? Wann ist deiner?«

»Heute.«

»Ach Quatsch!« Sergi lachte. Es tat gut, ihn lachen zu sehen. Anna kitzelte ihn, damit er nicht aufhörte.

»Stimmt aber wirklich. Heute werde ich achtzehn. Volljährig.«

Sergi sah sie an, merkte, dass sie es ernst meinte, lächelte. Legte ihr die Arme um den Hals und küsste sie. »*Feliz cumpleaños*. Alles Gute zum Geburtstag!« Er sang ein paar Takte von *Happy Birthday* und strahlte Anna an. »Dann bist du jetzt genau doppelt so alt wie ich!«

»So schlecht bist du gar nicht in Mathe.« Jetzt versuchte Anna, wieder etwas Abstand herzustellen. »Dafür gibt's locker die vollen zehn Punkte!«

»Gut. Sie haben den Job als Lehrerin.« Sergi kuschelte sich in ihren Arm und seufzte tief auf. Als sie ihren Arm wegziehen wollte, hielt er ihn fest. Anna sah auf das verschmutzte Gesicht hinunter. Die schwarzen Wimpern zitterten kurz, dann entspannte sich Sergis Körper. Er schlief. Tief und fest.

Anna hätte gern geweint. Aber das durfte sie nicht. Sie durfte ihren Gefühlen nicht nachgeben. Um keinen Preis. Im Gegenteil. Sie musste ihren Verstand aktivieren.

Nachdenken!

Anna ging noch einmal die Fakten durch. Tiger und seine Kumpane hatten Sergi geschnappt und entführt. Sie war ihnen dabei in die Quere gekommen. Also hatten sie sie sicherheitshalber auch gleich mitgenommen. Aber für sie gab es kein Lösegeld. Und damit auch keinen Bedarf, sie länger als unbedingt notwendig am Leben zu halten.

Aber Sergi kam aus einer offensichtlich reichen Familie. Trotzdem, irgendetwas stimmte da nicht. Wenn seine Entführung mit dem Verschwinden der kleinen Mädchen zusammenhing, dann ging es gar nicht um Lösegeld.

Tiger war nie maskiert. Er zeigte sich. Er hatte sogar die verspiegelte Sonnenbrille abgenommen. Er hatte keine Angst, später wiedererkannt und identifiziert zu werden.

Weil sowieso geplant war, Anna zu töten.

Und Sergi?

Er war ein schlauer kleiner Junge. Er kannte sich aus, er wusste jetzt schon viel zu viel. Aber, was immer sie mit ihm vorhatten: Sie wollten ihn gut genährt und unversehrt.

Anna sah drei Möglichkeiten.

Erstens: Sergis Entführung hatte nichts mit den anderen verschwundenen Kindern zu tun.

Aber dafür hatten sich Tigertattoo und sein Kumpel viel zu professionell verhalten. Das machten die nicht zum ersten Mal. Und sie hatten ein starkes Schlafmittel dabeigehabt. Die injizierte Menge war jedoch für ein Kind berechnet gewesen und hatte deshalb bei Anna nicht lange genug gewirkt.

Zweitens: Tiger war ein ausgeflippter Psychopath.

Unglaubhaft. Sie hatte ihn kennen gelernt. Er hatte fraglos einen an der Waffel, aber er war stark und sah gut aus. Dumm war er auch nicht. Nicht der Typ, der kleine Kinder braucht und missbraucht. Und er arbeitete nicht allein. Auto, Versteck, Logistik. Er hatte mindestens einen Kumpel, den Mann mit dem Piratentuch, vermutlich aber ein ganzes Team hinter sich.

Oder drittens.

Anna fiel bei allem Nachdenken nur noch eine einzige zu allen bisher bekannten Fakten passende Möglichkeit ein. Kinderpornos. Kinderprostitution. Kinderhandel.

So wie es aussah, nicht hier in Barcelona. Vermutlich überhaupt nicht in Spanien. Tiger war nicht maskiert. Er rechnete nicht damit, Sergio wiederzutreffen.

Die Kinder wurden hier nur geraubt und danach irgendwohin geschafft. Belgien, Deutschland, Amerika. Es gab Kunden. Es gab Bestellungen.

Es gab eine richtige Organisation hinter dem Ganzen. Mit Geld. Ausreichend Geld. Viel Geld. Sergi war nur ein kleines Puzzleteilchen.

Anna war so übel, dass sie nicht weiter nachdenken konnte. Sie drückte Sergi fester an sich und schwor sich, ihn zu verteidigen, ihn zu retten. Um jeden Preis.

Als sie das Quietschen der Gummisohlen auf den Bodenkacheln hörte, war ihr klar, dass sie jetzt etwas unternehmen musste. Sich eine Waffe beschaffen. Sich hinter der Tür aufstellen. Sergi wieder wie gefesselt auf seine Matte legen.

Sie konnte nicht.

War gelähmt. Wie in einem Traum gefangen, in dem man das Unheil näher kommen sieht, aber nichts tun kann, um es aufzuhalten.

Sie starrte auf die Tür, hielt Sergi im Arm, höchstens besorgt, ihn aufzuwecken.

Das Quietschen hörte auf. Ein Schlüssel schob sich in das Schloss. Wurde gedreht. Die Tür wurde leicht aufgestoßen. Rostiges Knarzen. Noch ein Tritt. Die Tür knallte gegen die Wand und flog wieder ein Stück zurück.

Selbst als Tigertattoo hereinkam und mit hochgezogenen Brauen auf sie und Sergi heruntersah, brachte Anna es nicht fertig, sich zu bewegen.

III.

Spuren ins Nichts

17

Die alte Frau saß fast jeden Tag hier auf einer der Bänke und strickte. Meistens kleine Babyjäckchen und Mützchen in Rosa oder Hellblau. Manchmal häkelte sie auch luftig leichte Babydecken in Weiß oder Zartgelb, wie heute.

Dagmar hatte sie schon oft gesehen, sie nickten sich für gewöhnlich zu, hatten aber noch nie miteinander gesprochen. Dagmar schätzte die Frau auf Ende siebzig, Anfang achtzig.

»*Hola*, wie geht's? Ist ja ein richtig schöner Tag heute …« Dagmar setzte sich neben sie und packte ihr eigenes Strickzeug aus. Extra für diesen Anlass zusammengestellt. Eine dicke Rundnadel aus rotem Plastik und zwei Knäuel königsblauer Wolle. Die ersten Reihen bildeten einen Schlauch aus gleichmäßig schönen Maschen.

Dagmar lehnte sich zurück und schaute über die Allee und hinauf zum grünen Berg des Tibidabo. Einen Augenblick lang stellte sie sich vor, dass sie den Pullover für Sarah strickte oder für Jochen. Dass sie wieder zusammenlebten. Dass sie heute Abend die Größe nachmessen konnte.

Sie konnte überhaupt nicht stricken. Das hatte sie schon in der Schule im Handarbeitsunterricht verweigert. Die nette Dame in dem altmodischen Kurz- und Wirkwarenladen hatte ihr alles gezeigt und ihr auch die ersten Reihen vorgestrickt. Dagmar hatte versucht, sich zu merken, wie man es machte. Mit der einen Nadel dicht bei der anderen in die Masche stechen und …? Umdrehen. Fallen lassen? Einfädeln? Sinnlos. Und sie hatte nicht vor, sich hier eine Blöße zu geben.

»Wird das ein Pullover? Wunderschön!« Die alte Frau bewunderte den blauen Schlauch der Verkäuferin aus dem Kurzwarenladen, ohne ihrer flinken Häkelnadel eine Pause zu gönnen. Ihre Finger waren krumm und arthritisch, aber sie schienen von allein zu wissen, was sie zu tun hatten. Die Frau schaute kaum noch hin. Und sie hatte viel zu lange allein auf der Bank gesessen. Dagmar musste weder eine eigene Geschichte erfinden noch fragen.

Die alte Frau hieß Francesca. Sie hatte viele Jahrzehnte für eine Familie als Kindermädchen gearbeitet. Zwei Häuser neben dem von der Señora Negre. Sie hatte die Señora noch als junges Mädchen gekannt. Sie war entzückt, Dagmar kennen zu lernen. Das ganze Theater mit dem Strickzeug hätte es nicht gebraucht. Dagmar erfuhr auch so, wie sehr sich Barcelona in den letzten siebzig Jahren verändert hatte. Nicht zum Guten. Nein, das nicht. Früher hatte man zur Familie gehört, die Herrschaft hatte noch Verantwortung übernommen und für ihre Leute gesorgt, wenn diese alt wurden. Heute überließen sie einen der Wohlfahrt und beantworteten nicht einmal die Weihnachtskarten. Francesca war sechsundachtzig, sie lebte in einem kirchlichen Altenheim und verschaffte sich einen kleinen Verdienst, indem sie die Babysachen sonntags auf dem Markt vor der Kathedrale verkaufte.

Dagmar unterbrach Francesca in dem Bericht über ihr entbehrungsreiches und aufopferungsvolles Leben und brachte sie mit etwas Mühe wieder auf die Rambla de Catalunya zurück.

Gestern? Ja, da war sie hier gewesen. Oder auch vorgestern. Der kleine Junge. Sergio. Hieß er Sergio? Der Enkel von der Señora Montoro. Matilde.

Die Montoros waren sehr reich. Immer schon. Der alte Montoro hatte Schiffe besessen, große Schiffe und sogar eine Werft. Zwei Söhne hatte er gehabt. Antoní und Martí. Antoní war wohlgeraten, der ganze Stolz seines Vaters.

Francesca vergaß nie die schreckliche Geschichte, als Antoní im Hafen ertrank. Zerquetscht zwischen zwei Schleppern. Martí, der jüngere Bruder, war ein Tunichtgut. Und als er das Kindermädchen schwängerte, versuchte sein Vater zuerst, sie mit viel Geld fortzuschicken. Aber Matilde drohte mit einem Skandal. Martí musste sie heiraten. Und schon damals war sie so schrecklich hochnäsig gewesen. So richtig gemein konnte sie sein, ganz besonders zu den Dienstboten, auch denen anderer Familien …

Dagmar brachte Francesca vorsichtig wieder zurück zum Tag zuvor und zu Sergio. Ja, er hatte sich mit einem jungen Mädchen getroffen. Sie hatten beide so komische Kinderroller gehabt. Das Mädchen hatte sie dann noch mal mit Mateu gesehen. Aber das war erst später gewesen.

»Mateu? Wer ist denn Mateu?«

»Na, der dort drüben. Der ist auch fast jeden Tag hier.« Francesca löste einen krummen Finger aus ihrer gelben Häkeldecke und zeigte zu einer der anderen Bänke hinüber. »Das ist Mateu.«

Dagmar entdeckte einen Mann mit Vollbart und einem großen Buch auf den Knien. Und neben ihm Barbara.

»*Hasta luego*, bis dann.« Dagmar packte ihr Strickzeug zusammen und verabschiedete sich von Francesca. Sie ging zu Barbara hinüber. Barbara sah hoch.

»Okay. Tausend Dank!« Sie stand auf. Der Bärtige

schaute nur kurz zu ihr und zu Dagmar, dann vertiefte er sich wieder in sein Buch. Einen Bildband über die Kultur des Orients.

»Das junge Mädchen,« sagte er, ohne hochzusehen, »es wusste eine ganze Menge über Gaudí. Die hatte ein paar richtig gute Denkansätze. Grüßen Sie sie von mir.«

Barbara nickte. Sie sah aus, als würde sie am liebsten weinen. Dagmar hätte sie gern umarmt. Wusste aber, dass ihr das keine Sympathien einbringen würde. Sie blieb also betont cool. »Komm, lass uns zu mir rübergehen. Ich mach uns eine schöne eisgekühlte Schokolade, und wir tauschen unsere Ergebnisse aus.«

»Schokolade. Strickzeug! Mann, ich glaub es nicht!« Barbara konnte von einem Moment auf den anderen richtig wütend werden. »Anna ist verschwunden. Anna hat heute Geburtstag. Anna ist vielleicht schon tot. Und du denkst an Schokolade und Stricken.«

Dagmar fiel erst einmal keine Antwort ein. Sie liebte Anna. Vielleicht mehr als die anderen. Und sie würde alles für sie tun. Am liebsten hätte sie Barbara geohrfeigt, geschlagen. War entsetzt von dieser plötzlichen Aggression. Schämte sich, und hatte gleichzeitig Mühe, sich zurückzuhalten.

»Barbara«, sagte sie leise. Barbara schien sie nicht zu hören. Dagmar tat den letzten Schritt und umarmte Barbara. Barbara machte sich steif. »Ist ja gut, Kleines.« Dagmar drückte sie an sich. »Wir werden sie finden. Das schwör ich dir. Wir finden sie!«

»Klar.« Barbara machte sich los, lächelte. »Tut mir Leid.« Sie folgte Dagmar über den glutheißen Mittelstreifen und hinein in die kühleren Nebenstraßen. Am Straßenrand parkte ein weißer Renault Kangoo. Auf den Schiebetüren rannte ein blaues Männchen mit einem riesigem Rohrschlüssel hinter der Adresse eines Klempnerdienstes her. Ferrer Saneamientos. Barbara blieb stehen und schaute in den Wagen hinein. Dagmar konnte sie gerade noch zurückziehen, als zwei Männer in blauen Overalls auftauchten, ihr Werkzeug klirrend einluden und einstiegen.

Barbara schwieg bis kurz vor dem Haus, in dem Dagmar wohnte. Dann blieb sie wieder stehen. »Dieses Auto … So einen weißen Lieferwagen hat Mateu gestern auch gesehen.«

»Barbara, weiße Kangoos fahren zu Hunderten durch Barcelona.«

Eine malerisch bunt gekleidete *gitana* mit einem Baby an der offenen Brust entdeckte Dagmar und kam mit einem unterwürfigen Lächeln auf sie zu. »Bitte, nur ein paar Münzen für meine armen, hungernden Kinder, bitte!« Dagmar gab ihr einen Euro. Die Frau verbeugte sich tief und ging weiter.

»Bist du bescheuert?« Barbaras Stimme kletterte vor Wut schon wieder hoch. »Hungernde Kinder! Hast du das Baby gesehen? Das war von diesem Dauereinsatz an der Titte so fett, dass es nicht mehr aus den Augen schauen konnte!«

Barbara hatte Recht. Aber Dagmar konnte nun einmal nicht Nein sagen. Sie beschloss, nicht weiter auf dieses Thema einzugehen. »Wir waren bei dem weißen Kangoo stehen geblieben«, sagte sie nur.

Barbara hätte offensichtlich nur zu gern wieder auf Dagmars unendlicher Gutmütigkeit und Naivität rumgehackt, verkniff es sich dann aber doch. »Er ist Mateu aufgefallen, weil er quer auf dem Gehweg geparkt war. Und weil er dort offenbar sehr lange stand. Mateu hat nicht darauf geachtet, ob er eine Firmenaufschrift trug, er glaubt aber nicht. Er ist passionierter Fußgänger und hasst diese ganzen Autos, die ihm den Weg versperren und seine Stadt verpesten. Später stand an der Stelle ein blaues Auto, ein Seat oder so, kleiner jedenfalls. Und mit dem Fahrer hat Anna noch gesprochen.«

»Er hat sie im Auge behalten? Anna hat ihn ja offenbar schwer beeindruckt.« Dagmar lächelte, sie sah Anna vor sich, frisch, frech und direkt. Barbara hob nur die Schultern.

»Anna hat mit ihm gesprochen. Sie hat Sergio gesucht. Und sie ist auf irgendetwas gestoßen, das sie weitergeführt hat. Irgendeine Spur!«

»Einen weißen Renault-Lieferwagen.«

»Ja, zumindest einen Kombi. Der Berlingo von Citroën sieht allerdings ganz ähnlich aus.« Barbara schnippste mit den Fingern. Es gelang noch nicht so richtig. »Die kleine Ángela aus Sants. Deren Vater Eisenbahner ist. Da hat die Nachbarin doch etwas vom Auto einer chinesischen Wäscherei gesagt. Chinesische Wäschereien gibt es in Barcelona nicht, soweit ich weiß. Aber in New York und auch in Toronto.«

»Und da haben die vielleicht solche weiße Lieferwagen. Das werden wir recherchieren, und auch, ob diese Nachbarin jemals dort gelebt hat.«

»Und dann dieser Berber am Bahnhof, der *La Farola* verkauft hat. Der hat auch etwas Merkwürdiges gesagt. Er sprach von einem großen Bruder.«

»Und Bonet und seine Polizeikollegen haben das alles nur als Geschwätz eines besoffenen Penners abgetan. Typisch.« Dagmar mochte Bonet, aber manchmal war er ein unerträglicher Macho. Voller Vorurteile. Sie musste nur daran denken, wie lange es damals gedauert hatte, bis er endlich begriff, dass Barbara keine Mörderin war.

»Die haben doch keine blasse Ahnung. Interessiert sie ja auch einen Scheiß.« Wenn Barbara in ihren Straßenslang zurückfiel, waren Emotionen im Spiel. »Das sind doch auch Menschen!«

»Barbara, *mich* musst du nicht überzeugen.«

Barbara hörte gar nicht hin. »Das könnte jedem von uns jederzeit auch passieren. Plötzlich hast du alles verloren, Job, Geld, Freunde, Familie. Und du sitzt auf der Straße. Die Leute, die *La Farola* machen und verkaufen, haben meist mehr in der Birne als Bonet und alle seine Kollegen. Und selbst wenn sie auch mal zu viel trinken – sie sind doch nicht permanent im Delirium!«

Dagmar bemühte sich um einen ruhigen Tonfall. »Wen also meinte dieser Mann, als er vom großen Bruder sprach?«

»Den Fahrer des weißen Kombis?«

»Den Entführer.« Dagmar nickte. »So sieht es aus.

»Engere Auswahl erst mal Renault Kangoo oder Citroën Berlingo.«

»Tut mir Leid wegen der eisgekühlten Schokolade.« Sie standen direkt vor Dagmars Haus. »Aber hier kommen wir allein nicht mehr weiter. Ich denke, wir sollten jetzt ins Büro zu Pia und den anderen gehen.« Dagmar wusste, dass Barbara sofort mitmachen würde. Sie konnten streiten oder auch völlig verschiedener Meinung sein, aber in kritischen Momenten waren sie sich einig. Sie alle. Das war so großartig und einmalig an *Llimona 5*.

»Wir nehmen ein Taxi!«, sagte Barbara und wollte sich schon in Bewegung setzen.

»Dagemar!« Emilio winkte aus einem Treppenhausfenster, verschwand und kam gleich darauf unten aus dem Haus. Strahlte sie an. Er hatte ausnahmsweise keinen Jogginganzug an, sondern eine beigefarbene Hose und ein braunes Hemd mit riesengrünen Palmwedeln. »Ich habe Sie gesucht. Ich habe bei Ihnen geläutet!« Vorwurf.

»Dagmar, wir haben keine Zeit, wir müssen los!«, drängte Barbara. Sie war jung und hübsch. Aber Emilio nahm sie gar nicht wahr. Er zappelte herum wie ein kleiner Junge am Tag vor Weihnachten.

»Und es Ihnen einfach nur hinstellen, das wollte ich nicht.« Er trug einen Bastkorb, griff hinein und holte einen kleinen Tontopf mit einem etwas schlappen Zitronenbäumchen hervor. »Für Sie, Dagemar.« Er strahlte glücklich.

Barbara wurde immer nervöser, aber Dagmar konnte Emilio doch nicht einfach stehen lassen. Sie nahm das Zitronenbäumchen. »Das ist ja wunderschön! Vielen Dank.«

Emilio lächelte sie an. Sah verlegen zu Boden. »Das ist noch nicht alles. Ich habe eine Neuigkeit für Sie, Dagemar. Bitte, darf ich Sie ... ich meine, dürfte ich Sie vielleicht heute Abend, oder wann immer Sie Zeit haben, zu einem Gläschen Cava oder Wein einladen?«

»Ja, natürlich, Emilio. Nur im Moment bin ich leider ein wenig –«

»In Eile!«, unterbrach Barbara sie, nahm ihr den Topf mit dem Bäumchen aus der Hand und gab ihn Emilio zurück. »In höchster Eile. Sorry.« Sie zerrte Dagmar weg. Dagmar wollte Emilio vertrösten und schaute noch einmal zurück.

Emilio hatte sich nicht bewegt. Stand nur da und hielt den Topf mit dem Zitronenbäumchen in beiden Händen. Sein Gesicht war starr. Er ließ sie nicht aus den Augen. Dagmar lächelte ihm zu und winkte mit einer entschuldigenden Geste. Emilio hob den Topf hoch und ließ ihn mit aller Kraft auf das Pflaster krachen. Splitter flogen meterweit, der kleine Erdknoten zerfiel und lieferte das weiße Wurzelgeflecht der grellen Nachmittagssonne aus.

18

Fritz saß auf einem der Barhocker und reckte seinen Hals weit über den Tresen hinüber. Er roch Ziegenkäse und Fisch. Er konnte kaum noch an sich halten, aber er wusste auch, dass er sofort rausflog, wenn er um die Theke herumging. Pia behielt ihn gnadenlos im Auge.

Sie war erst vor einer halben Stunde heimgekommen. Die Verhöre und Ermittlungen hatten sich unendlich hingezogen. Zwei Herren in grauen Anzügen waren erschienen, die sich als Terrorspezialisten wichtig taten, sonst aber vor allem mit baskischen Bombenlegern zu tun hatten. Die amerikanische Botschaft hatte einen Vertreter geschickt, der erst einmal jede Art der Aufklärung vereitelte. Mister Jonathan Smith war extrem ungehalten und verkürzte das Ganze endlich durch diverse Telefongespräche. Und dann hatte auch noch Pias Mutter angerufen.

»Pilar, meine Kleine, was muss ich da hören?!«

»Hallo, Mutter. Woher soll ich wissen, was du hören musst?«

»Ein Bombenattentat. Und du mittendrin!«

»Woher weißt du das?« Alarm. Wenn ihre Mutter schon nach so kurzer Zeit Bescheid wusste, dann würde die Meldung sich kaum unterdrücken oder wenigstens klein halten lassen.

»Ich habe immer noch meine Verbindungen. Und du? Hast du wirklich nichts Besseres zu tun, als den Leibwächter für einen Harem zu spielen?«

»Nein Mutter, mir ist nichts passiert. Lieb, dass du dir Sorgen machst.«

»Ich mache mir Sorgen! Darum geht es ja. Meine einzige Tochter in Barcelona als Schnüfflerin! Da war ja deine Arbeit bei der Polizei noch besser! Da hattest du immerhin einen Pensionsanspruch.«

»In dreißig Jahren vielleicht.«

»Wie lange willst du bloß noch so weitermachen?« Die Stimme kippte von vorwurfsvoll in klagend um. »Du wirst schließlich auch nicht jünger.«

»Da ist was dran. Die Alternative wäre ein früher Tod. Ist es das, was du mir wünschst?«

»Pilar!« Schrille Höhenlage. »Versündige dich nicht!« Dann plötzlicher Umschwung zu vertraulichem Gurren. »Und jetzt erzähl mal. Gibt es jemanden in deinem Leben, mit dem du –« Pia unterbrach sie abrupt.

»Oh, tut mir Leid, Mutter, aber da kommt ein Anruf auf der anderen Leitung. Ich melde mich wieder.«

Wie immer nach solchen Gesprächen mit ihrer Mutter war Pia frustriert und wütend zugleich. Sie zerrte Bretter, Messer und Töpfe hervor und machte sich daran, *tapas* vorzubereiten.

Eine kleine Tortilla mit Zwiebeln und Kartoffeln, russischen Salat mit harten Eiern und Erbsen, in Knoblauch und Zitronensaft eingelegte Sardellen, gebackenen Ziegenkäse, Olivenbrot, mit gehacktem und fein gewürztem Kalbfleisch gefüllte Tintenfische ...

Es läutete an der Tür.

Anna war immer noch verschwunden. Aber vielleicht kam sie ja doch noch von allein zurück. Vielleicht. Es läutete wieder. An der privaten Tür, nicht an der von *Lli-*

mona 5. Anna würde nicht läuten. Anna hatte einen Schlüssel. Pia hackte wütend auf die Zwiebeln ein. Wenn sie doch nur auf Anna eingegangen wäre! Das Gefühl von Schuld und Hilflosigkeit ließ sich kaum noch zurückdrängen. Sie sah Fritz an.

Fritz rannte immer zur Tür, wenn eine der fünf *Llimonas* kam. Oder einer der Freunde. Er merkte das. Er kannte sie alle.

Doch jetzt bewegte sich Fritz nicht. Erwiderte gelassen Pias Blick. Sie fragte sich, wie schlau Katzen wirklich sein konnten. Und wie viel davon nur Einbildung war.

Erneutes Läuten.

Fritz zuckte nicht einmal mit den Ohren. Sah sie nur an. Pia konnte sich nur zwei Möglichkeiten vorstellen.

1. Fritz hatte erkannt, dass kein Freund vor der Tür stand.

2. Fritz wartete einfach, bis sie zur Tür ging und ihm endlich den Zugang zu den kleinen Tintenfischen ermöglichte.

Wie auch immer. Fritz war sehr schlau.

Es läutete wieder, diesmal heftig und in Intervallen.

Der Kühlschrank war schon voll. Pia schob das Brett mit den vorbereiteten Tintenfischen und alles, was auch nur annähernd nach Fisch, Fleisch oder Käse duften konnte, in den Geschirrschrank und klemmte die Tür zu. Nahm Fritz, setzte ihn auf die Terrasse und schloss die Tür. Er starrte sie empört durch die Scheibe an. Pia hob die Schultern. »Ja, das Leben ist ungerecht.« Erneutes Läuten. Diesmal ein durchgehender Ton.

Pia ging zur Tür und sah durch den Spion.

Zwei Männer. Polly und Frank. Annas große Brüder.

Hämmern an der Tür.

Pia öffnete.

Sie hatten mit dem Besuch gerechnet und sie hatten

geplant, dass an diesem Tag immer mindestens zwei von ihnen im Haus sein sollten. Pia versuchte zu lächeln. »Ach, Sie sind's.« Die beiden drängten sich in die Wohnung.

»Ja. Wir sind's. Heute ist Annas Geburtstag.« Polly schnüffelte in Richtung Küche. Er hatte wieder zugenommen, sah aber gut aus, rund und zufrieden. Und ein bisschen schlampig. Er trug schlecht sitzende Jeans, ein nicht mehr ganz sauberes T-Shirt und eine Camel-Weste. »Duftet lecker. Ist das schon für Annas Party?«

Frank drückte hinter sich die Tür zu. »Aber sicher. Sie ist doch hier wie eine Tochter aufgenommen worden. Mit Richterspruch!« Er sah älter aus als bei ihrer letzten Begegnung. Hager, Ringe unter den Augen, Dreitagebart. Aber sein Sommeranzug war feinster Armani. Sie gingen dem Duft nach in Richtung Küche.

Pia wusste nicht, wie sie die jungen Männer hätte aufhalten sollen. Sie waren höflich, sie waren zurückhaltend und sie waren nun mal Annas Brüder. Als sie die Küche betrat, musste sie feststellen, dass Fritz schon längst den Weg durch das Wohnzimmerfenster gefunden hatte und wieder auf dem Barhocker saß.

»Kann ich Ihnen etwas anbieten?« Pia stellte sich hinter den Tresen, Polly setzte sich auf den Hocker neben Fritz und streichelte ihm über den Kopf.

»Na du ...« Fritz maunzte kurz auf, sprang runter und verschwand im Gang zu den Büroräumen. Nicht ohne Pia noch einen empörten Blick zugeworfen zu haben.

»Nein, danke.« Frank blieb stehen. »Wir würden nur gern unsere Schwester Anna sprechen.«

Pia sah die beiden an.

Frank war der Chef. Eindeutig. Sie erinnerte sich an Annas Erzählungen. Die Jahre in der Finca auf Ibiza. Polly, ihr Mentor, und Frank, der große Surfer, ihr Vorbild.

»Wo ist Anna? Nicht da?« Frank. Er zog sich auch einen Barhocker unter den Hintern. »Dann warten wir eben. *No problem.*«

Polly nickte. »Und ich hätte dann doch gern ein Glas Cava. Strohtrocken und eiskalt.«

Pia öffnete eine Flasche und stellte Gläser auf die Theke. Sie dachte daran, dass die beiden Amigo getötet hatten, das geliebte Hündchen von Anna. Aber sie vergaß auch nicht, dass sie selbst kein faires Spiel gespielt hatte, als es damals um Anna ging. Sie goss Sekt in die Gläser und schob sie über den Tresen. Sah auf Polly, der sofort sein Glas nahm, trank, anerkennend grinste und es ihr zum Nachfüllen hinhielt. Sah Gutmütigkeit in seinen Augen. Und Frank. Der die Backen einzog und die Zähne zusammenbiss. Mühsam beherrschte Aggression. Aber auch so etwas wie Angst.

Ihre Pistole war hinten im Büro. Eingeschlossen im Safe. Sehr praktisch. Vor ihr auf dem Brett lag das große Küchenmesser. Frank hatte sein Glas nicht berührt, sie stellte ihm eine Wasserflasche hin. Frank dankte ihr mit einem verkrampften Lächeln. »Könnten Sie bitte die Hände oben lassen? Nur für den Fall, dass Sie da hinter dem Tresen eine Waffe versteckt haben.« Frank trank direkt aus der Flasche; als er den Arm hob, sah Pia, dass in seinem Gürtel eine Smith&Wesson steckte.

Pia legte die Hände auf das polierte Holz. »Das ist ein ziemlich dickes Kaliber. Haben Sie einen Waffenschein dafür?«

»Scheiß drauf. Ist Anna wirklich nicht hier? Polly, durchsuch die Bude mal!« Polly rutschte halb von seinem Hocker, blieb aber noch sitzen.

Pias Mund war trocken. Sie hob beide Hände und drehte sich langsam zum Kühlschrank um. Nahm eine zweite Wasserflasche heraus und goss sich ein Glas voll. Frank hatte die Hand am Pistolengriff. »Sie hätten ruhig meine Flasche nehmen können. Ich hab weder Herpes noch Hepatitis.« Er trank einen großen Schluck, ohne sie aus den Augen zu lassen und ohne die Hand von der Pistole zu nehmen. Stellte die Flasche ab. Genau auf den feuchten Ring, den sie vorher hinterlassen hatte. Beugte sich plötzlich vor. »Nur Pest. Und Cholera. Kapiert?«

»Ja.« Pia sah unauffällig zum Hackbrett. »Sie mögen mich nicht. Das kann ich gut verstehen.« Das Messer war zu weit weg. »Mir geht's mit Ihnen ja genauso.«

»Also, wann kommt sie?«

»Ich weiß es nicht.«

»Du bereitest eine Geburtstagsparty vor und weißt nicht, wann die Hauptperson kommt. Na, großartig.« Frank trat kurz nach Pollys Hocker. »Los, nimm mal das Messer da weg. Da schielt sie schon dauernd hin.« Polly stand auf, ergriff das Messer so zögernd, als könnte es gleich zubeißen oder explodieren, hielt es einen Moment lang unsicher in der Hand und schob es dann oben auf den Geschirrschrank. Er schaute zu Pia hinüber, und es sah aus, als hätte er Tränen in den Augen.

Pia wandte sich an ihn. »Warum habt ihr den kleinen Amigo umgebracht?«

Polly starrte sie an, sah kurz zu Frank und schüttelte den Kopf. Frank antwortete. »In Valencia? Das ging nicht anders. Es tut mir Leid.« Er nahm die Hand vom Pistolengriff und ließ die Anzugjacke wieder drüberfallen. Seine Stimme war so leise, dass Pia ihn kaum verstehen konnte. »Dieser Typ, bei dem sie wohnte, der hat uns rausgeschmissen. Er hat uns mit einer Flinte bedroht. Also sind wir nachts wiedergekommen. Weil wir mit ihr reden mussten. Unbedingt. Sie ist doch unsere Anna, verdammt. Aber dieser blöde Hund hat geknurrt. Und der Typ kam raus und hatte wieder die *escopeta* in der Hand. So ein richtig fieses, langes Teil. Vermutlich noch aus dem Bürgerkrieg. Der Hund wollte bellen. Das hätte uns verraten. Ich weiß es selbst nicht, ich hatte plötzlich mein Messer in der Hand. Ich hab früher viele Fische gefangen und getötet und ausgenommen. Aber einen Hund … so was hab ich noch nie gemacht.« Frank nahm sein Glas und trank es aus. »Es war schrecklich.«

Es klang ehrlich. Pia hätte ihm gern geglaubt. »Und deshalb kommen Sie heute mit einer Pistole her?«

Frank zögerte kurz, dann lachte er. Zog die Pistole aus dem Gürtel. Pia packte die Sektflasche, und Frank legte die Waffe hastig vor ihr auf den Tresen. »Bitte, erschlagen Sie mich doch nicht! Das ist nur ein Spielzeug. Ein Fake. Plastik!« Er hob die Pistole an und ließ sie fallen, sie sprang ein Stück hoch, rutschte. Es machte nicht einmal *klack*.

Pia drehte die Flasche um und schenkte die drei Gläser wieder voll. »Okay. Aber Sie haben sich hier damals ziemlich martialisch aufgeführt. Um's mal diskret zu formulieren.«

»Wir hatten Schiss.« Polly leerte sein Glas und schaltete sich ins Gespräch ein. »Der Kerl in Valencia hatte schon auf uns geschossen. Und hier, ein ganzes Haus voller verrückter Weiber –« Frank unterbrach ihn.

»Sie wissen vielleicht nicht, wie Sie alle zusammen auf einen schüchternen jungen Mann wirken können. Nicht eben ermutigend. Um's mal diskret auszudrücken.«

Pia sagte nichts. Frank hatte Charme. Er setzte ihn bewusst ein. Und er konnte lügen. Aber jetzt wirkte er ehrlich. Und auch die Reaktionen von Polly schienen das zu bestätigen. Pia musste sich auf ihre jahrelange Berufserfahrung verlassen. Und sie musste eine Entscheidung treffen.

»Okay. Wir alle haben Fehler gemacht. Auch ich. Tut mir Leid.«

Polly entspannte sich, grinste, Frank runzelte die Stirn. Pia wandte sich wieder an ihn. »Anna wird heute achtzehn. Damit kann sie selbst entscheiden, was sie tun oder lassen will. Sie haben Recht mit der Party. Aber Anna ist nicht da. Sie ist seit gestern verschwunden.«

»Verschwunden?« Polly goss sich Cava nach.

»Sie meinen, Sie wissen wirklich nicht, wo sie ist?« Frank nahm ihm die Flasche weg.

»Nein. Wir hatten Streit. Meine Schuld. Aber sie hatte auch Angst vor Ihnen beiden. Große Angst.«

»Scheiße!« Polly zog die Flasche wieder zu sich. Frank blieb sachlich.

»Sie versteckt sich irgendwo in der Stadt?«

»Entweder sie versteckt sich, oder sie wird versteckt.« Pia beschloss, mit offenen Karten zu spielen. »Wir haben Angst, dass ihr etwas passiert sein könnte.« Sie sah das Erschrecken in den Gesichtern der beiden Brüder und wusste, dass sie sich richtig entschieden hatte. »Wir müssen sie finden. Und wir brauchen jede Hilfe.«

»Worum geht es?» Frank stand auf. »Was wissen Sie? Was ist geschehen? Wie können wir helfen?« Polly rutschte von seinem Hocker und knallte die Faust auf die Theke, dass die Gläser klirrten.

»Anna, verdammt. Unsere kleine Anna! Keiner darf ihr was antun! Keiner!«

19

Anna spürte ihren Körper nicht mehr. Eis. Holz. Stein. Keine Verbindung mehr zu den Nerven. Oder zum Hirn. Tot.

Tiger blieb stehen und schaute sich im Raum um. Breitbeinig. Keine Spiegelbrille. Die 501 glänzte unter einer Speckschicht, das rote Muscleshirt hatte dunkle Schweißflecken mit weißen Salzrändern, auch die schwarze Snapcap hatte helle Zacken über den Schläfen. Die Haut mit dem Tigermaul dehnte sich über angespannten Muskeln und ließ es die blutigen Zähne noch breiter fletschen. Die Jeans spannten im Schritt, der zweite Knopf von oben fehlte.

Es roch nach Käse. Tiger hatte einen vollen Korb in der Hand. Wasserflaschen, Brot, Kleenex. Und Käse offenbar. Er stellte den Korb langsam und übervorsichtig ab. »Ach wie nett. Das Liebespaar des Jahres hat schon zueinander gefunden.« Er trat die Tür hinter sich zu und kam langsam näher.

Ragte vor ihr auf. Die Jeans geschwollen vor ihrem Gesicht. Schweiß, Zigarettenrauch, Bier. Und Whisky. Diesen dumpfbitteren Geruch von Whisky hätte Anna überall wiedererkannt.

Vielleicht war es dieser Geruch. Und die Erinnerung an

ihre Mutter, die durch die so teuer und geschmackvoll renovierte Finca torkelte und in der Küche über den Salat und die Tomaten für's Mittagessen kotzte. Anna war plötzlich hellwach.

Sergi bewegte sich im Schlaf. Seufzte leise. Anna legte ihn sanft neben sich auf die Matte. Rückte von ihm ab, setzte sich gerade hin und zog ein Bein sprungbereit an. »Na, und jetzt, Tiger? Wie soll's weitergehen?«

Er sah sie nur an. Eisklare Augen. Dann ein leichtes Grinsen, und seine Hand fuhr mit der typisch mediterranen Männergeste zum Gemächt. »Was glaubst du? Wie wird's weitergehen?«

»Läuft das hier auf eine Vergewaltigung hinaus? Soll ich den Jungen vorher wecken, oder können wir das auch ganz leise hinkriegen?«

»Du hältst dich wohl für obercool!« Metallisches Klappern. Er hatte wieder das Schnappmesser in der halb offenen Hand. Die scharfe Seite nach oben. Anna beugte sich leicht vor.

»Das ist ja irre! Ein echtes Mafia-Butterfly. Wahnsinn!« Sie strahlte ihn an. »Darf ich das mal sehen? Bitte!«

Tiger schaute kurz auf das Messer in seiner Hand, hätte es ihr fast gegeben, fing sich wieder und wich zurück. »Hältst du mich für bescheuert, oder wie?«

»Nein, ganz im Gegenteil.« Anna sah erleichtert, dass die Spannung in seinen Jeans wegschrumpfte. »Ich denke mal, du hast ganz schön was in der Birne.«

»Ja? Echt?« Die Schwellung beulte die Hose wieder aus. Anna nickte ernst.

»Logisch. Du bist hier der Kopf. Das merkt man doch gleich. Das hab ich sofort gespürt, als ihr mich geschnappt habt. Der andere ist doch bloß dein Werkzeug.« Die Hand packte wieder zu, der Oberkörper kam näher. Stumpfmalzig der Whiskyatem. »Umso mehr wundert es mich, dass du dich hier unten als blöder Hansel missbrauchen lässt.«

»Häh?« Er wich zurück, das Messer hing schlapp in seinen Fingern, die Jeans waren wieder flach. Die eisklaren Augen leer. »Was?«

»Tiger« – Anna zog das Sprungbein unter ihren Körper, jetzt kniete sie –, »schau mal. Du bist der Kopf, das Hirn. Und du hast die Power. Wieso lässt du dich von deinem Kumpel in den Keller abstellen?«

»So ist das nicht!« Tiger wollte sein Gesicht nicht völlig verlieren. »Das ist so abgesprochen. Das ist okay. Mach du dir mal darüber keine Sorgen.« Er lachte kurz auf, fand einen Teil seines Selbstbewusstseins wieder.

»Klar!« Anna lächelte. Hier in diesem Keller oder Haus waren sie also nur zu zweit. Sie hatten anscheinend Zeit. Die Sache mit Sergi gehörte zu einem größeren Plan. Sie handelten im Auftrag, irgendein richtiger Kopf stand hinter der ganzen Unternehmung. Aber im Moment war nicht einmal der zweite Mann greifbar. Im Moment war Tiger ganz allein.

Anna stand auf. Sie versuchte es langsam und wie nebenbei zu machen, aber sie kam ins Straucheln. Tiger hatte sofort wieder sein Messer im Anschlag und hielt es ihr entgegen. Sie suchte an seinem Oberarm Halt.

»Entschuldigung.« Anna lächelte, als würde sie das Messer gar nicht wahrnehmen, ließ los und ging durch den Raum. Weg von Sergi. Hin zur Tür. Zu der nicht verschlossenen Tür.

»Du kommst nicht weit.« Tiger stand immer noch neben Sergi. Er steckte langsam das Messer weg und zeigte Anna seine leeren Hände. »Das hier ist ein massiver Keller. Mit Stahltüren. Und nur ich hab die Schlüssel. Wenn du willst, darfst du gern schreien oder toben. Keiner kann dich hören.«

»Ich weiß nicht, was du meinst.« Scheiße, sie hatte ihn unterschätzt. »Ich wollte doch gar nicht abhauen.«

»Natürlich nicht.« Tiger bückte sich und begann den Korb auszupacken. »Nicht ohne deinen kleinen *novio*.«

Sergi schlief. Tief und fest, wie es nur Kinder können. Tiger packte Wasserflaschen aus, Brot, Käse, Salami, Trauben, Orangen. Sogar Fruchtzwerge hatte er dabei. Und ein kariertes Geschirrtuch als Decke. Er lud Anna mit einer Handbewegung zum fröhlichen Picknick ein.

Seine Stimme war ruhig, fast freundlich. »Du hast wahrscheinlich gedacht, dass ich dich nicht so einfach vögeln werde, wenn die Tür noch offen ist. Wenn kein anderer dich festhält. Wenn der Kurze jederzeit aufwachen kann, um dir zu helfen. Du hältst dich wirklich für Miss Oberschlau. Und mich für beschränkt. Du hast nichts kapiert.«

Tiger hatte den Korb ausgepackt und wippte zufrieden auf den Fersen vor und zurück. »Wie heißt du? Anna? Ja, Anna. In deinem Rucksack war ein Ausweis. Du hast heute Geburtstag. Du bist jetzt erwachsen. Hätte ich nicht gedacht. Du siehst aus wie dreizehn.« Er holte eine rosa Nelke aus dem Korb und stellte sie in die leere Wasserflasche. Nahm eine halb abgebrannte weiße Kerze heraus, zündete sie an, wartete, drehte sie langsam und tropfte dann etwas Wachs auf den Boden. Klebte sie fest. Wieder machte er eine einladende Handbewegung.

Anna blieb stehen. Wasser. Frische Baguette, Trauben. Die Wasserflaschen waren aus weichem Plastik. Nichts, was sich als Waffe benutzen ließ. Kein Rohr, keine Latte. Und sie wusste nicht einmal, wo sie waren. Ob es außer dem zweiten Mann noch andere gab. Wachen. Waffen. Ob noch andere Kinder hier irgendwo versteckt wurden.

Tiger sah ihr erwartungsvoll entgegen. Sein Pseudo-

Picknick erinnerte sie an die Strandsommer ihrer Kindheit. Die Kerze flackerte nicht. Ein Klecks warmer Geborgenheit unter der trüben 25-Watt-Birne.

Seine Hände unschuldig leer.

Aber das Messer in seiner Tasche, das nervöse Zucken seiner Oberschenkel und die angespannten Muskeln unter dem gefletschten Tattoomaul sagten etwas anderes.

Tiger hatte die Macht.

Anna setzte sich ihm gegenüber und nahm sich ein Stück Brot. Die Tränen liefen, ohne dass sie es verhindern konnte.

20

Es wurde dunkel. Jemand hatte Wasser aus dem Fenster geschüttet, und die welligen Pflastersteine waren an der Stelle seifenglatt. Janet stapfte die schmale Gasse zur Plaça del Regomir hinauf und fragte sich, ob sie die Steigung als weniger steil empfinden würde, wenn sie nicht mehr rauchte. Es war eine rein hypothetische Frage. Janet dachte nicht im Traum daran, aufzuhören. Wenn sie an etwas dachte, dann an die nächste Zigarette. Sobald sie endlich oben beim Pati de Llimona angekommen war.

Sie hörte leise Schritte hinter sich, blieb abrupt stehen, und fuhr herum. Die beiden jungen Männer hinter ihr mussten auch plötzlich anhalten und wichen ihr mit einem unterdrückten Kichern aus. Janet sah ihnen nach. Vielleicht nur ganz harmlose Jungs. Vielleicht auch nicht. So lange war es noch nicht her, dass sie überfallen worden war. Und heute hatte sie keine Tüte mit Brot und einer Whiskyflasche dabei, die sie dem Räuber auf die Nase schlagen konnte.

Die Gasse öffnete sich auf den Platz. Das letzte Licht der untergehenden Sonne traf auf die ersten, schon aufblinkenden Neonreklamen. Janet blieb abermals stehen und schnaufte durch. Vielleicht waren es gar nicht die Zigaretten. Vielleicht hätte sie den zweiten Whisky im

Café Schilling besser nicht getrunken. Ach was. Wahrscheinlich war es einfach nur das Alter.

Wenn sie mit Eric und seinen Freunden zusammensaß, dann fiel es ihr besonders auf, dass Jahrzehnte vergangen waren, seit Eric und seine Brüder kleine Kinder gewesen waren. Eric war der Jüngste. Und er war auch schon Mitte zwanzig. Ein erwachsener Mann. Älter als sie, als sie damals zum ersten Mal nach Barcelona gekommen war.

Er machte inzwischen einen ruhigen und gesunden Eindruck. Ab und zu schob sie ihm Geld zu, aber entschieden weniger als noch vor einem Jahr. Anscheinend arbeitete er wirklich in Bertrans Designer-Schuhladen mit. Auch wenn er eigentlich immer im Schilling anzutreffen war. Wie auch vorhin.

Sie sah ihn im Vorbeigehen an einem der Fenstertische sitzen und ging hinein. Bertran war auch da, in cremeweißem Leinen heute, und der schöne Gil, wie immer in Schwarz und Leder. Sie begrüßten Janet, als hätten sie nur auf sie gewartet. Theater natürlich, aber nicht ganz falsch. Die Jungs mochten Janet. Es waren Erics Freunde, und sie fühlte sich wohl bei ihnen.

Ein ganz bestimmter Gedanke in ihrem Kopf war noch nicht ausgereift, und eigentlich hatte sie zuerst mit Pia darüber sprechen wollen. Aber dann sah sie Eric mit seinen Freunden.

Sergi war ein Junge. Der erste Junge nach einer Reihe von entführten kleinen Mädchen. Janet erzählte von dem Fall, und alle drei hörten gebannt zu. Sie versuchte ihre eigenen Vermutungen in Worte zu fassen. Und ihre Fragen.

Wenn jemand kleine Mädchen entführte, um sie für Pornografie und Prostitution zu missbrauchen, hatte der dann auch die Klientel für kleine Jungen?

Gab es da Überschneidungen?

Gab es so etwas wie einen gewerbsmäßigen Handel?

Konnte es bei Sergio auch um ganz andere Motive gehen? Um einen anderen Täter?

Durch die Medien kannte sie ähnliche Fälle aus Belgien, Deutschland, Amerika. Das lief vor allem über das Internet. In Spanien hatte sie noch nie von so einem Fall gehört. Vor allem nicht in dem Ausmaß. Könnte es sein, dass da jemand versuchte, sich anzuhängen?

Die jungen Männer schwiegen.

Janet wusste, dass Gil früher mal als Pornodarsteller gearbeitet hatte. Er war jünger als Eric, damals musste er also selbst noch ein halbes Kind gewesen sein. Und sie war sich ziemlich sicher, dass Bertran und natürlich auch Eric nächtelang durch die gewissen Seiten surften. Treue war nicht die Basis ihrer Beziehung. »Ach, Jungs, bitte tut jetzt nicht so unschuldig. Mir geht's doch nicht um eure Moral. Aber ihr wisst viel mehr als ich. Und ich brauche eure Hilfe!«

Bertran sah kurz zu Eric. Eric wurde rot, sprang auf und hastete zur Bar, um neue Drinks zu holen. Gil lachte. »Wie gut, dass ich nie eine Mutter hatte!«

»Du hattest eine, wetten?« Janet steckte sich eine neue Zigarette an der alten an. Gil kam mit seinem Feuerzeug zu spät.

»Mit Kindern haben wir nichts zu tun. Auch nicht mit kleinen Jungs.«

»Das weiß ich, Gil. Das habe ich auch nie behauptet. Es geht doch nicht um euch, verdammt.«

Eric blieb an der Bar stehen. Eins der Mädchen in langer weißer Schürze brachte das Tablett mit den neuen Getränken. »Danke, Mila.« Bertran wartete, bis sie wieder außer Hörweite war. »Es ist ihm superpeinlich, hier vor seiner Mutter über Sex, Pornoseiten und anderen Schweinkram zu reden.«

»Ja, sicher.« Janet trank ihr erstes Glas leer. »Söhne können sich nie vorstellen, dass ihre Mütter auch Menschen sind.« Sie versuchte, Eric mit Lächeln und einem Kopfnicken zurückzuholen, aber er drehte sich um, als hätte er gerade in der anderen Ecke der Kneipe etwas ungemein Interessantes entdeckt. Das Einzige, was es da zu sehen gab, war eins der großen Schwarz-Weiß-Fotos von Miguel. Die Rückenansicht einer nackten jungen Frau. Tja. Janet wandte sich wieder Bertran zu. »Okay, ich weiß, dass es Seiten für alles gibt. Leder, Latex, Sado und Maso, von Ketten und Katzenschwanz bis zum Abschlachten und Auffressen. Jedes Geschlecht, jedes Alter.«

»Dann wissen Sie ja alles.« Bertran wich ihr immer noch aus, aber im Prinzip hatte sie ihn. Er würde ihr helfen.

»Was ich nicht kenne, sind diese geheimen Seiten. Die verbotenen. Die in jedem Land dieser Erde geächteten. Die können nicht frei zugänglich sein. Die sind also verschlüsselt. Um da reinzukommen, muss es ein Insiderwissen geben. Eine Art Club für die richtigen Passwörter. Und das ist nicht umsonst. Irgendwo verdient irgendjemand einen Haufen Geld mit diesem widerlichen Geschäft.«

»Scheiße, ja.« Bertran war ernst geworden, selbst Gil umklammerte sein Glas so fest, dass seine Fingerknöchel weiß hervorstanden. Er knirschte mit den Zähnen.

»Es gibt im Prinzip zwei Ebenen. Die eine, die weitaus größere kostet nichts. Das sind Interessengruppen. Die suchen und finden sich in so genannten Newsgroups. Sie geben Schlüssel und Passwörter nur untereinander weiter. Sie kennen und schützen sich. Dann gibt es aber noch einen anderen Markt. Da steckt Geld drin und da wird auch verdient. Ich weiß nichts Genaues, aber ich hab mal was läuten hören. Es geht um sehr viel Geld. Und es ist straff organisiert, so eine Art Geheimloge. Da kommt man nicht rein. Das ist ein Minenfeld.«

»Ich will doch nicht, dass ihr da reingeht.« Janet beugte sich vor. »Ich will nur wissen, wie ich selbst da reinkommen kann.«

Bertran und Gil sahen sich an, schauten kurz zu Eric. Dann wandte sich Bertran wieder an sie. »*Vale*. Wir bekommen das raus. Eric wird durchdrehen. Das ist lebensgefährlich.«

»Ruf mich an!« Janet legte einen Fünfziger auf den Tisch und ging. Eric sah ihr nach, sie winkte ihm von außen durch die Scheibe kurz zu.

Er hatte nicht reagiert.

Janet widerstand der Versuchung, jetzt schon und im Stehen eine kurze Zigarettenpause einzulegen, und ging tapfer weiter. Der Pati de Llimona war um diese Zeit leer. Die Nacht in Barcelona erwachte erst ein paar Stunden später.

Die Haustür war schon verschlossen. Neben der Stufe lagen zwei blaue Müllbeutel. Janet drückte auf die Nummer vier. Pias Stimme krächzte durch den kleinen Lautsprecher. »Ja?«

»Ich bin's, Janet!«

»Ah ja, komm rein!« Enttäuschung. Anna war also noch nicht wiedergekommen. Der Summer ertönte. Janet stieß die Tür auf. Als sie halb drin war, spürte sie plötzlich einen Druck an ihrem Hals.

»Das ist ein Messer. Sauscharf. Ich hab deine Lebensgeister mit einem Zug durchgetrennt, wenn es nötig ist.«

Janet bewegte sich nicht. Sagte nicht nein und schüttelte nicht mal den Kopf. Angst. Und blanke Wut auf sich selbst, dass sie nicht aufgepasst hatte.

»Geh weiter«, sagte die Stimme. Sie war jung, hysterisch hoch, spanisch mit katalanischem Akzent. Kein Nordafrikaner also, ein nervöser Spanier. Janet bewegte sich nach vorn, er folgte ihr, mit dem Messer an ihrem Hals. Sie blieb stehen. Links war die Treppe, rechts der kleine Lift. Der junge Mann hinter ihr zögerte. Aha. Er kannte sich nicht aus.

»Und jetzt? Wohin?« Janet spürte das Zittern im Messer an ihrem Hals. Sehr beruhigend.

»Da rauf!« Er schubste sie nach links zur Treppe hin. Janet bewegte sich nicht. Die Treppe war sehr eng und sehr steil. Die würde sie ganz sicher nicht hochsteigen, auch nicht unter Lebensgefahr. Sie schloss kurz die Augen, riss plötzlich ihre Hand hoch und packte sein Handgelenk. Drehte es um.

Das Messer klirrte zu Boden.

Der Junge war noch keine zwanzig. Rötliche Stoppellocken, Sommersprossen, kobaltblaue Augen. Er trug Jeans mit rasierklingenscharfen Bügelfalten, ein rot kariertes Hemd und einen blauen Nylonparka. Über der Schulter eine schlappe Sporttasche und einen prallvollen Strohkorb, der jetzt auf den Boden rutschte. Ein Apfel kullerte heraus.

»Was willst du, verdammt noch mal?« Janet hatte immer noch sein Handgelenk im Polizeigriff. Der Junge grunzte nur. »Du bist ja ein richtiges Landei.« Janet verstärkte die Drehung ein wenig. »Frisch aus der Provinz.« Ein gekeuchtes Grunzen. »Valencia, schätze ich mal.« Das Grunzen schwoll an. »Und du suchst Anna!« Das Grunzen wurde zu einem Jaulen. »Und wieso kannst du das nicht einfach sagen?« Das Grunzen erstarb zu einem Wimmern.

»Die haben behauptet, Sie schrecken vor nichts zurück …«

Janet ließ ihn so plötzlich los, dass er gegen den Topf

mit der Palme taumelte. Sie trat sein Messer unter die Treppe. »Eins kann ich dir sagen: Ich hasse es über alle Maßen, wenn man mir ein Messer an die Gurgel setzt.«

Im Fahrstuhl nach oben schwiegen sie.

Der Junge schaute nur auf seine Schuhe. Schnaufte, schwitzte, hatte feuchte Augen. Vor Wut oder Angst, wie auch immer. Janet genoss ihren Triumph. Aber dann bekam sie doch ein schlechtes Gewissen. Als sie den Jungen ansah, so nah neben sich. Ein leichter Duft nach Kernseife, Motoröl und Knoblauch.

Und der Gedanke an Anna. »Du bist Paco?« Der Junge zuckte kurz zusammen, schaute nicht auf. Janet schlug ihn leicht gegen die Schulter. »Abstreiten ist sinnlos. Anna hat dich gut beschrieben.«

Der Junge hob den Kopf. »Sie ist doch hier, oder?«

Der Lift hielt. Stimmengewirr und intensiver Essensgeruch.

In der offenen Wohnungstür warteten Pia und Fritz. Pia musterte den Jungen kurz und hob fragend die Augenbrauen. Janet packte ihn am Parkakragen und schob ihn nach vorn. »Das ist Paco aus Valencia. Der Freund von Anna.«

Fritz fühlte sich unbeachtet und versuchte unauffällig, an Janet vorbei ins Treppenhaus zu gelangen. Janet schob einen Fuß unter seinen Bauch und schubste ihn zurück. Paco bückte sich, verlor dabei beinahe wieder seinen Bastkorb, nahm den Kater und hob ihn hoch. Fritz lehnte den Kopf gegen ihn. Und schnurrte. Sie hatten fast die gleiche Haarfarbe.

Pia zog sie alle in die Wohnung und schloss die Tür. »Hat Anna dir geschrieben?« Paco wollte sein Gesicht hinter Fritz verstecken, aber der verlor das Interesse, sprang hinunter und lief in die Küche zurück. »Wie hast du denn erfahren, dass sie hier wohnt?«

»Anna ist wirklich hier!« Seine Augen leuchteten, er drückte Pia den Korb in die Hände. »Das hat meine Mutter mir für sie mitgegeben.«

21

Fritz liebte es, wenn das Haus voll war. Dann gab es immer eine Hand, die ihn kraulte. Und jede Menge Leckerbissen. Und Pia hatte anderes zu tun, als ihn dauernd im Auge zu behalten. Heute waren viele Leute da, so viele neue wie selten. Einer von denen hatte Fischdüfte auf dem Teller. Und direkt neben ihm saß Barbara. Fritz sprang auf ihren Schoß, ließ sich streicheln, machte einen langen Hals und schnurrte.

Kleine Tintenfische, zartes Kalbfleisch. Und niemand, der ihn verjagte. Fritz streckte spielerisch eine Pfote aus, fuhr die Krallen aus und angelte sich vorsichtig einen dieser kleinen, zarten, prall gefüllten *calamares*.

Kein Aufschrei, kein schrilles NEIIIN, keine Hände, die ihn packten und rauswarfen. Barbaras Finger blieben sogar in seinem Fell. Nicht sehr aktiv, aber keineswegs feindlich. Fritz konnte sein Glück kaum fassen. Langsam ließ er sich auf den Boden gleiten und trug seine Beute auf die Terrasse hinaus.

Pia liebte es auch, wenn möglichst viele Gäste in ihrer Küche, dem größten Raum der Wohnung, zusammenkamen. An dem massiven, runden Holztisch zwischen Terrasse und Theke aßen, tranken, redeten. Blödelten, Kochrezepte austauschten oder auch heftig diskutierten. Wenn sie nur ordentlich zulangten und sich wohl fühlten. Sogar heftigste Streitgespräche, ja erbitterte Dispute hatte es schon gegeben. Auch todlangweilige Stunden oder völlig misslungene Essen. Aber noch nie einen Abend mit einer derart vergifteten Atmosphäre.

Heute war Annas Geburtstag.

Ihr achtzehnter. Sie hatten eine große Feier geplant. Und nur deshalb hatte Pia überhaupt so viel eingekauft und gekocht. Und jetzt aßen und tranken die alles weg, als hätten sie seit Jahren nichts mehr bekommen, und stänkerten und stritten dabei, dass der Wein im Glas sauer wurde.

Pia nahm den großen Holzteller, auf dem von der ganzen Tortilla nur noch ein Petersiliensträußchen übrig geblieben war, und knallte ihn auf die Tischkante. Er zerbarst. Die eine Hälfte flog quer über den Tisch und hinterließ eine ölige Tröpfchenspur.

Erschrockene Stille.

Pia schaute in die Runde. Die anderen *Llimonas*: Janet, Dagmar und Barbara. Dann Bonet. Er war gekommen, weil es offenbar neue Erkenntnisse bei der Polizei gab. Aber er kam nicht zu Wort. Luis Llobet, der Freund und Pathologe, kam, weil er eingeladen war. Er tat sich am *vino* und an den *tapas* gütlich, genoss jede Kleinigkeit, und mühte sich vergeblich um Harmonie. Polly und Frank, Annas Brüder, waren relativ friedlich gewesen, bis dieser Paco plötzlich auftauchte.

Pia setzte sie so weit wie möglich auseinander, aber ein paarmal waren sie nahe dran, sich über den Tisch hinweg anzuspringen. Wie sich herausstellte, waren sie es gewesen, sie hatten Paco Annas Adresse zugespielt. Mit ein paar Lügen verziert. Um noch mehr Druck zu erzeugen.

Und dann noch Simón und Felip.

Sie standen plötzlich auch vor der Tür. Brachten Rotwein mit und boten ihre Hilfe an. Felip war offensichtlich an Barbara interessiert und hatte von ihr gehört, dass Anna verschwunden war. Setzte sich neben sie und wich nicht mehr von ihrer Seite. Vergaß sogar zu essen. Simón bot sich und die Hilfe des gesamten Sicherheitsdienstes an. Mit Simón hatte Pia vor hundert Jahren mal eine ameisenkleine und millimeterkurze Affäre gehabt. Aber Bonet, brav verheirateter Vater dreier Kinder und dazu noch heimlich in Janet verliebt – ausgerechnet der witterte das sofort und reagierte wie ein eifersüchtiger Liebhaber. Er schnauzte Simón an, und als Simón sich auf seine und Pias lange gemeinsame Zeit im Streifenwagen berief, flippte Bonet fast aus.

»Und wenn du noch so viele Nächte mit ihr Streife gefahren bist, das gibt dir noch lange kein Recht, dich hier dick zu tun!«

»Er will uns nur helfen!« Pia mühte sich umsonst, Bonet beachtete sie nicht. Erst Janet gelang es, seine Wut zu durchbrechen.

»Josep!« Sie saß dicht neben ihm. An ihrer Bluse waren zwei Knöpfe aufgegangen. Bonet ließ von Simón ab, wagte es aber auch nicht, sich Janet zuzuwenden. Unter der grauen Haarbürste schien sich sein Bassetgesicht nur noch mehr in Falten zu legen.

»Okay, Leute.« Pia nutzte die Stille. »Esst und trinkt, aber bitte, hört endlich auf, euch anzuraunzen. Vergesst doch nicht, warum wir hier zusammensitzen. Anna! Es ist ihr Geburtstag. Und sie ist verschwunden.« Sie unterbrach das aufkommende Gemurmel mit der Hand. »Ruhe. Hört mir zu. Ich hatte Streit mit Anna, ich bin vielleicht schuld daran, dass sie nicht hier ist. Das dachte ich zumindest. Dass sie sauer ist, oder aber, dass sie Angst hat.« Sie sah kurz zu Polly und Frank, die ihren

Blick nicht erwiderten. »Inzwischen bin ich aber ganz sicher, dass ihr etwas passiert ist.« Wieder erhoben sich Stimmen, Pia wurde noch lauter. »Hört mir zu, verdammt!« Sie wartete, bis es ruhig war. »Hier in Barcelona sind Kinder verschwunden. Kleine Mädchen. Gestern war es ein kleiner Junge. Anna kannte ihn. Anna hat auf eigene Faust ermittelt.« Pia holte tief Luft und redete hastig weiter. »Und dabei ist sie verschwunden. Wir vermuten, dass sie den Tätern zu nahe kam, dass sie geschnappt wurde. Auch entführt. Wie die Kinder.«

Das einzige Geräusch war das Brummen des Kühlschranks.

»Es ist nur ein Verdacht. Aber dieser Verdacht ist begründet. Leider. Und das heißt, Anna wurde nicht wegen eines Lösegeldes entführt, sondern als gefährliche Zeugin.« Pia hörte Barbara durchschnaufen und Dagmar schluchzen. Janet steckte sich eine neue Zigarette an. Pia konzentrierte sich darauf, ihre Stimme ruhig zu halten. »Das heißt, wenn Anna noch lebt, ist sie in höchster Gefahr. Und wir haben verdammt wenig Zeit, sie zu finden.«

Endlich hatten sie verstanden.

»Pia hat Recht.« Bonet räusperte sich. »Wir sollten uns auf das Wesentliche konzentrieren. Und ich fasse mich dabei durchaus an die eigene Nase.« Er grinste Simón verkniffen zu. »Wir können wirklich jede Hilfe brauchen. Ich kann den Polizeiapparat und die Computer benutzen, aber ich bekomme keinen wirklichen Rückhalt. Der Chef weigert sich, einen Zusammenhang zwischen den Fällen mit den verschwundenen Kindern auch nur in Erwägung zu ziehen. Und er hat anscheinend Anweisung von oben. Es geht um Stichworte wie Panikmache und Image unserer Stadt. Ich steh also ziemlich allein da.«

Das Brummen des Kühlschranks setzte aus, irgendwo in der Nähe schrammte eine Gitarre. Pia musste die Stimme nicht mehr erheben. »Du hast etwas rausgefunden?«

»Möglich. Es gibt in der *prefectura* seit etwa vierzehn Jahren Computer. Seit knapp zehn Jahren sind sie auch wirklich programmiert und vernetzt. Ich bin also zehn Jahre zurückgegangen und ich habe allein in Barcelona vierundzwanzig verschwundene Kinder gefunden. Ausreißer und ähnliche Fälle habe ich vorher aussortiert. Vierundzwanzig! Im Alter zwischen acht und elf Jahren. Drei Jungen, die anderen Mädchen. Es gab nie Leichen, nie Lösegeldforderungen, nie wieder ein Lebenszeichen. Interessant daran ist, dass all diese Kinder in einem relativ kurzen Zeitraum verschwunden sind. Nämlich zwischen März 1994 und Oktober 1996.«

»Da fällt mir was zu ein.« Janet überlegte laut. »War das nicht die Zeit, als auch in Amerika verschiedene Kinder verschwanden? Auf ganz ähnliche Art, ohne jede Spur. Als jemand auf die Idee kam, die Fotos auf Milchtüten zu veröffentlichen.«

»Genau!« Luis Llobet kaute an einem Brot mit *manchego*. »*Lo siento*.« Er wischte sich den Mund ab. »Tut mir Leid, ich dachte eigentlich, ich wäre nur zum Feiern eingeladen.« Er nahm einen langen Schluck. »Aber wenn ich helfen kann ...« Er lächelte Pia zu.

Sie kannte ihn seit vielen Jahren. Luis Llobet, etwas übergewichtig und mit einem zurückgehenden Haarkranz über dem intelligenten Gesicht, ein großer Genießer und Stammkunde eines ganz bestimmten Hauses im *barrio chino*, im Raval. Pathologe und Gerichtsmediziner, Professor an der Uni und Gründungsmitglied verschiedenster Interessengruppen zur Erhaltung des alten Barcelona. Einer ihrer besten Freunde. Altmodisch im besten Sinn, kultiviert, gebildet, dabei immer neugierig und interes-

»Luis, siehst du irgendeine Möglichkeit, an solch ein *aging*-Programm ranzukommen?«

»Ich denke schon. Ich müsste ein paar Kollegen anrufen …«

»Gut. Bonet, du gibst Luis bitte alle Unterlagen der Kinder von damals. Besorge die Fotos der Kinder, die Fotos der Eltern und was sonst noch gebraucht wird.«

»Ich bin dabei.« Janet sah von ihren Notizen auf. »Dieses *aging*-Programm interessiert mich. Ich denke, die ganze widerliche Geschichte kann in diesem Umfang nur auf den unendlichen Möglichkeiten des Internet basieren. Ich will versuchen, in die illegalen Nebenflüsse der entsprechenden Newsgroups einzudringen. Kann sein, dass ich Hilfe brauche. Josep?«

»Ja, klar!« Bonet sah sie an. »Wir haben einen absoluten Computer-Guru in der Laietana, ein ganz junger Kerl, Frederic, keine zwanzig. Freddi nennt er sich, und ich denke, er ist der größte Hacker Spaniens. Ich trau ihm nicht so ganz, aber ich trau ihm alles zu.«

»Großartig.« Janets Augen funkelten. Pia wandte sich an Barbara.

»Barbara, du befragst bitte noch mal die Familie von Àngela, der kleinen Eisenbahnertochter aus Sants. Und vor allem auch die Nachbarin. Die mit der chinesischen Wäscherei. Nimm Fotos von entsprechenden Lieferwagen mit, Renault, Citroën etc. Und sprich mit diesem Stadtstreicher, dem *Farola*-Verkäufer. Der von einem großen Bruder gesprochen hat. Bonet wird dir alle Unterlagen und Namen geben.« Pia starrte Bonet an. Bonet wollte auffahren, etwas sagen. Schwieg. Nickte muffig.

»Wie schön, dass du uns hilfst, Josep. Danke.« Pia sah zu Dagmar. »Wir beide nehmen uns die Familien der anderen Mädchen noch mal vor.«

»Und ich?« Paco sprang auf. Simón zog ihn wieder auf den Stuhl zurück.

»Und *wir*?«

»Eure Aufgabe ist extrem wichtig.« Pia lächelte aufmunternd. »Und leider auch extrem mühsam.« Sie sah zu Simón, Felip, Polly, Frank und Paco. »Ihr seid fünf Jungs. Wenig für eine Großstadt wie Barcelona, aber mehr haben wir nicht. Ihr müsst die Stadt nach dem Lieferwagen durchkämmen. Von innen, von der Plaça de Catalunya ausgehend, die Kreise erweiternd, nach allen Richtungen stadtauswärts gehend. Wir suchen einen weißen Kombi, vermutlich Renault Kangoo oder Citroën Berlingo. Ohne jede Werbeaufschrift. Wenn ihr einen seht, geht ran, schaut hinein. Sucht nach Spuren für eine Kindesentführung. Abgedeckte Fenster, Isomatten, Decken, Spielzeug etc. Aber bitte keine Alleingänge und Heldentaten. Seid verdammt vorsichtig. Vielleicht ist Anna auf genau diese Art erwischt worden.«

»Wir nehmen Handys mit.« Simón holte ein kleines Spiralbuch hervor. »Und speichern jeweils alle unsere Nummern. Dann verabreden wir einen Zeitraster, in dem wir uns regelmäßig anrufen.«

Bonet nickte. Simón war ein Profi. Eifersucht hin, Hackordnung her, ihn akzeptierte er. Felip drückte Barbaras Schulter, sie lehnte sich kurz gegen ihn, bevor sie sich von ihm losmachte. Dagmar sprang auf.

»Wieso sitzen wir denn immer noch hier rum? Anna ist in Gefahr. Wir müssen endlich etwas tun!«

IV.

Die verlorenen Kinder von Barcelona

22

Anna starrte auf den Brotkanten in ihrer Hand. Sie hatte Brot und Käse viel zu hastig heruntergeschlungen. Jetzt war ihr schlecht. Sie hatte das Gefühl, dass der letzte Bissen noch in der Speiseröhre klemmte und lieber nach oben als nach unten rutschen wollte.

Tiger saß neben ihr und sah ihr beim Essen zu. Er schwieg. Seine Finger klopften ungeduldig auf den Boden neben seinem Bein. Dann streckte er den Arm aus und berührte Anna am Busen. Sie tat so, als hätte sie es nicht bemerkt. Sie aß. Sie wusste nicht mehr, wann sie zuletzt etwas gegessen hatte. Gestern erst? Es musste Jahre her sein, so übermächtig war der Hunger. Tiger zog seine Hand wieder zurück.

Sergi schlief immer noch. Einmal stöhnte er im Schlaf kurz auf, jetzt schnarchte er leise. Sein dunkles Haar war verwuschelt, die langen Wimpern dunkel. Von Tränen? Anna hätte ihn gern zugedeckt, in den Arm genommen, beschützt. Sie hatte Magenschmerzen, und zwar nicht nur vom Essen. Das Gefühl, als würde ihr der Atem abgeschnürt. Eine so heftige Empfindung hatte sie noch nie erlebt.

Die Zeit, in der sie Drogen genommen hatte, war wie gelöscht. Es gab nur noch ein Kaleidoskop von grell bunten Postkartenschnipseln, keine wirkliche Erinnerung mehr. Auch die qualvollen Wochen und Monate des Entzuges verschwanden hinter einem Nebel. Erst an den Tag, an dem sie aus der Höhle kam, das Meer roch und den Sonnenaufgang sah, konnte sie sich wieder deutlich erinnern. Danach ging sie nur noch nach vorn. Versuchte, die Kindheit nur noch von außen zu sehen, als in sich abgeschlossene Geschichte.

Sie hatte den Vater vermisst, sich schmerzlich nach der Aufmerksamkeit ihrer Mutter gesehnt, sie war mit ihren Problemen zu Polly gelaufen und sie hatte Frank bewundert. Sie hatte um Amigo geweint. Sie mochte Paco gern, sie genoss die Empfindungen, die er in ihrem Körper wecken konnte.

Aber auf dieser Skala ihres kurzen Lebens hatte Sergi einen anderen Platz. Lag das an den Schuldgefühlen, die sie verspürte, weil sie ihn vielleicht doch hätte retten können? Ein kleiner Speicheltropfen erschien auf seiner Lippe, beim nächsten Schnarcher zog er ihn wieder ein. Er sah hilflos aus, und voller Vertrauen. Annas Augen brannten.

Sie würde alles für ihn tun. Im Augenblick war nichts mehr auf der Welt wichtiger als Sergi. Sie würde ihn beschützen, sie würde ihn retten. Sie wandte sich Tiger zu.

Tiger hatte nur auf das Signal gewartet.

Er warf eine Wasserflasche um, als er sich zu ihr hinüberbeugte. »Na endlich!« Nach ihr griff. »Du bist so verdammt geil!« Und sie küsste.

Und wieder überwältigte sie sein Whiskyatem. Heftiger als seine Hände an ihrer Brust, schärfer als seine Zunge in ihrem Mund, brutaler als sein Knie zwischen ihren Beinen.

Annas Körper reagierte, ohne sich um die Befehle aus dem Kopf zu kümmern.

Sie schrie auf, stieß Tiger von sich, drehte sich um und trat ihn mit aller Kraft in den Unterbauch. Er flog zurück, fiel. Sie sprang hoch, war über ihm und holte aus, um ihn zu treten. Er zog ihr das Standbein weg und warf sie zu Boden.

Kniete über ihr. Presste sie mit seinem Gewicht zu Boden und verdrehte ihr die Arme. Schmerzen schossen hoch. Sein Gesicht war verzerrt. Schweißtropfen. Verkniffene Lippen. »Das wirst du mir büßen, du kleine Nutte!«

Anna hörte nur Sergis Schrei. Er war wach. Er hatte Angst.

Sie schlug um sich, bäumte sich auf, trat die Luft und biss mit aller Kraft zu, sobald ihr ein Stück Arm vor den Mund kam. Sie sah noch die Faust riesengroß auf sich zukommen, erkannte die Schmutzrinnen in den Knöchelfalten und eine kleine Narbe am Daumen, hatte den Eisengeschmack von Blut im Mund. Und hörte ein Knacken.

23

Die Cafés und Restaurants auf den Ramblas waren voll. Essensdüfte, Stimmenlärm, Musik. Auf der Rambla de Catalunya flanierten Gruppen junger Leute unter den Platanen, auf den Bänken knutschten Liebespaare. Ein paar junge Straßenmusiker gaben eine kleine Jamsession à la New Orleans. Halb eins, Barcelona war hellwach.

Aber Pia hatte sie heimgeschickt.

Normalerweise lief Dagmar äußerst ungern nachts allein zu Fuß durch die Stadt. Aber heute brauchte sie frische Luft. Heute war sie sowieso unverwundbar. Sie war so wütend, dass sie eine Auseinandersetzung mit einem Taschendieb fast schon herbeiwünschte. Janet hatte es gut, die saß jetzt am Computer und konnte arbeiten. Oder die Jungs, die streiften durch die Stadt und suchten den Lieferwagen.

Dagmar zuckte bei jedem hellen Lieferwagen, den sie sah, zusammen, war sich aber nicht ganz sicher, ob sie einen Variant überhaupt von einem Kangoo unterscheiden konnte. »Schlaf erst mal«, hatte Pia gesagt. »Wir können vor morgen nichts weiter unternehmen. Und dann müssen wir topfit sein!« Schlafen! Dagmar hatte schon letzte Nacht kaum geschlafen, und sie würde auch jetzt nicht schlafen können. Als ihr Handy klingelte, zerriss sie fast ihre Kostümjacke, um es möglichst schnell hervorzuholen.

»*Sí? Diga!* Pia? Wer ist da?«

»Señora Barbiss?« Im ersten Moment erkannte sie die Stimme nicht. Manel Bach. Der Detektiv, der für die Sozietät Fusté arbeitete, und der auch für sie recherchierte. Warwitz konnte er nicht aussprechen.

»Manel?«

»Sind Sie zu Hause? Ich hab da was für Sie.«

Dagmar ging schneller. Sie hatte seit Wochen nichts mehr von Manel Bach gehört. Wenn er sie um diese Tageszeit anrief, dann hatte er wirklich wichtige Neuigkeiten.

Sarah und Jochen. Sara und Joaquim, wie sie jetzt hießen. Sar und Quim, wie sie von ihren Schulkameraden genannt wurden.

Ihre Kinder. Die sie seit so vielen Jahren nicht mehr gesehen hatte. Die von ihrem Vater auf Mallorca festgehalten wurden. Von dem berühmten Staranwalt aus München, dem alten Dr. Werner Warwitz. Dagmars Exmann. Der ihre Jugend, ihre Unsicherheit und Schwäche brutal ausgenutzt hatte. Der sie unter Medikamente gesetzt und entmündigt hatte. Um ihr die Kinder wegzunehmen.

Die Nebenstraßen der Rambla waren dunkler und nicht so belebt. Dagmar blieb vor dem Haus stehen, in dem sie wohnte. Kein Schweißausbruch, kein Zittern in den Knien. Sie war ganz allein heimgelaufen, sie hatte einen Anruf von Manel Bach bekommen, und sie hatte an Warwitz und die Kinder gedacht, ohne in Panik zu geraten. Sie hatte keine Angst mehr. Sie sah hoch. In der Wohnung Negre brannte noch Licht. Sie ging ins Haus und begann die Treppe hochzusteigen.

Manel Bach saß auf der obersten Stufe vor ihrer Wohnungstür. Blanke Wieselaugen über einem Riesenschnäuzer. Er sprang hoch wie ein Gummiball. »Da sind Sie ja!«

Bevor Dagmar ihn begrüßen konnte, wurde die Tür der Nachbarwohnung aufgerissen. Emilio, in einem himmelblauen Jogginganzug. Sein Gesicht war gerötet, sein Haar stand wirr vom Kopf ab. »Dagemar!« Er entdeckte plötzlich Manel, erstarrte und wich zurück. Sah Dagmar noch einmal lange an und schloss die Tür.

»Was war das denn für ein Vogel?« Manel folgte ihr in die Wohnung.

Dagmar ging nicht weiter auf die Frage ein. Anscheinend hatte Emilio den kleinen, dicken und kahlen Manel für ihren Liebhaber gehalten. Sie nahm ihn mit in die Küche. Stellte ein Bier und Kräcker vor ihn hin. »Und?«

»Gute Nachrichten.« Manel trank das Bier direkt aus der Flasche. »Barbiss ist in Deutschland. Die Kinder sind ganz allein mit Helen, der *nurse*. Aber an diesem Wochenende sind sie nicht daheim in der gesicherten Villa, sie sind bei Freunden in Alaró, im Innern von Mallorca. Jordi hat sich da umgesehen. Eine alte Finca mit Pferdeställen. Die Besitzer sind ein spanischer Architekt und seine schwedische Frau. Vier Kinder von fünf bis elf. Sie betreiben eine Reitschule.«

Dagmar verstand ohne weitere Erklärungen. Sarah und Jochen waren bei Freunden auf dem Land, sie wurden nicht rund um die Uhr überwacht. Es gab Möglichkeiten, sie zu treffen, zu sehen, zu sprechen. Sie bekam für einen Moment keine Luft mehr. Die Vorstellung, ihre beiden Kleinen zu sehen und vielleicht sogar in den Arm nehmen zu können, überwältigte sie.

»Es geht ihnen gut.« Manel holte Fotos aus einem gelben Manilakuvert. Dagmar riss sie an sich. Auf dem obersten lachte Jochen direkt in die Kamera. Dagmar wollte allein sein. Sie stand auf.

»Danke. Danke, Manel. Sie haben mir sehr geholfen. Ich muss mir nur genau überlegen, was ich jetzt mache.«

Manel stand auch auf, trank sein Bier aus und legte einen Stapel zusammengefalteter Papiere auf den Tisch. »Okay. Hier sind Namen und Adressen.« Er grinste. »Und meine Rechnung.« Er ging zur Wohnungstür. Wandte sich plötzlich wieder um. »Eine Frage: Soll ich weiter dranbleiben?«

»Bitte?«

»Sie sind doch jetzt eine Kollegin. Sie sind nicht mehr nur Anwältin, Sie sind auch Detektivin. Soll ich trotzdem weiter für Sie recherchieren, oder wollen Sie das lieber selbst übernehmen?« Er grinste abermals.

Dagmar sah ihn mit seinen Freunden Witze über sie machen. Und über *Llimona 5*. Fünf Frauen, hahaha. Oder mit Fusté, seinem größten Auftraggeber. Der nicht genug über sie als Detektivin spotten konnte, der stocksauer war, weil sie nicht mehr Tag und Nacht als Anwältin für die wohlhabenden deutschen Klienten der Kanzlei zur Verfügung stand. Dagmar hielt Manel die Tür auf. »Bitte ja. Machen Sie weiter, Manel. Ich bin mit Ihrer Arbeit sehr zufrieden. Gute Nacht.«

Sie war cool geblieben. Sie hatte sich nicht provozieren lassen. Dagmar rannte in die Küche zurück, um die Fotos anzusehen.

Jochen ganz nah, er lachte. Sarah knuddelte einen kleinen Hund. Jochen dribbelte einen Fußball. Sarah stand gebückt am Start bei einem Schwimmwettbewerb. Jochen in der ersten Reihe seiner Fußballmannschaft. Die Arme um die Schultern der anderen gelegt. Sarah präsentierte eine Burg aus Pappe, die sie wohl selbst gebastelt hatte. Jochen und seine Freunde jagten über den Schulhof. Sarah stand mit ihren Freundinnen zusammen. Sie lachte.

Dagmar hätte am liebsten sofort einen Flug nach Mallorca gebucht.

Aber dann ... Die Kinder waren beide gesund und glücklich.

Und Warwitz ahnte nichts. Noch nicht. Er verbrachte viel Zeit in der Villa auf Mallorca. Das heißt, er reduzierte seine Tätigkeit in München immer mehr. Er wurde in diesem Jahr sechzig. Aber er war immer noch einer der bekanntesten und einflussreichsten Anwälte Deutschlands.

Dagmar war seit ihren ersten verzweifelten Versuchen, die Kinder wiederzusehen, nicht mehr auf Mallorca gewesen. Und von seinen Spionen hatte Warwitz natürlich längst erfahren, dass Dagmar jetzt in Barcelona lebte. Doch das störte ihn nicht. Er nahm sie nicht ernst. Wie er es nie getan hatte.

Das war jetzt ihre Chance. Die durfte sie auf keinen Fall vertun, wenn sie ihre Kinder nicht nur sehen, sondern für immer zurückbekommen wollte.

Sie hatte vor einem Monat mit Karl Mellwig Kontakt aufgenommen, dem Anwalt, den Warwitz damals gefeuert hatte, als er Dagmar in seine Kanzlei aufnahm. Und heiratete. Mellwig, Mitte fünfzig, hatte ein Jahr bei einem Pharmaunternehmen herumgekrebst und sich dann selbständig gemacht. Er hatte das Strafrecht aufgegeben und sich Nischen im Zivilrecht gesucht. Mellwig war der einzige Anwalt in München, bei dem Dagmar sicher sein konnte, dass er Warwitz hasste. So sehr, dass er weder mit Geld noch mit Druck zu beeinflussen war.

Doch wenn Dagmar Warwitz das Sorgerecht oder zumindest das Aufenthaltsbestimmungsrecht für die Kinder wieder wegnehmen wollte, mussten ein paar Voraussetzungen geschaffen werden.

1: Dagmar musste nachweisen, dass sie psychisch gefestigt war und in sozial und finanziell gesicherten Verhältnissen lebte.

2: Dagmar musste nachweisen, dass Warwitz vorsätzlich und mit Bedacht gehandelt hatte, als er sie unter Drogen setzte und sie in diese Klinik im Allgäu einwies.

3: Die Kinder mussten selbst befragt werden.

Punkt eins war relativ einfach zu lösen.

Aber auch ebenso schnell zu kippen. Von einem Mann, der alle Vorteile auf seiner Seite hatte – Geld, Verbindungen, Jahre der aufopfernden Fürsorge.

Punkt zwei war praktisch unlösbar. Beweise gab es keine mehr. Nur noch Zeugen. Aber die Ärzte und Psychiater, die Warwitz damals geholfen hatten, konnten nicht gegen ihn aussagen, ohne ihre eigenen Karrieren zu vernichten.

Punkt drei war extrem unberechenbar. Die Kinder waren jetzt sechs und acht. Sie hatten ihre Mutter seit zwei Jahren nicht gesehen. Warwitz hatte ihnen sicher eine bösartige Geschichte für das Verschwinden der Mutter vorgesetzt. »Eure Mama hat euch nie lieb gehabt. Sie wollte lieber wieder allein leben.« Er hatte ihr die Kinder von Anfang an gezielt entfremdet, indem er Dagmar mit Arbeit überlastete und dafür Helen, die nette *nurse* einstellte.

Das aber war vielleicht jetzt eine Möglichkeit.

Helen.

Helen kam damals aus dem Norden Londons. Sie sprach deutsch, hatte beste Zeugnisse und war schlank, blond und hübsch. Dagmar wusste, dass Warwitz mit ihr schlief. Oder zumindest damals mit ihr geschlafen hatte. Als er und Dagmar noch frisch verheiratet waren, und die Kinder klein. Er hatte sich immer einfach nur genommen, was er wollte.

Heute sah das vielleicht anders aus. Warwitz hatte Helen nie geheiratet. Jetzt war sie Mitte vierzig, mager und einsam. Ihr blondes Haar zeigte die ersten grauen

Fäden. Warwitz lebte und arbeitete vorrangig in München, die Kinder waren den ganzen Tag in der Schule. Und sie war allein in einem Land, in dem dauernd die Sonne schien. Eine glühend heiße und aggressive Sonne, die helle Haut besonders schnell verbrannte.

Helen war der Schwachpunkt.

Jordi, Manels junger Mitarbeiter, war vor Ort. Er machte Fotos von den Kindern. Und beobachtete Helen. Er sammelte Material. Was sie tat, wen sie traf. Das Ergebnis war bisher unergiebig. Helen kaufte auf dem Markt ein, Helen ließ sich die Haare nachschneiden, Helen gönnte sich ein paar Sandalen, Helen ging ins Kino.

Mit legalen Mitteln war da nichts zu erreichen. Dagmar schreckte vor der Konsequenz zurück. Fakten fälschen, Helen eine Falle stellen, sie erpressen. Aber darauf lief es hinaus. Unweigerlich. Eine andere Lösung gab es nicht.

Dagmar verdrängte den Gedanken erst einmal. Aber ihr war auch klar, dass sie alles tun würde, um ihre Kinder wiederzubekommen. Alles.

Nicht jetzt. Nicht jetzt. Dagmar sagte es sich vor wie eine Gebetsmühle. Nicht jetzt. Du hast schon so lange gewartet, warte noch einen Tag, eine Woche, einen Monat. Die Kinder sind bei Freunden, aber Mallorca ist eine Insel. Ein Dorf. Jeder weiß alles.

Und wie würden die Kinder auf sie reagieren? Jochen, ihr kleiner Schatz? Er war so verletzt, dass er sie zurückweisen musste, wenn er überleben wollte. Und die kleine süße Sarah kannte sie gar nicht mehr, sie hielt Helen für ihre Mama.

Die Zeit war viel zu kurz, um einen echten Kontakt herstellen zu können. Und selbst dann wäre es viel zu gefährlich, denn Warwitz würde sofort davon erfahren und Gegenmaßnahmen ergreifen.

Dagmar wusste, dass sie die Entscheidung längst getroffen hatte. Sie liebte ihre Kinder über alle Maßen, und die Sehnsucht fraß sie auf. Aber den Kindern ging es im Moment gut. Sie waren gut aufgehoben und beschützt.

Anna hingegen war ganz allein. Und in Lebensgefahr.

Wie auch immer, Anna stand jetzt an allererster Stelle. Dagmar sah sich noch einmal Jochen an, und Sarah, dann packte sie die Fotos entschlossen zusammen. Es war halb zwei. Sie sollte jetzt schlafen gehen. Am nächsten Tag musste sie fit sein. Aber sie war absolut nicht müde. Im Gegenteil.

Emilio fiel ihr ein. Sie hatte ihn schändlich behandelt. Nicht nur wegen der Wohnung. Er war ein wenig unbeholfen, aber er tat schließlich keinem etwas. Er war einsam und verloren. Er wollte einfach auch ein wenig geliebt werden.

Dagmar konnte ihn gut verstehen.

Sie nahm einen Teller mit den restlichen *roccas* und ging hinüber zur Nachbarwohnung. Läutete.

24

Ein paar hundert Meter kam Fritz mit. Aber schon vor der Plaça de Sant Jaume maunzte er und blieb zurück. Barbara wollte ihn nicht locken. Fritz fühlte sich extrem unwohl in den Straßen und Gassen. Seine Wege führten über die Dächer. Außerdem liebte er jetzt Pia. Und lebte bei ihr.

Fritz maunzte lauter.

»Geh zurück zu Pia«, sagte Barbara. Als sie ihn kraulen wollte, wich er aus.

»Lass ihn doch.« Felip umarmte sie, küsste sie in den Nacken. Fritz wandte sich um und flitzte zurück, immer dicht an den Häusermauern entlang. »Er ist eifersüchtig!« Felip fand das komisch. Er lachte, küsste sie aufs Ohr. Versuchte zu ihrem Mund zu gelangen. Barbara genoss es, fand es schön. Hatte es ja auch herausgefordert. Felip wollte mitkommen. Mit ihr schlafen. Sie mochte Felip. Er schaute nie auf ihre Hände. Er mochte sie so, wie sie war. Sie wollte auch mit ihm zusammen sein. Kuscheln. Schlafen. Ja! Und der blöde Kater hatte gar nichts zu sagen …

Trotzdem machte sie sich vorsichtig los. »*Vale*, okay. Ich glaube, du musst jetzt gehen.«

»Ey, Barbara. Ich bin verrückt nach dir! Komm …«

»Tut mir Leid, Felip. Aber im Moment ist Anna das Wichtigste. Geh mit den anderen Jungs auf die Suche nach dem Kombi.«

Er ließ sie los. Verletzt. Drehte sich um und ging. Barbara sah ihm nicht nach. Das Mesón Del Café war voll, sogar auf der Straße standen ein paar Männer mit ihren Drinks. Eine Gruppe aus dem Jugendhotel übte sich in Hip-Hop, aus der Bar kamen die Stimmen von Ana Belén und Miguel Rios. Gabriel winkte ihr zu. Barbara winkte zurück, ging aber weiter.

Sie schob den Schlüssel ins Schloss und ging über den engen Patio zum Fahrstuhl. Er setzte sich ächzend und polternd in Bewegung und zögerte in jedem Stockwerk. Abstürzen oder weiterrumpeln. Barbara rechnete mit dem Schlimmsten.

Es roch muffig, und es half auch nicht viel, dass sie die Fenster aufriss. Im Hof und im Lichtschacht stand die Luft. Die Wohnung bestand nur aus einem Raum, der ursprünglich mal von einer größeren Wohnung abgetrennt worden war. Es war ihre erste eigene Wohnung, und damals war sie ihr wie ein Palast vorgekommen. Pablo el Rey hatte ihr einen Perserteppich geschenkt, eine Bettcouch und einen kleinen Schrank mit Glastüren. Abends leuchteten die Farben des Teppichs wie in einem Märchen aus Tausendundeine Nacht, das Holz glänzte, und die goldenen Buchstaben auf den Buchrücken schimmerten.

Aber seit Barbara tagsüber nicht mehr durch die Straßen lief, sondern als Detektivin zu *Llimona 5* gehörte, hatte sie sich am Tisch einen Arbeitsplatz mit einer großen Lampe eingerichtet und auch die anderen Birnen ausgetauscht.

Sie brühte sich einen Kaffee auf. Es gab nur noch einen Pulverrest in der Dose. Der Kühlschrank war leer, die letzte Milch eingetrocknet. Barbara setzte sich an den Tisch und legte sich Papier und Kugelschreiber zurecht. Sie musste das Material sortieren, ihre Gedanken ordnen, nach einem roten Faden suchen. Sie malte eine Girlande und rutschte mit dem Stift ab. Das Papier riss. Die Feinmotorik ihrer Finger war immer noch unberechenbar, ein Teil der Nerven abgestorben.

Barbara neigte nicht zu Selbstmitleid. Sie war es von frühester Kindheit an gewohnt, für sich selbst zu sorgen. Und auch in der aussichtslosesten Situation als Erstes nach einem Ausweg zu suchen. Aber irgendetwas hatte sich in den letzten Monaten verändert. Das grauenhafte Feuer. Ihr neuer Beruf. Die Anerkennung und die Freundschaft der anderen *Llimonas*.

Ihre Augen brannten, sie hätte gern geweint. Anna war in Gefahr, womöglich schon tot. Und sie saß hier und konnte nicht einmal den Stift festhalten, um sich Notizen zu machen. Pia hatte ihr angeboten, zum Brainstorming im Büro zu bleiben. Sie war gegangen. Sie hatte Angst, in Pias Gegenwart nicht frei denken zu können, zu sehr auf Pia und die anderen zu hören.

Sie hatte zum ersten Mal seit Monaten einen Mann kennen gelernt, den sie mochte, der sich für sie interessierte, der sie als Frau wahrnahm, bei dem sie sich wieder begehrt und lebendig fühlte. Doch sie schickte ihn weg. Sie hatte Angst, dass er sie verließ. Sie hatte Angst, dass er blieb.

Barbara atmete tief durch und nahm einen Schluck von dem schwarzen Kaffee. Klemmte sich den Kugelschreiber zwischen Zeige- und Mittelfinger und hielt ihn mit dem Daumen fest.

Es musste einen Zusammenhang geben. Etwas, auf das sie alle bisher noch nicht gekommen waren.

Àngela, 8 Jahre – süß, lieb, blonde Locken, Barbiepuppe / Sants. Vater Eisenbahner, Familie mit Großmutter. Wohlerzogen, verwöhnt, sehr behütet. Unselbständig. Der Ausflug zum Bahnhof war ein großes Abenteuer. Nachbarin sieht angeblich chinesisches Wäscheauto.

Fazit: angepasst, gehorsam. Das klassische Opfer.

Einzige Irritation ist die Puppe. Eine Ärzte-Barbie, die Àngela mit weißem Kittel und Ärzteköfferchen mitschleppt. Prüfen, ob es sich um das Geschenk einer geliebten Person handelt, oder ob die Puppe ihr eigener Wunsch war.

Lídia, 7 Jahre – braun gebrannt, dunkelhaarig / Poble Nou. Mutter hat Kiosk am Strand und neuen Freund, (wurde von Polizei überprüft, negativ). Sehr viel allein. Sucht Nähe, keine Scheu vor Fremden. Lídia wird zuletzt mit blauem Plüschaffen gesehen.

Fazit: verloren, einsam. Nicht sehr intelligent. Für einen geschickten Entführer leichte Beute. Freund der Mutter noch mal checken, dem blauen Plüschaffen noch mal nachgehen.

Agnès, 9 Jahre – dünn, Riesenaugen, Afrolocken / Raval, Museumsnähe. Kinderreiche Familie am sozialen Rand. »Schmuddelkind«. Wild, frei. Aber doch eingebunden in ein festes Netz von Familie und Freunden.

Fazit: schlau, schnell, lebenserfahren. Sie einzufangen setzte Planung und schnelles Handeln voraus. Vorteil für die Entführer: Die Mutter hatte kein Geld, keine Lobby.

Paula, 8 Jahre – groß, sportlich, raspelkurzes Haar / Sagrada Familia. Einzelkind, sollte wohl den ersehnten Sohn ersetzen. Beide Eltern arbeiten, sind aber für das Kind da, beziehen es mit ein. Intensive Nähe.

Fazit: intelligent, sprachgewandt, vielleicht etwas weltfremd. Sie zu entführen erforderte Phantasie und Überzeugungskraft.

Sergio, 9 Jahre – gesund, höflich, sehr hübsch / Eixample. Der einzige Junge bisher. Reiche Familie. Beste Schule, beste Versorgung. Familie scheint nach außen intakt. Die Großmutter beherrscht alle. Keine wirkliche Nähe.

Fazit: intelligent, gebildet, nachdenklich. Viel allein. Er kennt sich aus, er weiß Bescheid. Ihn zu entführen erfordert genaue Kenntnisse und einen Plan.

Ergebnis:

Alle Kinder sind in Herkunft, Aussehen und Wesensart vollkommen verschieden.

Barbara lehnte sich zurück und schloss die Augen. Das sprach alles für Pias Theorie von einem Auftragsentführer. Irgendjemand hatte Zeit, Geld und Logistik investiert, um die Kinder auszuspionieren. Es gab also einen Auftraggeber, der genau diese Kinder, oder zumindest Kinder dieses Typs bestellt hatte.

Es ging hier nicht um einen perversen Psychopathen. Es ging um ein richtig dickes Ding. Eine große Organisation. Geld und Macht.

Barbara fror plötzlich. Hörte ein leises Rascheln. Fuhr hoch. Fritz saß im offenen Fenster und putzte sich. Tränen stiegen ihr in die Augen. »Hallo, mein Süßer.« Fritz sah auf, dehnte sich und kam über die Papiere auf dem Tisch zu ihr. Stupste sie mit seinem dicken Kopf und machte es sich auf ihren Knien gemütlich.

Barbara fuhr mit den Fingern durch sein dichtes Fell und kraulte ihn. Es störte sie nicht mehr, dass sie so wenig fühlte. Sie kannte die Stellen, an denen er besonders gern gekrault wurde. Sie hörte sein Schnurren.

Das Telefon läutete.

Es war kurz nach zwei. Barbara nahm ab. Pia. »Schalt den Fernseher ein, TV-3. Schnell!« Sie legte auf. Barbara behielt Fritz im Arm, während sie zum Fernseher ging.

Der war alt und brauchte ewig, um warm zu werden. Bildschirmfüllend ein Foto von Sergio.

In Schuluniform. Danach seine Mutter. Eine schöne, elegante Frau. Schmal, mit dunklen Ringen unter den Augen. Ein seltsamer Kontrast zu ihrem gestylten Haar und dem sorgsam abgestimmten Outfit: ein silbergraues Kostüm mit schwarzem Top und schlichter Silberkette. »Ich bitte Sie! Geben Sie mir mein Kind zurück! Meinen kleinen Sergi. Bitte!«

Ihre Augen waren trocken.

25

Schreie. »Anna! Anna, bitte!« Er brauchte sie. Er hatte Angst. Sergi, ihr kleiner Sergi. Aber sie war gelähmt, sie konnte sich nicht bewegen. Samtweiche Dunkelheit.

»Anna!« Es war kein richtiger Schrei. Eher ein durchdringend hohes Wimmern. Ein einziger Ton. »Anna!«

Sie zwang sich zurückzukommen. Bewegte die Arme, die Beine. Schmerzen. »Ja«, sagte sie, »ja, ich komme!« Wusste dabei genau, dass niemand sie hören konnte. Gedanken.

Das Wimmern hörte nicht auf. »Anna ...«

Kein Traum.

Sie riss die Augen auf.

Schmerzen.

Schmerzen, die ihren Schädel spalteten, die ihr den Rücken brachen, die ihr die Füße abschnitten. Sie stemmte sich hoch. Die Hände funktionierten noch. Sie fokussierte ihren Blick. Teilte die Nebel. Erkannte Sergi. Sah seine weit aufgerissenen Augen.

»Sergi ...« Sie wusste, dass er sie auch diesmal nicht hören konnte. Er weinte. Anna sah an sich hinunter. Blut auf dem T-Shirt. Und Fesseln am linken Fußgelenk. Handschellen und eine Eisenkette. Sie räusperte sich, putzte sich die Nase. Blut. Und Schmerzen. Aber sie konnte wieder frei atmen. »Mach dir keine Sorgen, Sergi. Das sieht nur schlimm aus. Es ist alles okay.«

»Ich hab gedacht, du bist tot!« Seine Stimme stieg an, war kurz davor, in Hysterie umzukippen.

»Ruhig, Sergi, ich lebe ja noch!«

»Das hat so lange gedauert! So lange!«

»Sergi!« Anna hob die Stimme. »Sergi!« Sie wiederholte seinen Namen, bis er schwieg. Er hechelte. Anna fuhr ihn scharf an. »Halt! Hör sofort auf damit!«

Sergi erschrak. Anna fuhr fort: »Gut so. Ausatmen. Halt die Luft an. Solange du kannst. Gut. Sehr gut, jetzt lass locker. Langsam wieder einatmen.« Sergi weinte, aber er atmete wieder normal.

Anna setzte sich vorsichtig etwas höher. Lächelte Sergi aufmunternd zu. Er lag auf seiner Matte neben dem schweren Metallregal, ein Fuß mit Handschellen und einer kurzen Kette an eine der massiven Streben gefesselt. Jede zweite Strebe war oben in die Wand gedübelt. Neben ihm stand der Korb mit dem Wasser, dem Saft, den Picknickresten. Ein Stapel Comics und ein kleines Puzzle.

Anna selbst lag auf der anderen Seite des Raumes. Auf dem nackten Betonboden, ihre Matte war aber immerhin in Reichweite, es gab auch eine Wasserflasche. Ihr Fuß hing an einem Rohr, das direkt an der Wand aus dem Boden kam und senkrecht zur Decke hochführte. Irgendwann einmal mit der Wandfarbe überstrichen worden war und mit ihr vergilbte. Von vier Flanschen unterbrochen, von zwei Metallbügeln gehalten. Farbverklebte Schrauben.

Anna streckte sich, griff nach ihrer Matte und schob sie unter sich. Die Rippen, der Magen, Kopf, Hals, die Beine, alles schmerzte schon bei der kleinsten Bewegung. Aber sie durfte sich nichts mehr anmerken lassen. Sie grinste breit zu Sergi hinüber. »Er versteht wohl keinen Spaß.«

Sergi schwieg. Starrte sie an. Sein Gesicht war von Schmutz und Tränen verschmiert. Es schien nur noch aus Augen zu bestehen.

»Du hast Angst, hm?«

Schweigen.

»Das ist gut. Man muss Angst haben. Sonst wird man unvorsichtig. So wie ich. Aber Panik ist auch nicht gut. Panik lähmt einen.« Anna versuchte, einen Fuß in eine etwas bequemere Lage zu bekommen. Sergi schrie auf.

»Nein!«

»Was ist los?«

»Nicht bewegen!«

»Ich soll mich nicht bewegen? Warum nicht?«

»Das ist ein Gasrohr, hat er gesagt. Wenn du dich bewegst, kann es ganz leicht reißen. Und dann fliegen wir in die Luft!« Wieder stieg seine Stimme an. Anna hob besänftigend eine Hand und rührte sich nicht mehr, bis er sich beruhigt hatte.

»Ist ja gut, ich hab's verstanden. Und du? Darfst du dich bewegen?«

»Nein. Auf keinen Fall. Weil dann das ganze Regal auf mich drauffällt und mich erschlägt.« Diesmal blieb seine Stimme ruhig, fast schwang ein Hauch von Wichtigtuerei in ihr mit. Anna entspannte sich etwas.

»Prima. Gut, dass du mir Bescheid gesagt hast. Dann kann ja erst mal nichts passieren.« Anna überlegte fieberhaft, wie sie ihn weiter ablenken konnte. »Sag mal, du liest doch viel. Richtig?«

Schweigen.

»Comics meine ich nicht. Ich rede von Büchern. Was interessiert dich denn besonders? Abenteuerromane? Reiseberichte? Komm, Sergi, gib's zu, du bist ein Abenteurer, ein Entdecker.«

Schweigen.

»Hast du etwa noch nie davon geträumt, auf einem Frachtdampfer anzuheuern und hinaus in die weite Welt mitzufahren? Nach Amerika, Australien oder Argentinien?«

»Nach Peru.«

»Peru?«

»Ja, Peru. Da will ich hin. Das Machu Picchu sehen, die alte Indiostadt. Vielleicht sogar bei den Ausgrabungen mithelfen ...«

»Willst du das mal werden? Archäologe?«

»Nein. Da muss man, glaube ich, viel zu viel Geduld haben. Und man darf sich nur an die Fakten halten.«

»Da ist was dran.« Anna fühlte sich etwas verunsichert neben diesem Jungen. »Und? Was möchtest du dann werden?«

»Na, Reiseschriftsteller!« Sergi hatte den Raum und die Fesseln vergessen. »Das wär toll. Ich reise in der ganzen Welt herum und bleibe, wo es mir gefällt. Ich lebe da. In einem Dorf in der Sierra Leone, auf einem Gipfel in den Kordilleren oder im brasilianischen Dschungel. Egal.«

»Aber was willst du da machen?« Anna war verblüfft. »Was gibt es zum Beispiel im brasilianischen Dschungel Interessantes?«

»Eine Menge! Da ganz oben in den Wipfeln der Dschungelbäume, da gibt es Flechten und Farne, die kein Mensch kennt oder je erforscht hat. Oder Heilpflanzen, aus denen man lebensrettende Medikamente herstellen könnte.«

»Du weißt eine Menge!«

»Das interessiert mich. Deshalb will ich auch nicht Archäologe werden oder Biologe. Das ist langweilig, weil man sich immer mit demselben beschäftigt. Aber als Schriftsteller hab ich viel mehr Möglichkeiten. Oder?«

»Genau. Als Schriftsteller oder auch als Journalist.«

»Ich muss aber noch fotografieren lernen. Ich kann ganz gut zeichnen, aber das ist nicht genug. Ich hab auch einen kleinen Fotoapparat, aber mein Taschengeld reicht nicht für die vielen Filme und zum Entwickeln. Ich wünsch mir eine Digi!«

»Haben Digitalkameras denn schon die gleiche Qualität?«

»Die brauch ich nicht, ich bin ja kein echter Fotograf. Ich bin mehr ein Beobachter. Ich wünsch mir trotzdem eine richtig supergute Digi mit mindestens fünf Millionen Pixel. Und ein Bildbearbeitungsprogramm für den PC.« Seine Augen glänzten. »Und später kann ich vielleicht sogar Filme drehen.«

»Ich verstehe.« Anna verstand nur, dass bei Sergi mit seinen gerade mal neun Jahren verdammt viel im Kopf vorging. Er seufzte.

»Hoffentlich ist noch nicht jeder Winkel der Welt ausgeforscht, bis ich groß bin. Was meinst du?«

»Keine Sorge. Einer wie du wird immer Wege finden, jahrtausendealte Geheimnisse zu lüften und unbekannte Schätze zu heben.«

Sergi lächelte. Entspannt, glücklich, stolz. Anna lächelte zurück. »Sag mal, du Beobachter, erzähl mir doch mal, wie du hierher gekommen bist.«

»Wie meinst du das?« Sein fröhlicher Gesichtsausdruck verschwand. Anna lachte verkrampft.

»Na, wie ist das alles passiert? Wie bist du hierher gekommen? Du hast sicher viel mehr gesehen als ich.«

Sergi wurde ernst. Aber er zeigte keine Anzeichen von Hysterie oder Hyperventilation. Er sah Anna nur an.

Sie stellte ihr blödes Grinsen ab. »Sergi, ich will nicht lange rumlügen. Dafür bist du viel zu schlau. Wir sind in Gefahr. Wir müssen hier raus. Und ich fürchte, wir haben nicht viel Zeit. Je mehr ich also weiß, umso eher kann ich mir einen Ausweg einfallen lassen.«

»Tiger ist eigentlich ganz nett. Der wird uns nichts tun. Der wird nur sauer, wenn man ihn ärgert.« Sergi schaute weg.

Anna hätte ihn gern in den Arm genommen. »Du hast Angst, ich könnte wieder unbedacht handeln. Tut mir Leid. Aber das passiert nicht noch einmal. Von jetzt an werde ich jeden Schritt genau überlegen. Und mit dir absprechen.« Sergi schaute wieder auf. Anna wich seinem Blick nicht aus. »Aber ich brauche deine Hilfe.«

Sergi schwieg, dachte nach. Endlich nickte er. »Gut. Ich werde versuchen, mich an alles zu erinnern. Und du versprichst mir, dass du nie wieder so verrückte Dinge tust.«

»Abgemacht. Wir sind ein Team.«

»Das sagen Erwachsene immer. Und dann halten sie sich nicht dran.« Sergi lachte bitter auf. Anna wartete, bis er sie wieder ansah.

»Willst du damit sagen, dass dich ein Kind noch nie angelogen hat?«

Sergi verzog leicht das Gesicht.

»Na also. Es gibt auch solche und solche Kinder. Aber mehr unehrliche Erwachsene, das stimmt. Die können einfach besser lügen. Die haben mehr Übung. Aber es gibt auch andere. Oder?«

Sergi hob kaum merklich die Schultern.

»Und was ist mit mir und meinem Kickboard?« Das war unfair, aber sie hatte ihn.

Er sah sie wieder direkt an. Mit seinen großen dunklen Augen. In den Winkeln noch die schmutzgetrockneten Tränen. »Was willst du wissen?«

26

Dagmar musste dreimal läuten, bis Emilio endlich die Tür seiner Wohnung einen Spalt weit öffnete. Er steckte den Kopf hindurch und musterte sie verwirrt. Dann schien er sie zu erkennen und riss die Tür auf. »Dagemar! Sie sind es! Damit hab ich nicht mehr ... verzeihen Sie ... kommen Sie doch ...« Der himmelblaue Jogginganzug war alt und ausgeleiert und hatte gelbe Ralleystreifen an den Seiten.

Sie folgte ihm in die Wohnung der alten Señora Negre. Die so gern Geschichten aus ihrer Jugend und Barcelonas goldenen Jahren erzählt hatte. Damals, als alles noch seine Ordnung hatte. Die Wohnung ging über die ganze Etage. Düster, und trotz der für Dagmars Wohnung abgetrennten Räume immer noch riesig.

Emilio eilte vor ihr her durch den Flur. Er hatte nichts verändert. Nur standen im Wohnzimmer jetzt überall zwischen den dunklen Möbeln seltsame, glitzernde Gegenstände aus einer anderen Zeit herum. Ein Ergometer, eine Ruderbank und noch ein paar Folterinstrumente, von denen Dagmar weder Funktion noch Namen kannte. Emilio war unverändert übergewichtig, schwabbelweich und hatte einen gewaltigen Hintern. Dagmar blieb an der offenen Tür zur früher so stilvollen *sala* stehen. Eins der

Bücherregale hatte er fortgeräumt, Stapel ledergebundener Folianten mit Goldschnitt lagen auf dem Teppich oder lehnten an der leeren Wand. Die Tapete hatte an der Stelle noch die lichte Pfirsichfarbe vergangener Tage. Das Regal und den wuchtigen Esstisch hatte er an die Wand zwischen zwei Fenstern gestellt. Ein Computerbildschirm schimmerte blau.

Emilio stand vor der offenen Küchentür und sah zu Dagmar. »Kommen Sie, Dagemar, in der Küche ist es angenehmer.« Er wirkte unsicher, nervös. Dagmar folgte ihm zögernd. Auch die Küche war unverändert, obwohl schon lange nicht mehr sauber geputzt. Es duftete auch nicht mehr nach welkenden Rosen, es roch nach faulem Gemüse und ranzigem Öl. In der Spüle stapelte sich schmutziges Geschirr, neben dem Mülleimer bog sich ein Berg leerer Pizzakartons gefährlich zur Seite.

Dagmar setzte sich an den Küchentisch. An dem zuletzt der alte Doktor Portell nach einem *coñac* verlangt hatte, um aus seinem Kaffee einen *carajillo* zu machen. Unwillkürlich sah sie zu dem Küchenschrank hinauf, in dem die Señora den Magno zwischen Porzellantässchen aufbewahrt hatte.

»Kann ich Ihnen etwas anbieten, Dagemar?« Emilio stand neben dem Kühlschrank.

»Ja gern, einen Kaffee, wenn das nicht zu viel Arbeit macht.«

Emilio lächelte eifrig. »Nein, nein, überhaupt nicht!« Er wandte sich um und nahm eine Kaffeedose aus dem Schrank. Dagmar stand auf.

»Ich geh nur schnell mal ins Bad.«

»Ja, äh …« Er sah ihr hilflos nach.

»Bin gleich zurück.« Dagmar trat in den düsteren Flur hinaus. Sie hätte nie gedacht, dass ihr der Besuch in der Wohnung der Señora so nahe gehen würde. Es wäre weniger schlimm gewesen, wenn Emilio die ganze Wohnung einfach ausgeräumt und neu eingerichtet hätte. Sie horchte zur Küche hin, hörte Emilio mit Tassen klappern.

Vorsichtig drückte sie die Tür zum Schlafzimmer der Señora auf. Dunkel. Nur etwas Licht vom Flur. Aber hier war alles unverändert. Das Bett war sorgfältig gemacht. Auf dem Nachttisch lag noch die Bibel.

Dagmar huschte ins Klo hinüber, zog die Spülung und war wieder im Flur. Emilio hantierte hörbar in der Küche. Vor Dagmar befand sich die offene Wohnzimmertür. Dagmar schob sich hinein. Der Computerschirm schimmerte jetzt grün. Bunte Fische zogen ihre Bahnen.

»Dagemar?«

Sie wagte es nicht, länger zu bleiben. »Ich komme schon!« Dagmar lief zurück zur Küche.

»Ich bin so froh, dass Sie gekommen sind.« Emilio hatte zwei Tassen, Milch, Zucker und sogar einen Teller mit Gebäck auf den Tisch gestellt. Er strahlte stolz und goss ihr Kaffee ein. »Ich habe eine gute Nachricht für Sie!«

Dagmar lächelte. Trank. Hätte gern nach dem *coñac* gefragt, einfach nur, um zu sehen, ob er noch da war. Traute sich nicht.

Emilio hatte ihr Leid getan. Es hatte sie geärgert, dass Barbara ihm den Blumentopf einfach zurückgegeben hatte. Aber hier, in der Wohnung der Señora, war er plötzlich nicht mehr nur der dicke dumme Neffe von nebenan. Irgendetwas war seltsam an Emilio, irgendetwas war beunruhigend. Anna hatte ihn nie gemocht. Anna fand ihn eklig. Dagmar hatte ihn immer verteidigt. Aber sie kannte ihn nicht wirklich.

»Dagemar« – er saß ihr gegenüber, sein Sweatshirt war am Kragen ausgefranst –, »darf ich Ihnen zu dem Kaffee noch etwas anderes anbieten? Bitte!«

»Ja, gern.« Sie dachte an den *coñac* im Küchenschrank, aber Emilio stand auf und holte eine Flasche Roger Goulart *brut nature* aus dem Kühlschrank. Er hatte schon zwei Gläser zurechtgestellt. Öffnete die Flasche gekonnt und goss die Gläser voll. Dann nahm er eine dünne Plastikmappe mit Papieren und legte sie vor Dagmar auf den Tisch. Er hob sein Glas.

»Auf Sie, liebe Dagemar!«

Dagmar hob ihr Glas ebenfalls, trank aber nicht und öffnete auch die Mappe nicht. Sie schielte zur Tür hinüber. »Verraten Sie mir auch, worum es sich hier handelt?«

»Aber ja. Es ist Ihr Mietvertrag.« Emilio strahlte sie an. »Für die nächsten fünf Jahre. Zum gleichen Preis. Sie haben sich immer so rührend um meine Tante gekümmert. *Tía* Emilia hatte sie richtig gern, Dagemar. Deshalb hat sie das auch in ihrem Testament festgelegt. Dass Sie weiter hier wohnen können!«

Dagmar lächelte zurück und nahm einen langen Schluck. Der Sekt war okay. Aber sonst stimmte nichts. Die Señora Negre hatte zwar in ihrem Testament verfügt, dass Dagmar in der Wohnung bleiben konnte, aber Emilio hatte das sofort angefochten. Und jetzt spielte er plötzlich den Wohltäter. Das ganze Verfahren zog sich schon seit ein paar Monaten hin, und Dagmar hatte sich keine Hoffnung mehr gemacht.

Fusté. Das war's. Jaime Bartolo Fusté. Ihr Seniorpartner. Mit ihm hatte sie vor Wochen mal beiläufig über die Sache gesprochen. Er hatte fast gespuckt, als er hörte, dass sie zur Miete wohnte. Das war unwürdig, kein Spanier, der etwas auf sich hielt, wohnte zur Miete. Und ein Katalane schon gar nicht. Wenn man auch sonst gar nichts hatte, so doch wenigstens ein eigenes Heim! Fusté musste da an irgendwelchen Drähten gezogen haben, um Dagmar wenigstens die Mietwohnung zu sichern. Er kam aus derselben festgefügten Oberschicht wie die Señora, man kannte sich. Man half sich.

Fünf Jahre. Das war der Jackpot! Dagmar empfand tiefe Erleichterung. Jetzt hätte sie selbst Fusté umarmt.

Sie lächelte Emilo an, und sie meinte es ehrlich.

»Danke!«

Emilio beugte sich über den Tisch, stieß mit ihr an. »Ich bin sehr glücklich.«

In dem Moment läutete das Telefon im Wohnzimmer. Schrill und unerbittlich. Emilio zögerte kurz, dann setzte er sein Glas ab, grinste entschuldigend, und hastete hinaus.

Dagmar trank noch einen Schluck. Der Cava war lecker. Und sie konnte in ihrer Wohnung bleiben. Dieses Problem war erst mal gelöst. Sie stand auf und stellte die Tassen zusammen.

Emilio hatte verloren, aber das hatte er recht gut weggesteckt. Sie konnte ihn dafür nicht umarmen, aber sie konnte bei ihm ein bisschen aufräumen. Dagmar ließ heißes Wasser in die Spüle laufen, weichte das Geschirr ein und riss eine Mülltüte von der Rolle, um die Pizzakartons und andere Abfälle zu entsorgen.

Sie hörte Emilios Stimme. Er argumentierte erregt, aber sie verstand nicht, worum es ging.

Der kleine Papierstapel unter dem Kissen der Sitzbank wäre ihr normalerweise nie aufgefallen.

Ein kleines Mädchen lachte sie an.

Höchstens fünf oder sechs Jahre alt. Dunkle Locken, weiße Zähne. Es waren Computerausdrucke. In Farbe. Ein ganzer Stapel. Kleine Mädchen, kleine Mädchen, kleine Mädchen. Blond und rot und dunkel. Im Bikini, am Strand, nackt auf einem Bett, frei und gefesselt, von vorn, von hinten, im Spiel oder hilflos bereit.

Dagmar konnte nicht atmen, sich nicht bewegen. Panik, Übelkeit und Hilflosigkeit überwältigten sie. Sie hörte nicht, dass Emilio ein paar Zimmer weiter sein

Gespräch beendete. Sie hörte nicht, dass er wieder zurück in Richtung Küche kam.

Sie wollte das alles nur ganz schnell wieder loswerden und stopfte die Papiere wütend unter das Sitzkissen zurück.

»Dagemar!«

Sie sprang auf.

Emilo stand in der Küchentür.

27

Die Lampen über Janets Computer und dem Arbeitstisch von Pia waren die einzigen Lichtinseln im nachtdunklen Büro. Janet studierte die endlos verzweigten Zeilen einer dieser Newsgroups, versuchte, die verschlüsselten Reizworte zu deuten.

Als sie den hinteren Teil von Pias Dachwohnung ausgebaut und die Büroräume für die Detektei eingerichtet hatten, war Janet für die Computer zuständig gewesen. Janet liebte Computer und die unendlichen Möglichkeiten, die sie boten.

Früher, als sie mit den Kindern erst in Barcelona und dann in Ibiza lebte, hatte sie stets ihre Reiseschreibmaschine und all ihre Bücher mitgeschleppt. Ihr größter Schatz war die alte Encyclopedia Britannica. Das Telefonieren war mühsam und umständlich, und es gab nicht mal Papier im Din-A4-Format.

Geoffrey Edwards kannte sie aus ihren Zeiten in der Londoner Fleet Street, damals noch die Heimat der Journalisten. Geoff war schon ein berühmter Reporter, sie nur die kleine Volontärin. Janet war mit einem hübschen, aber etwas biederen Studenten befreundet und sehr geschmeichelt, als sich plötzlich der große Geoff für sie interessierte. Kurz darauf wurde sie mit Marc schwanger.

Geoff bildete sich ein, der Vater zu sein, und wollte sie unbedingt heiraten. Es vergingen fünfzehn Jahre, bevor er wieder mit ihr sprach.

Sie trafen sich zufällig in einer Bar in Ibiza wieder. Marc war nach England zu seinen Großeltern zurückgegangen, um wie sein Vater Banker zu werden. Zu der Zeit tippte Janet nächtelang Scripts für einen Trickfilmproduzenten, um etwas Geld dazuzuverdienen. Sean und Eric schienen in Ibiza und mit ihrem Leben glücklich zu sein. Dass es Probleme gab, merkte Janet erst viel zu spät.

Geoff hatte keine Kinder, er war gerade zum zweiten Mal geschieden und arbeitete als freier Journalist für diverse englischsprachige Publikationen. Geoff und seine *emotions* hatten den Biss verloren. Jetzt konnten sie wie Freunde miteinander umgehen. Er verschaffte Janet Aufträge, mit denen sie erst Geld und sich dann auch einen Namen machen konnte. Und er besorgte ihr den ersten Computer.

Endlich konnte sie mit leichtem Gepäck reisen. Über das Internet kam sie bald in sämtliche Bibliotheken, Zeitungen und Archive. Sie konnte ihre Manuskripte, auch die umfangreichsten, in wenigen Sekunden per E-Mail überallhin verschicken. Sie hatte ständig Kontakt zu ihren Freunden in der ganzen Welt. Geoff war ein Könner und er zeigte ihr, was er wusste. Sie rief ihn auch heute noch an, wenn sie ein Problem nicht allein lösen konnte.

Im Büro von *Llimona 5* hatten sie inzwischen sieben Computer. Drei Laptops, die auch im Außendienst eingesetzt werden konnten, einen alten Pentium II, der vor allem für Buchhaltung, Berichte und andere Schreibarbeiten benutzt wurde, einen Pentium IV für Multimedia, Internet und normale E-Mails.

Und einen speziell für prekäre Recherchen, für das Einloggen in nicht ganz saubere Links, für das Hacken in diesem noch undefinierten Graubereich leicht außerhalb der Legalität.

Janet hatte ihn mit allen ihr bekannten elektronischen Mauern, Zäunen und Schlössern abgesichert. Aber vor hinterhältigen Dialern, raffinierten Hackern und schlauen Viren gab es keinen wirklichen Schutz.

Deshalb war dieser Computer ein absoluter Einzelgänger. Er war nicht mit den anderen PCs von *Llimona 5* vernetzt, er hatte einen eigenen Internetzugang, und Janet hatte ihm mit Geoffs Hilfe ein System eingebaut, das sein Programm notfalls von selbst vernichtete, wenn jemand versuchte, ihm auf die Spur zu kommen. Sie nannten ihn *MI 5*, frei nach James Bond. Der *MI 5* war in die hinterste Ecke des Büros verbannt worden. Auf ein kleines Tischchen mit zwei bescheidenen Fächern für CDs.

Janet sah zu Pia hinüber.

Pia saß am so genannten Cheftisch. Sie hatte den größten Schreibtisch, aber den ältesten Computer. Sie schrieb den Bericht über den Überfall auf die arabischen Damen von Mr Jonathan Smith. »Ich hab's gleich!« Pia tippte noch ein paar Worte, sicherte und gab dann den Befehl »Drucken«.

Drehte ihren Stuhl zu Janet herum. Gähnte erschöpft. Es war kurz vor drei. Hinter ihr ächzte und schnaufte der Drucker asthmatisch. Dann holte er tief Luft und begann zögernd und hustend mit dem Ausdruck. »Klingt immer so, als bräuchten wir eine Lungenfunktionsmaschine oder einen neuen Drucker.« Pia lachte matt.

»Der Drucker ist in Ordnung.« Janet grinste zurück. »Bist du fertig? Dann komm bitte mal her!«

Pia goss ihnen beiden Kaffee nach und zog ihren Stuhl neben Janet. Und zuckte zurück. »Das ist ja grauenhaft!«

Das Mädchen war höchstens vier oder fünf Jahre alt. Es lag auf dem Rücken, nackt bis auf weiße Söckchen, mit den gespreizten Beinen zur Kamera. Eine ganze Fotoserie. Dunkle Augen voll tiefer Trauer.

Janet klickte zurück auf die Startseite. »Schau dir das an. Wirkt völlig neutral!« Der Text war englisch. Es gab ein Foto von einem Palmenstrand. Und jede Menge Links unter Stichworten wie *kid related*, *babyblues*, *young miss*. Symbole wie Bälle, Gummientchen, Teddybären. »Das Englisch ist fehlerhaft, ich tippe auf Thailand, Bangkok oder so.«

»Kann man das nicht feststellen?«

»Kaum. Diese Website habe ich zufällig gefunden. Kein Passwort, und außer den Telefongebühren keine Kosten. Natürlich ist das ungesetzlich. Das heißt, die Seite wird schnell wieder verschwinden und woanders unter anderem Namen wieder erscheinen. Die User wissen Bescheid.«

»Und wonach hast du gesucht?«

»Nach so genannten Newsgroups. Du findest sie über alle Suchmaschinen. Es gibt hunderttausende davon. Für alle möglichen Interessensgebiete und Themenbereiche, so genannte Foren, in denen man auf Gleichgesinnte trifft.«

»Schweine!«

»Nein, nein, die meisten sind völlig harmlos. Politik, Literatur, Sport, Selbsthilfegruppen und so weiter. Aber wenn zum Beispiel in den langen Adressen und Links die Buchstaben *alt* für alternativ auftauchen, verbergen sich dahinter sehr oft zweifelhafte oder sogar illegale Angebote.«

»Und da kann jeder einfach so rein?« Pia wollte nicht einmal die unscheinbar hellgraue Startseite ansehen. Janet lehnte sich zurück und steckte sich eine Zigarette an. Über ihrem Arbeitsplatz hing der größte der vier Casablanca-Ventilatoren, und direkt neben ihr befand sich das offene Fenster, aber die Luft war trotzdem grau verqualmt.

»Mehr oder weniger. Die Provider stellen nur einen Teil dieser Seiten zur Verfügung. Wer mehr will, muss mehr zahlen.«

»Du hast aber nicht gezahlt?«

»Pia!« Manchmal wunderte sich Janet über Pias Naivität. Vielleicht lag es an ihrer erzkatholischen Erziehung. Aber Janet würde das nie wieder erwähnen. Pia hätte sofort mit einer Bemerkung über Janets snobistische Upperclass-Herkunft gekontert. Sie fuhr bemüht geduldig fort: »Das ist doch alles nur Kinderkram. Dilettantisches Oberflächengekratze. Erics Freund Gil hat mir per E-Mail ein paar Zugangscodes geschickt. Damit kommt man schon näher an die *hardcore*-Szene ran. Das ist extrem widerlich. Aber noch lange nicht das, was wir suchen.«

»Was suchen wir denn?« Pia sah sie hilflos an, sie wirkte plötzlich sehr jung und verletzlich, hatte nichts mehr mit der etwas burschikosen *inspectora* gemein, die hier den ganzen Laden managte.

»Die geheimen Newsgroups.« Janet drückte ihre nur halb gerauchte Zigarette aus. »Das sind Foren, von denen kein normaler Mensch etwas weiß, deren Existenz wir nicht einmal ahnen. Die Zugangsadressen werden unter der Hand gehandelt, und einige davon sind sehr teuer. Und dann sieht man natürlich mehr als das, was wir eben gesehen haben. Sehr viel mehr.«

»Aber wer ist das? Wer sind die Kerle, die für so etwas zahlen?«

»Väter, Brüder, Kollegen. Die netten Jungs von nebenan. Es kann jeder sein.«

Pia stand auf. »Ich kann nicht mehr. Lass uns morgen weitermachen.« Sie ging zur Tür. Wartete. Janet fuhr den Computer herunter und schaltete ihn aus.

Sie folgte Pia den Gang hinüber zum privaten Teil der

Wohnung. Vor der Tür zu Annas Zimmer blieb Pia stehen. Die Lampe neben dem Bett warf einen warmen Lichtkreis auf den Tisch mit den Geburtstagsgeschenken. In Janets Päckchen waren eine blümchenverzierte *crinkle*-Bluse, ein Kuvert mit hundert Euro, zwei Barcelona-Krimis, einer von Vázquez Montalbán und einer von Alícia Giménez-Bartlett. Und *Dime*, die Grand-Prix-CD von Beth, der Gewinnerin der Superstarsendung *operación triunfo*. Diesen Tipp hatte sie von Barbara bekommen. Sie und Anna hatten alle Sendungen begeistert mitverfolgt. Janet konnte mit dieser Art geklonter Popmusik nicht viel anfangen, musste aber zugeben, dass Beth wirklich gut sang.

Sie schwiegen. In der Küche holte Pia zwei Flaschen vom Regal, Magno und J&B. »Ich brauch jetzt einen, du auch?«

Janet widersprach nicht lange. Sie setzte sich auf einen Hocker an der Bar. »Danach musst du mir ein Taxi rufen.«

»Schlaf doch hier. Das Gästezimmer ist frei.«

»Gute Idee. Die Nacht ist kurz.«

Sie sahen sich an, hoben die Gläser. In dem Augenblick läutete das Telefon. Pia nahm ab. »*Diga?*«

Janet sah ihr Gesicht.

Und stellte ihr Glas ab. Alarm.

Pia sagte nicht viel. Dann endlich: »Ganz ruhig, Dagmar. Wir sind sofort bei dir. Mach auf keinen Fall die Tür auf, bis wir kommen. Wir läuten unser Signal, dreimal lang, zweimal kurz.«

28

Zuerst hab ich Angst gehabt.« Sergi sprach hastiger. »Aber dann hab ich nichts mehr gemerkt. Ich bin erst wieder hier im Keller aufgewacht. Und dann war Tiger da. Er hat mir was zu trinken gegeben. Und Comics. Er war sehr nett.« Sergi grinste. »Ich hab ihn Tiger genannt, wegen diesem Tattoo. Ich glaub, das fand er gut.«

»Was hat er dir getan?«

»Nichts.« Das kam zu schnell.

»Er hat dich geschlagen. Er hat dir gedroht.«

Sergi schluckte trocken. Schwieg.

»Wir sind hier allein, Sergi. Und wir zwei sind Freunde. Wir können ganz ehrlich miteinander sein. Ich hab auch Angst gehabt. Mich hat er auch geschlagen. Und mir hat er auch gedroht.«

»Das macht er mit allen.«

»Wer sind die anderen?«

»Ich hab ihm gesagt, dass er nicht so viel Lösegeld verlangen soll. Weil meine Eltern das sonst nicht zahlen können. Aber da hat er gelacht.«

Anna wurde übel, als sie sich die Szene vorstellte. Ihre Stimme blieb cool. »Da musst du dir wirklich keine Sorgen machen, deine Eltern sind reich.«

»Sind sie eben nicht. Das ganze Geld gehört der *abue-*

la. Und Oma würde sich nie erpressen lassen. Das hat sie immer gesagt.« Sergi sah plötzlich weg. »Zu ... zu Onkel Eduard zum Beispiel, der will andauernd Geld von ihr. Sie sagt, er spielt, aber mit mir hat er noch nie gespielt. Nicht einmal Schach. Und das kann ich richtig gut.«

»Hast du den anderen Mann gesehen?«

»Welchen Mann?«

»Den mit dem Zopf und dem Piratentuch. Als sie dich geschnappt haben.«

»Da war nur Tiger. Er hat gesagt, er hat auch so ein Kickboard, nur noch schneller. Aber auf den Scheiß bin ich nicht reingefallen.« Sergi lachte stolz auf. Wurde wieder ernst. »Dann hat er mir deins weggenommen. Ich hab mich gewehrt, ehrlich. Aber er hat mir so ein widerlich stinkendes Tuch auf die Nase gedrückt.«

»Und die anderen Kinder?«

Sergi starrte an ihr vorbei auf die Wand. Anna wusste nicht, ob er nachdachte, oder ob seine Gedanken zu irgendeiner anderen Erinnerung abdrifteten. Sie schwieg. Wartete. Irgendwo weit oben im Gebäude sprang ein Motor an. Verstummte wieder.

Anna bekam einen Krampf im Bein, versuchte es so vorsichtig zu bewegen, dass Sergi es nicht bemerkte. Aber er reagierte sofort. »Nicht bewegen!« Panik.

»Okay, okay, ich pass ja auf.«

Sergi behielt sie jetzt im Auge. Immerhin war sein Blick klar. Doch als er endlich sprach, war seine Stimme kaum zu verstehen. »Da war ein Mädchen. Paula.«

»Hast du mit ihr gesprochen?«

»Sie hat geweint.«

»Hast du sie gesehen?«

»Nein!« Sergi schrie auf, dann liefen ihm Tränen über das Gesicht, und Anna verstand kaum, was er sagte. Hinausschrie. »Nein! Ich hab sie nicht gesehen. Ich hab sie nur gehört! Sie war nebenan. Sie hat die ganze Zeit über geweint! Immer nur geweint. Da hab ich mit ihr geredet.« Ein heftiger Schluchzer schüttelte ihn. »Und da hab ich ihr versprochen, dass ich sie hier rausbringe. Ich hab's ihr versprochen! Aber das kann ich ja gar nicht. Das war gelogen!«

Anna wartete, bis er sich wieder beruhigt hatte. Es ging relativ schnell. Er war völlig erschöpft. Sie sprach leise auf ihn ein. »Nein, das war nicht gelogen. Schau mich an, Sergi. Du bist sehr schlau für dein Alter. Und sehr umsichtig. Aber du bist ein Junge. Du hast keine Chance gegen einen erwachsenen Mann.«

»Und du? Du bist nur eine Frau!« Sergis Augen blitzten schon wieder. Anna hätte ihm gern eine gescheuert.

»Immerhin erwachsen, du blöder kleiner Macho.«

»Aber noch nicht richtig. Höchstens alt.« Er kicherte. Machte sich über sie lustig.

Anna drehte sich mit einer entschiedenen Bewegung in eine bequemere Lage. Die Handschelle knirschte am Rohr entlang, die Kette klirrte. Sergi schrie auf. Anna nahm die Wasserflasche und trank. Grinste ihn an. »*Cool down*, Kleiner. Hast du Angst, dass das Gasrohr reißt? Haha. Das ist ja gar kein Gasrohr!«

Sergi starrte sie an. Anna erwiderte seinen Blick. Sie kam sich vor wie ein Torero. Bloß keine Gefühle zulassen, das wurde sofort als Schwäche ausgelegt. Sie musste ihm zeigen, wer hier der Boss war. Nicht dieser widerliche Tiger. Den er zwar fürchtete, aber auch irgendwo bewunderte.

Sondern sie.

Die Frau.

Der er zwar schon auf die Titten glotzen konnte, der er aber sonst nicht viel zutraute.

»Hör zu, Zwerg.« Anna legte ihre Beine übereinander,

machte das aber sehr vorsichtig, denn natürlich war das Rohr eine Gasleitung. »Du bist ja schlau. Also verstehst du auch mehr als andere Kinder in deinem Alter.«

Sergi war hellwach.

»Es gibt zwei Möglichkeiten für dich. Erstens: Du vertraust Tiger. Der dich entführt hat. Bedroht, betäubt, gefesselt. Und der auch in Zukunft nichts Gutes mit dir vorhat. Oder glaubst du, er hat dich beobachtet, geschnappt und hier wie ein Tier angekettet, weil er dich so lieb und nett und süß findet? Und selbst wenn, ist es das, was du dir wünschst? Weil er so ein toller und starker Mann ist? Oder zweitens: Du traust mir. Einer Frau. Die im Moment leider selbst noch gefangen ist.«

Sergi wirkte völlig zerrissen, den Tränen nahe. Anna ließ nicht locker. »Die dich aber wirklich gern hat und die, das schwöre ich dir, hier wieder rauskommt. Lebendig.« Anna beugte sich vor. »Wenn du mitspielst, dann nehme ich dich mit. Und auch Paula, und die anderen Mädchen. Denn Paula ist nicht die Einzige.«

»Angekettet war ich in dem anderen Raum nicht.« Seine Lippen waren zerbissen. »Und es ist ja auch nicht mehr für lange. Nur bis unsere Eltern gezahlt haben!«

»Eben hast du noch gesagt, du hast Angst, deine Eltern könnten gar nicht zahlen, weil die *abuela* ihnen das Geld nicht geben würde. Ich kann dich beruhigen. Sie würde ihnen das Geld geben, egal, ob sie dich mehr oder weniger liebt. Das ist eine Imagefrage. Inzwischen haben sicher die Medien schon Wind von der Entführung bekommen. Die Zeitungen, das Fernsehen. Und keine Großmutter der Welt kann es sich leisten, für ihren einzigen Enkel nicht zu zahlen. Wenn sie das Geld hat. Und das steht ja wohl außer Frage.«

»Sag ich doch!« Sergi entspannte sich. Und sofort erschien wieder dieser leicht überhebliche Gesichtsausdruck.

»Tut mir Leid, Kleiner. Sie werden nicht zahlen. Ganz einfach, weil Tiger und seine Bande keine Geldforderung gestellt haben. Weder für dich noch für die anderen Kinder.«

»Du lügst!« Er schrie. »Du hast doch keine Ahnung!«

»Kann sein, dass ich am Anfang nicht immer die Wahrheit gesagt habe, ich wollte dich schonen. Ich wollte verhindern, dass du durchdrehst. Aber dafür haben wir keine Zeit mehr. Du musst alles wissen, nur dann kannst du eine Entscheidung treffen.«

Sergi wollte ihr nicht zuhören, er schaute weg. Anna hakte nach.

»Sie wollen überhaupt kein Lösegeld für euch. Sie haben etwas anderes mit euch vor.«

Sergis Fesseln schnitten in seine Haut, er kaute auf den Lippen herum. Anna bewegte ihre Beine mit deutlichem Kettengerassel. Er zuckte zusammen.

»Du kannst dich ruhig auch anders hinlegen. Das Regal ist oben mehrfach mit Dübeln befestigt. Das steht bombenfest. Das könnte nicht mal ein Dreizentnermann umwerfen.«

Sergi sah sie an. Angst. Misstrauen. Er wollte ihr so gern glauben. Er wollte so gern loslassen. Anna lächelte, nickte unmerklich. Er bewegte erst den einen Fuß, zog ihn vorsichtig wie ein Mikadostäbchen unter dem anderen hervor, drehte sich dann halb auf die Seite.

Nichts geschah. Die Erleichterung trieb ihm Tränen in die Augen. »Das hat so wehgetan.«

»Ich kann dir noch einen Tipp geben. Jede Wette, dass du mit dem Fuß aus der Handschelle rauskommst, wenn du vorher den klobigen Turnschuh und die Tennissocke ausziehst. Diese Handschellen sind für Erwachsene gemacht, nicht für Kinder.«

Sergi setzte sich sofort auf und wollte seinen Sneaker

aufschnüren. Er glaubte ihr, sie hatte ihn. Sie lachte. »Hey, Moment. Warte noch. Nicht dass Tiger zu früh von unserem Geheimnis erfährt!«

»Klar.« Sergi lehnte sich wieder zurück. Er blieb ernst. »Aber ... aber was will er dann von uns? Wieso entführt er überhaupt Kinder, wenn es ihm gar nicht um das Geld geht?«

Anna schwieg. Sie wusste nicht, wie sie ihm das erklären sollte. Sergi starrte sie an. Versuchte, den großen Mann zu spielen, der alles weiß. »Sex? Meinst du so was?«

Anna antwortete nicht. Sergi blickte zu Boden. »Da hast du dich aber geschnitten. Total. Das kann ich dir sagen. Tiger hat mich nie angefasst.«

»Du kennst dich aus?«

»Unser Pfarrer, der drückt uns immer an seinen Bauch. Und dabei kratzt er einem so komisch über den Rücken und den Po. Und keucht und sabbert vor sich hin. Den nennen wir nur den Bauchdrücker. Oder Hernán, das ist unser Sportlehrer. Der hat immer Uniformklamotten an und scheucht uns über den Schulhof. Zack, zack. Der kommt auch immer mit auf die Ferienausflüge. Und dann will er mit uns ins Zelt oder in den Schlafraum. Da haben wir einmal so getan, als würden wir schlafen, und als er dann reingeschlichen kam und sich zu dem kleinen Hilàri setzen wollte, sind wir alle aufgesprungen und haben gesungen. ›*Marica, mariquita!*‹ Der ist nie wieder bei uns reingekommen!« Sergi lächelte beim Gedanken an den Sieg über den widerlichen Sportlehrer, sah Anna aber noch immer nicht an.

»Da hast du ja schon einiges erlebt.«

»Sag ich doch.«

»Und sonst? Noch einer?«

»Nein!« Das kam schnell, dann eine Pause. »Tiger ist nicht so.«

»Darum geht es jetzt aber nicht«, sagte Anna vorsichtig. Sergi zog die Schultern hoch.

»Ich sag ja nur, Tiger ist nicht schwul!«

»Und wenn auch. Sergi, es geht nicht um schwul. Das wäre Liebe oder Sex zwischen Männern.«

»Hast du aber gesagt!«

»Männer, verstehst du? Erwachsene.«

»Und außerdem kann er gar nicht schwul sein, der wollte doch bei dir …« Sergi brach verlegen ab, senkte wieder den Blick. Pause. »Du meinst, es geht um … um Anfassen und und … Rummachen mit Kindern … mit kleinen Mädchen?«

»Oder Jungen.«

Anna sprach nicht weiter, auch wenn ihr die Pause lang vorkam. Sie ließ Sergi Zeit. Er wurde unruhig, schaute zur Tür, wollte aufspringen, dachte dann offensichtlich wieder an die Fesseln und das Regal. Panik. Aber langsam beruhigte er sich, sein Gesicht wurde hart, entschlossen. Er setzte sich auf. »Nicht mit mir. Das schwör ich dir. Mich fasst keiner an. Niemals!«

»Natürlich nicht.«

»Ich kann Tae Kwon Do. Ich hab schon den grünen Gürtel!«

»Toll!« Grün war der vierte von zehn. »Da können wir ja mal zusammen trainieren.« Anna versuchte verzweifelt, locker zu bleiben. Sergi schwieg für einen Moment und überlegte.

»Du meinst, es ist gar nicht Tiger? Tiger arbeitet für jemand anderen. Einen Mann, der auf kleine Kinder steht? Und … und für den entführt er sie.«

»Nicht unbedingt. Tiger arbeitet wirklich im Auftrag. Aber ich glaube, er macht das im großen Stil. Nicht nur für einen Mann. Für viele.«

»So was wie Playboy?«

»Den kennst du?«

»Mein Vater hat einen Stapel in seinem Nachttisch. Und noch andere Fotohefte. Geile Weiber!« Eine bezeichnende Handbewegung und der Blick auf Annas Busen. Diesmal ließ sie sich nicht irritieren.

»Fürs Internet.«

»Das macht er auch. Solche Seiten, klar. Einmal hat ihn die *abuela* erwischt. Die hat ganz schön getobt.«

»Und deine Mutter? Weiß die auch davon?«

»Die ist immer so müde. Die geht ja noch früher ins Bett als ich.«

»Und dein Onkel? Onkel Eduard?«

Sergis Augen verschatteten sich. »Einmal bin ich nachts aufgewacht, und in der Bibliothek brannte noch Licht. Da bin ich rübergegangen. Der Computer war an, und ich wollte ein bisschen spielen ...«

»Und?«

»Er ... er hat mich erwischt. Er ... hat mich ... hat mich mit seinem Schuh ver... verprügelt ...«

Anna kam nicht mehr dazu zu antworten.

Sie hörten eine Tür schlagen. Dann kamen die schmatzenden Schritte Tigers näher. Dazu schlug er rhythmisch gegen die Latten. »Auseinander, meine Lieben. Hier kommt euer Sklavenwärter!«

Er trat die Tür auf. Schwankte. Whiskyatem füllte den Keller. Er hielt sich am Türrahmen fest. Schaute zu ihnen herunter. Breites Grinsen.

29

Die Cafés auf den Ramblas waren längst geschlossen, die Sonnenschirme zusammengeklappt. Hier stromerten nur noch ein paar verlorene Touristen und Liebespaare herum. Erster Tau tropfte von den Platanen. Nur auf den Seitenstreifen stauten sich die Autos wie am Tag. Die jungen Leute waren in ständiger Bewegung. Ein anderer *barrio*. Andere Bars, Nachtclubs, Discos. Barcelona schlief noch lange nicht.

Pia hätte dem Taxifahrer gern ihren nicht mehr gültigen Polizeiausweis gezeigt. Oder die Dienstpistole an den Kopf gehalten. Es hätte nichts genutzt. Die Autos bewegten sich nur schrittweise. Und der Fahrer war einer von der gesprächigen Sorte. Seit der Plaça del Regomir erzählte er ihnen ausführlich und in unerwünschten Einzelheiten vom Scheitern seiner Ehe und dem Niedergang der Familie im Allgemeinen. Er sprach *catalan*. Hinter der Plaça de Catalunya löste sich der Stau langsam auf, aber der Fahrer schien das Gaspedal vergessen zu haben.

Janet saß neben Pia, als würde sie das alles nichts angehen. Sie hatte den Kopf zurückgelehnt und schien zu schlafen. Es war ein Nichtrauchertaxi. Pia war überzeugt, dass der Fahrer ein druckreifes Referat über Lungenkrebs und die Folgen für die Sozialversicherung, den Staat und den einzelnen Bürger – das sind wir: Sie und ich! – parat hatte, falls Janet auch nur nach ihrer Zigarettenschachtel greifen sollte. Glücklicherweise tat sie nichts dergleichen. Als der Fahrer aber auf der Höhe des Hotel Regente anhielt, um mit einer Kollegin ein längeres Gespräch von Fenster zu Fenster anzufangen, stieg Pia aus.

Janet bewegte sich nicht.

Pia gab dem Fahrer einen Fünf-Euro-Schein. Und beugte sich zu ihm hinunter, bis er endlich unter wütendem Knurren den Euro fünfzig Wechselgeld hervorgekramt hatte.

»Danke«, sagte Pia auf Spanisch. »Sie waren überaus freundlich. Und vor allem so schnell!«

Der Fahrer murmelte einen ziemlich üblen Fluch über Pias Mutter, ohne sie zu kennen, beugte sich nach hinten, lehnte sich über Janet und riss ihre Tür auf.

Pia überquerte den Mittelstreifen, Janet rannte hinter ihr her. »Bist du verrückt? Was ist bloß in dich gefahren?« Sie blieb stehen und rang keuchend nach Luft. Pia wartete, ohne ihre Ungeduld zu verbergen.

»Wenn wir hier rüberlaufen, sind wir gleich bei Dagmar. Außen herum hätte das mit diesem lahmen Taxifahrer noch eine halbe Stunde gedauert.«

Janet hasste überflüssige Fußmärsche, setzte sich aber wortlos wieder in Bewegung. Vielleicht fehlte ihr auch einfach die Luft für weitere Einwände.

Bei Dagmar brannte Licht, in der Wohnung nebenan schien alles dunkel zu sein. Pia läutete dreimal lang, zweimal kurz, und fast sofort knackte die Gegensprechanlage. »Pia?«

»Ja, mach auf.«

Summen, Pia drückte die Tür auf und rannte hoch. Janet blieb hinter ihr zurück. Dagmar stand in der halb geöffneten Tür, zeigte nach nebenan und legte den Finger auf den Mund. Pia nickte und folgte Dagmar hinein.

»Jetzt wartet doch auf mich, verdammt noch mal!«, rief Janet.

Sie setzten sich an den Küchentisch. Dagmar hatte kleine geröstete Tomatenbrote vorbereitet und eine große Kanne Kaffee gekocht. Janet steckte sich eine Zigarette an. »Der Kerl hat gerade an der Tür gelauert. Im Dunkeln. Ich hab sein Auge im Türspalt gesehen.«

»Weil du so einen Krach gemacht hast!« Dagmar holte Gläser, Wasser und Orangensaft. »Dabei wollte ich doch vermeiden, dass er euch sieht.« Die Gläser klirrten aneinander, als Dagmar sie abstellte.

»Jetzt mal ganz ruhig!« Pia legte ihr eine Hand auf den Arm, zog sie auf den Stuhl neben sich und wartete, bis das Zittern sich etwas gelegt hatte. »Also. Du warst drüben bei deinem Nachbarn. Ging es wieder mal um das Testament seiner Tante und deine Wohnung?«

»Ich … ich hab immer gedacht, er ist einfach unbeholfen und unglücklich. Und dann hat er mir einen Blumentopf geschenkt, aber Barbara hat … Er ist runtergefallen und kaputtgegangen. Emilio hat mir einfach nur Leid getan.«

»Dagmar, du bist nicht nur naiv, du bist auch sentimental!« Janet trank einen Schluck Wasser. »Weißt du nicht mehr, wie er seiner Tante, deiner netten Señora Negre, den Schmuck von den Fingern gerissen hat, als sie noch nicht einmal kalt war?«

Dagmar senkte den Blick und schwieg. Pia fuhr Janet wütend an. »Das bringt uns jetzt auch nicht weiter!« Sie wandte sich wieder an Dagmar. »Okay, er hat dir Leid getan. Aber dir tun doch alle Leute Leid. Und sicher ist dein Emilio ein armes Schwein. Aber er ist auch ein Gierschlund, ein Abkocher und ein sabbermäuliger Klemmi!«

Janet grinste, verbarg das aber schnell hinter einer

Rauchwolke. Dagmar schien den Tränen nahe. »Ich hab Angst.«

»Brauchst du aber nicht zu haben. Der ist ein Spanner, kein Messerstecher.« Pia hoffte, dass sie sich nicht irrte. Doch in den Jahren bei der Kripo hatte sie so ziemlich alle Facetten menschlicher Abgründe kennen und erkennen gelernt.

»Du hast nicht gesehen, mit welchem Blick er den Blumentopf auf den Boden geknallt hat. Hasserfüllt! Was soll das überhaupt bedeuten, dass er mir Blumen schenkt, mich heiraten will – und dann diese Berge von Magazinen und Fotos von kleinen Mädchen unter dem Kissen seiner Küchenbank versteckt hält?«

»Das heißt, dass er nach einer Art Mutterfigur sucht«, antwortete Pia vorsichtig. Janet ergänzte direkter: »Dabei aber auf kleine Mädchen steht.«

»*Sehr* kleine Mädchen,« sagte Dagmar. »Grauenhaft!«

»Wie alt ist er?« Pia überlegte kurz. »Ende dreißig? Aber im Kopf ist er maximal zwölf.«

»Das teilt er mit vielen Männern.« Janet grinste schon wieder, diesmal ohne Rauchvorhang. »Und manchmal hat das durchaus Charme.«

Dagmar blieb ernst. »Aber doch nicht so! Er hat sich im Wohnzimmer eine Computerecke eingerichtet, mit allem, was dazugehört.«

»Auch das teilt er mit vielen Männern.« Janet ließ ihren Blick auf der Suche nach Whisky durch die Küche schweifen. Sie hatte das Ganze offenbar bereits als eine von Dagmars übertriebenen Reaktionen abgetan. Pia hingegen wurde hellhörig.

»Noch einmal ganz langsam zum Mitschreiben. Du bist rüber in seine Wohnung, weil er dir Leid getan hat. Er war erfreut, aber auch äußerst verlegen. Im Wohnzimmer war der Computer an. Dann kam ein Telefonanruf. Mitten in der Nacht. Er ließ dich allein, und du hast diese Pornofotos von kleinen Mädchen gefunden.«

»Und plötzlich war er wieder da. Stand in der Küchentür. Ich hab mich zu Tode erschrocken. Ich fürchte, er weiß, dass ich die Fotos gesehen habe.«

»Aber er hat dich trotzdem gehen lassen?«

»Er musste. Ich bin einfach rausgewalzt wie ein Mähdrescher.« Endlich lachte auch Dagmar wieder.

»Bonet?«, schlug Janet vor.

»Du meinst eine offizielle Durchsuchung? Keine Chance. Wir haben keine Beweise, nichts!« Pia sah den Ausdruck in Janets Augen. »Nein, Janet. Nein!«

»Pia, es ist zunächst wirklich nur eine Idee. Aber es sieht so aus, als wäre Emilio ein Freund kleiner Mädchen, und er hat einen Computer.«

»Ja. Richtig. Aber das beweist noch gar nichts.«

»Natürlich nicht. Falls Emilio jedoch wirklich ein User ist, und nicht nur innerhalb der üblichen Newsgroups, sondern ein Benutzer der geheimen Seiten, dann muss er auch ein Passwort haben. Und wie ich den einschätze, kann er sich so eine Kolonne von Zeichen und Zahlen niemals merken.«

»Stimmt.«

»Wir müssten also nur mal an seinem Arbeitsplatz nachsehen.«

»Nein!«

»Das dauert nicht lange. Irgendjemand sollte ihn natürlich vorher aus der Wohnung locken.«

»Nein!!«

»Dagmar zum Beispiel. Sie ruft ihn einfach an und lockt ihn in irgendeine Kneipe. Nach dem Motto, wir sollten noch mal miteinander reden. Und du, Pia, könntest ihnen folgen und aufpassen. Ihr braucht euch sonst um nichts weiter zu kümmern. Ich mach das allein.«

Pia sah von einer zur anderen. Die beiden waren ihre Freundinnen. Aber im Moment erschienen sie ihr sehr fremd.

Dagmar hatte Angst, das war ihr deutlich anzumerken. Andrerseits war sie zu allem entschlossen, wenn es nur Anna half. Und den entführten Kindern. Sie glühte vor Missionarseifer. Sie war bereit, sich zu opfern.

Janet hatte endlich die richtige Schranktür gefunden und holte die Whiskyflasche heraus. Schenkte sich ein kleines Wasserglas halb voll. Setzte sich wieder, steckte sich eine neue Zigarette an. Sie war vollkommen ruhig und entspannt, aber ihre Augen funkelten vor Abenteuerlust. Sie liebte das Risiko. Und sie scherte sich nicht um Gesetze, Verbote und Obrigkeiten.

Pia wusste, dass sie auf verlorenem Posten stand. Sie versuchte es trotzdem.

»Du willst dir unerlaubt Zugang zu einer fremden Wohnung verschaffen. Du willst dort einbrechen. Das kostet uns möglicherweise unsere Lizenz, unseren Namen, die Basis unserer Arbeit!«

»Nur, wenn ich erwischt werde. Und angezeigt. Und dieser Emilio kann weder das eine noch das andere tun.«

Pia war wütend. Es war ihr Name und ihre Lizenz.

Janet war eine bekannte Journalistin mit internationalen Kontakten. Ihre Gerichtskolumne stand seit der Story mit Barbara hoch im Kurs.

Dagmar war eine in Spanien zugelassene Anwältin, fast eine Art Shootingstar, nachdem sie Barbara auf so spektakuläre Weise freigekämpft hatte.

Barbara und Anna waren jung, sie konnten noch einmal von ganz vorn anfangen.

Nur sie, Pia, hatte alles aufgegeben für *Llimona 5*. Und natürlich war sie in ihrem Innern immer noch Polizistin. Sie hatte sich auf die harte Art und ohne krumme Wege von ganz unten bis ziemlich weit oben gekämpft. In eine fremde Wohnung einzubrechen widerstrebte ihr aus tiefstem Herzen. Gleichzeitig wusste sie, dass Janet Recht hatte. Und dass es sinnlos war, noch weiter zu argumentieren, Janet würde so oder so ihren Plan verfolgen.

Pia stand auf.

»Dagmar, wenn du noch telefonieren willst, meinetwegen. Ich gehe jetzt, aber ich bleibe in der Nähe.«

Die beiden blickten sie stumm an. Im Hinausgehen sah Pia noch, dass Dagmar aufstehen wollte, um ins Wohnzimmer zu ihrem Telefon zu gehen. Dass Janet sie aber zurückhielt und ihr Handy über den Tisch reichte. Die wollten wirklich keine Zeit verlieren.

30

Barbara versuchte es noch einmal. Wieder meldete sich nur Dagmars Anrufbeantworter. Auch Janet war nicht zu Hause. Und sogar bei Pia und *Llimona 5* nur das Tonband.

Sie setzte den schnurrenden Fritz ab und stand auf. Sie war sich nicht ganz sicher, ob sie jetzt sauer sein sollte, weil die anderen offenbar irgendetwas ohne sie unternahmen. Oder ob sie sich Sorgen machen sollte.

Es war halb vier. Barbara zog bequeme Hosen und Schuhe an, verstaute Bargeld, Handy und Pfefferspray in ihren Westentaschen und knuddelte Fritz zum Abschied.

Unten im Patio stand ihr Fahrrad. Ein dunkelrotes Alu-BH-Trekking mit Lenkerfederung und einer drei mal sieben Gangschaltung. Es sah nicht besonders spektakulär aus, aber es war schnell und bequem. Barbara hatte es sich von ihrem ersten ehrlich verdienten Geld gekauft. Tagsüber war es nicht unbedingt das ideale Fortbewegungsmittel, aber um diese Zeit gab es nichts Besseres.

Barbara flitzte durch die engen Gassen des *barrio gótico*, überhörte die Kommentare der Nachtschwärmer und Männerpulks vor den Bars, sauste hinüber auf die Ramblas, den um diese Zeit fast leer gefegten Mittelstreifen hoch, rundum über die Plaça de Catalunya und weiter die Rambla de Catalunya hinauf.

Auf der Höhe des Hotel Regente hielt sie an. Es war nicht mehr weit zu Dagmars Wohnung. Aber die Montoros wohnten noch näher, Sergios Familie.

Barbara überlegte nicht lange, sie fuhr einfach weiter. Die Montoros bewohnten die ganze Etage im vierten Stock des sorgfältig renovierten Eckhauses. Die Fenster zur Straße waren hell erleuchtet.

Barbara lehnte ihr Rad an die Mauer und schloss es sorgsam ab. Dann läutete sie bei A4. Nichts geschah. Eine Flüsterstimme in ihrem Hinterkopf riet ihr, ganz schnell abzuhauen, doch sie läutete noch einmal. Diesmal knackte es. »Ja?«

»U.P.S. Eine Sendung für Montoro.«

Der Summer ertönte, und Barbara war im Haus. Sie holte den Lift nach unten, flitzte aber zu Fuß die Treppen hoch. Rote Läufer, messingblanke Handläufe. Oben kam sie in einen kleinen Vorraum mit Glaskuppel und Topfpalmen. Luxus pur. Barbara versteckte sich hinter dem Treppenvorsprung.

Die Tür zwischen zwei Palmen wurde einen Spalt weit geöffnet. Ein Mann mit einem roten, runden Gesicht, von dem ein paar verbliebene Haare wuschelig hochstanden, schaute heraus.

Der Fahrstuhl setzte rumpelnd unten im Erdgeschoss auf. Blieb dort. Der Mann mit dem roten Gesicht trat aus der Wohnung und sah sich um. »Hallo?«

Barbara wartete, bis er noch weiter herauskam, dann machte sie einen Schritt auf ihn zu. »*Hola*, Señor Montoro.« Sie lächelte ihn charmant an und schob sich zwischen ihn und die Wohnungstür. Er nahm sie gar nicht wirklich wahr, schaute nur immer auf den Fahrstuhl und wartete. »Hat gesagt … wichtige Sendung …« Er schwankte leicht. Er war betrunken.

Barbara ging leise in die Wohnung. Sah sich um. Eine Diele, helles Parkett mit ein paar echten Teppichen. Eine Kommode aus dem neunzehnten Jahrhundert. Altes Geld und neues Design. Sie ging weiter. Ein Esszimmer, dahinter das Wohnzimmer. Überall brannten die Lampen, aber es war niemand zu sehen.

Draußen im Flur fluchte der Rotgesichtige laut, knallte die Tür zu und schlurfte zu einem Zimmer auf der anderen Seite der Diele. Barbara folgte ihm vorsichtig. Sie agierte, als hinge sie an unsichtbaren Fäden. Sie hatte keinen Plan, und sie dachte nicht an die möglichen Folgen.

Das Zimmer sah aus wie eine Bibliothek. Bücherregale bis hoch unter die Decke. Warmes Licht von der Stehlampe neben einem ledernen Ohrensessel. In einer Nische ein kleiner Tisch mit einem Computer. Blaues Flackern.

Der Rotgesichtige stand schwankend neben einem Tischchen mit Gläsern und Kristallflaschen und goss sich einen Drink ein. Es hätte eine Szene aus einem englischen Kriminalfilm sein können, wäre der Mann nicht so seltsam angezogen gewesen. Über dem Bauch spannte sich ein hellblau-weiß geringeltes Polo-Shirt, und himmelblaue Frotteeshorts platzten fast über seinen feisten Schenkeln.

»Eduard?« Barbara machte einen Schritt nach vorn ins Licht. Der Mann drehte sich um, langsam, um seinen Drink nicht zu verschütten.

»Angenehm.« Er stand da, grinste sie an und wusste vermutlich nicht mehr, wie er hieß.

Barbara versuchte, an ihm vorbei zu dem Computer zu gelangen, um etwas zu erkennen. Er stellte sich ihr in den Weg. »Sssie sssin ssseh nett!«

»Sie auch.« Barbara hatte es fast geschafft. Da ertönte hinter ihr eine scharfe Frauenstimme.

»Dürfte ich wohl um eine Erklärung bitten?«

Eine alte Dame. Schmal, hoch aufgerichtet, in einem strengen Paisley-Morgenmantel. Das tagsüber sicher stets nach hinten gebundene graue Haar fiel in Locken offen über ihre Schultern.

»Señora Montoro? Freut mich sehr.« Barbara deutete eine leichte Verbeugung an. »Mein Name ist Dyckhoff. Verzeihen Sie die Störung.« Sie stellte sich neben Eduard. Lächelte. »Ich hab nur kurz bei meinem Freund Edi vorbeigeschaut. Es tut mir Leid, wenn wir Sie geweckt haben sollten.«

Vor dieser geschwollenen Rede zuckte die Señora erst einmal zurück. Barbara lächelte Eduard an, der strahlte zurück. »Iss mein besser Freund ... *lobo* ...«

»Nein. Das ist nicht dein Freund Wolf.« Die alte Dame war mit wenigen Schritten bei ihnen, drängte Barbara ab und versetzte Eduard einen kurzen Schlag gegen den Hinterkopf. »Schwachkopf«, zischte sie. »Das ist ein Mädchen!« Mit zwei weiteren Schritten war sie bei dem Computer und zog brutal den Stecker heraus. Eduard heulte auf.

Barbara schob sich so unauffällig und so schnell wie möglich rückwärts zur Tür zurück.

»Schon wieder Morgen? ... alle wach?«

Hinter ihr in der Tür stand plötzlich eine schöne junge Frau in einem durchscheinenden, bodenlangen Nachtgewand. Sie wirkte wie ein somnambuler Geist aus einem alten Film. Die großen dunklen Augen schienen nichts zu sehen.

Barbara rechnete sich gerade gute Chancen aus, unbemerkt an ihr vorbeizukommen, als ihr der Weg von einem Mann abgeschnitten wurde. Er sah gut aus für sein Alter, mit einem markanten Gesicht, vollem Haar und einem durchtrainierten Körper in knappen Boxershorts.

Er legte der Frau den Arm um die Schulter und zog sie beschützend an sich. »Komm, meine Kleine, die Nacht ist noch lange nicht vorüber. Komm zurück.«

»Hier geblieben!« Die alte Dame machte einen energischen Schritt nach vorn und deutete mit einem angewiderten Zeigefinger auf Barbara. »Frag sie, wer sie ist! Und was sie hier sucht!«

»Mmein … Ffreund … Lobo!«, verkündete Eduard mit erstaunlich fester Stimme.

»Glückwunsch!« Der Mann in Boxershorts grinste leicht und musterte Barbara interessiert.

»Ja …« Sie lächelte verkrampft. »Mein Name ist Dyckhoff. Ich bin eine Freundin von Edi. Aber ich möchte natürlich nicht stören. Verzeihen Sie!« Sie schob sich an der schönen Somnambulen und dem Mann in Boxershorts vorbei und rannte durch den Flur zur Wohnungstür.

»Haltet sie fest! Ruft die Polizei!« Sie hörte noch die Befehle der alten Dame, dann war sie draußen.

Barbara sog die nachtfeuchte Luft ein. Sie öffnete das Fahrradschloss und schob das Rad in Richtung Rambla de Catalunya. Sie hatte sich bisher immer eingebildet, alles über das Leben und die Menschen zu wissen. Haha. Sie wollte gerade aufsteigen, als sie ein leises Zischen hörte.

Sie wandte sich um. Hinter einer Platane stand Pia. Winkte ihr. Legte den Finger auf den Mund. Deutete auf die Cafébar an der Ecke. *Estrella dorada.* Von den roten Coca-Cola-Tischen war nur noch einer besetzt.

Dagmar und ihr dicker Nachbar. Emilio.

Sie schienen zu streiten. Emilio wollte aufstehen, Dagmar fasste ihn am Arm und zog ihn wieder zurück. Redete auf ihn ein. Er schien sich zu entspannen. In der Tür stand der Wirt, gähnte und schaute demonstrativ auf seine Uhr.

Pia flüsterte. »Gut, dass du da bist! Sieht aus, als hätten wir gleich ein Problem!«

31

Der Geruch war nur schwer zu ertragen. Monatealter Staub in abgetretenen Teppichen, Reste von halb gegessenen Pizzas, Männerschweiß, ungewaschene Socken und ein letzter Hauch von uralt Lavendel. Alle Fenster waren dicht verrammelt, und rauchen durfte sie natürlich auch nicht.

Janet ließ den bleistiftschmalen Strahl ihres Led Lenser über die Möbel gleiten, vorsichtig darauf bedacht, den blauen Lichtpunkt nicht in Fensterhöhe kommen zu lassen.

Sie hatte keine Mühe gehabt, in Emilios Wohnung zu gelangen. Das alte Türschloss bot ihrem kleinen professionellen Dietrichset keinen nennenswerten Widerstand. Sie kannte die Wohnung aus Dagmars Beschreibungen und fand problemlos ins Wohnzimmer.

In der Küche, auf der anderen Seite des Flurs, sprang ein altmodischer Kühlschrank an. Janet verharrte für einen Moment an der Wohnzimmertür, um sich an die Geräusche der Wohnung zu gewöhnen. Es gab keine Thermopanefenster, das heißt, man hörte den Verkehrslärm ziemlich ungedämmt. Doch um diese späte Nachtzeit röhrten nur noch vereinzelt Autos durch die Nebenstraßen.

Janet betrat das Wohnzimmer. Sie war vollkommen ruhig und konzentriert. Ihr Adrenalinspiegel stieg sprunghaft an. Janet fühlte sich jung, stark und unbesiegbar.

Der Computer stand auf einem Tisch zwischen zwei Fenstern. Die Jalousien waren geschlossen. Janet setzte sich auf den Drehstuhl und schaltete den Computer ein. Es war ein Pentium IV, neuestes Modell. Er hatte einen ADSL-Anschluss und jede Menge Arbeitsspeicher. Multimedia, Videograbber, einen DVD-Brenner. Alles da. Janet kam problemlos ins Internet, Emilios Passwort war gespeichert. Sie sah sich die favorisierten Adressen an.

Außer ebay, amazon.com und einem Pizzaservice war es eine ganze Kette von diesen diversen Newsgroups. Bekannte wie disputo.es/content/usenet/tema/argumento oder aber auch ihr unbekannte *groups* oder Seiten, die offensichtlich von Woche zu Woche verändert wurden. Mit jeder Menge Unterlinks. Girls, boys, bbs, niños, los cortos, enanos, 6 Zwerge, auch nur Kürzel wie 6_6.aL, bbHS_5, bgHS_3 oder a.k.y.1-3.pMr. So ging es unendlich weiter.

Janet gierte nach einer Zigarette. Wo auch immer sie sich mit den markierten Links hinklickte, ging es um Sex und Kinder, meist kleine Mädchen. Sie kamen offenbar überwiegend aus Asien, einige aus Afrika, aber es gab auch europäische Kinder, blauäugige Blondschöpfe oder dunkelhaarige Südländer. Manche lachten wie hysterisch, viele andere wirkten abgestumpft und willenlos. Detaillierte Angebote und weitere Internet-Adressen. Nur ab und zu verirrte sich Janet in Kinderhilfe, Kinderkleidung oder Kinderkrankheiten.

Es sah so aus, als sei dieser Emilio einfach nur einer von vielen pädophilen Spannern. Sie wollte raus hier, frische Luft atmen. Sie wollte eine Zigarette rauchen. Sie wollte diese grauenhaften Fotos vergessen. Ihr Adrenalin vermittelte keine Glücksgefühle mehr, nur noch Abscheu und Ekel.

Janet gab nicht gern auf. Sie hatte sich nicht wirklich viel von diesem Einbruch versprochen. Aber jetzt hätte sie alles dafür getan, diesem Schwein etwas nachweisen zu können, das ihn hinter Gitter brachte. Sie klickte einen weiteren Link an. Wahllos, eine Buchstaben- und Zeichengruppe mit einer 6bg davor. Janet vermutete dahinter so etwas wie Sex & babygirls.

Bingo. csn.alt.sex.6bg.es.

Aber sie kam nicht weiter. Es wurden *user name* und Passwort verlangt.

Janet war es egal, ob sie jetzt überrascht wurde oder nicht. Sie hatte eine Spur. Lehnte sich auf den Drehstuhl zurück und überlegte, wo dieser Emilio sein Passwort notiert und versteckt haben mochte. Diese Art Codes waren nicht einfache Worte oder Zahlen, sie bestanden immer aus einer komplizierten Kombination aus Buchstaben, Ziffern und Zeichen. So etwas konnte sich ein schlichtes Gemüt wie Emilio niemals im Kopf merken.

Der Tisch unter dem Computer hatte drei Schubladen, im Regal daneben gab es Schubfächer aus buntem Pappkarton, stapelweise CD-Roms und DVDs, und ein paar Aktenmappen.

Janet sah auf die Uhr. Es war kurz vor fünf. Um die Zeit schlossen definitiv die letzten Cafébars. Sie war schon viel länger hier als geplant. Zu lange. Aber jetzt war es zu spät für einen geordneten Rückzug.

Emilio war ein Einzelgänger. Er wohnte allein und er bekam nie Besuch, außer von Dagmar. Wozu sollte er seine Passwörter verstecken? Janet zog die oberste Schublade auf. Stifte, Tesafilm und Briefumschläge. Sie versuchte es mit der zweiten. Und da lag der Zettel oben auf einem Packen von Formularen und Bankbelegen. Emilio fühlte sich offenbar sehr sicher.

Mr.BigPig/gS36TgXYZ

Janet gab die Zeichen ein. Und landete direkt in der Hölle.

Große Farbfotos von kleinen Mädchen. Gespreizte Gesten, schlaffe Gesichter, erloschene Augen. Angebote zu weiteren Links, ganz kleine Mädchen, gequälte Mädchen bis hin zu Kannibalismus- und Splatterfilmen. Der Hintergrund war einmal plüschig purpurn, dann ein spießig normales Wohnzimmer, ein anderes Mal eine nackte Zementwand.

Janet hatte genug gesehen. Sie zog sich aus den Seiten zurück und versuchte dabei, ihre Spuren zu verwischen. Sie wollte eben das Passwort abschreiben, als ihr Handy zu vibrieren begann. Eine *SMS* von Pia. *HA.S!* Das hieß: Hau Ab. Sofort!

Janet fuhr den Computer herunter, schloss die Schubladen und stand auf. Sie war gerade an der Wohnungstür, als von außen der Schlüssel ins Schloss geschoben wurde.

32

Tiger warf sich über sie und versuchte sie zu küssen. Anna hatte sich vorgenommen, ihn zu umarmen, ihn einzulullen, ihn zu überlisten, doch sein Whiskyatem nahm ihr die Luft. Sie streckte die Arme durch, aber er war natürlich viel stärker als sie. Er spannte die Muskeln an, der Tiger auf seinem Oberarm verzerrte sein bluttriefendes Maul. Und ihr Fuß hing festgekettet an der Gasleitung.

»Komm, lass uns erst noch etwas trinken.« Es war ein Versuch, er lachte heiser.

»Vergiss es!«

»Ich hab Durst. Nur einen Schluck Wasser, okay?«

»Mach dir keine Sorgen.« Er presste sie flach wie einen Pfannkuchen auf den Boden, seine Augen glänzten eisblau. »In einer halben Stunde hast du auch keinen Durst mehr.«

Sein Whiskymund drückte sich auf ihren, sie drehte den Kopf weg. »Nein … Bitte!«

Er ließ ihren linken Arm los, packte dafür ihr Gesicht mit einer Dreifingerklammer und drehte es zu sich. »Halt die Schnauze!« Er drückte ihren Kiefer zusammen. »Wir haben keine Zeit mehr. Klar?«

Sie schlug mit der freien Hand um sich, packte seine

Haare, rutschte aber ab. Er wurde richtig wütend. Kniete sich auf ihren Arm und drückte sie mit seinem Gewicht zu Boden.

»Nein!« Sergi schrie auf. »Lass sie los!«

»Halt den Ball flach, Junge! Dir passiert nichts.« Tiger sah nicht einmal auf. Er hatte Anna jetzt vollkommen unter Kontrolle. Mit den Knien und beiden Armen. Er war brutal. Er biss sie in die Lippe, als sie den Kopf abwandte, er riss ihre Hosen auf und griff ihr mit der Hand zwischen die Beine, zerfetzte ihren Slip.

Anna bekam keine Luft mehr. Sie erstickte. Ihre Arme waren wie festgenagelt, ihre Beine gespreizt. Sein Gewicht lag schwer auf ihr, seine Eisaugen starrten sie an, seine harten Lippen saugten sie aus, sein Whiskyatem lähmte sie.

Sie war nahe dran aufzugeben. Zu resignieren, alles über sich ergehen zu lassen.

Aber da war Sergi.

Und, was immer Tiger mit ihr anstellen wollte, er musste sie ja vorher aus ihren Hosen rausbekommen. Das Einfachste für ihn wäre, ihr eins über den Schädel zu geben.

Dann war alles aus. Anna zwang sich weich zu werden, ihn zu umarmen. Tiger schnaufte hektisch, er war geil, sein Verstand hatte sich verabschiedet.

Außer Tigers Schnaufen hörte Anna noch einen anderen Atem. Angestrengt, verhalten. Sie schielte zu Sergi hinüber. Der hatte seinen Schuh ausgezogen und streifte sich eben die Socke vom Fuß. Dann zog er die Handschelle über seinen Knöchel. Und war frei.

Tiger schob Annas Top hoch und knetete ihre Brüste. Saugte, biss, stöhnte.

Sergi zog sorgsam Socke und Schuh wieder an.

Stand auf. Schaute zu Tiger und ihr herüber. Zögerte.

Er war klein. Ein neunjähriger Junge gegen einen muskelbepackten und vermutlich bewaffneten Tiger. Den großen und allmächtigen Tiger.

»Dywitchagi!«, sagte Anna leise, dann noch einmal lauter. »Dywitchagi!« Sergi hatte den grünen Gürtel, er musste sie verstehen, er musste wissen, was sie meinte.

Er verstand sie. Er wusste es.

Aber er hatte Angst.

Er hatte Tae Kwon Do nur in der Turnhalle geübt. Nie im wirklichen Leben.

Anna drehte sich ein wenig unter Tiger weg, schrie. »Dywitchagi!«

Und endlich reagierte Sergi. Er kam von hinten an Tiger heran, nahm Stellung ein.

Tiger merkte nichts. Küsste ihre Titten und zerrte an ihren Hosen.

Sergi konzentrierte sich, hob die Hände, drehte sich, beugte den Oberkörper ab und stieß in der gleichen weichen Bewegung und mit voller Kraft den Fuß gegen Tigers Hinterkopf.

Tiger brach zusammen wie ein gefällter Baum.

Lag auf Annas Bein. Bewegte sich nicht mehr.

Sergi schaute auf Tiger und zitterte.

»Danke, Sergi, das war super!« Anna rutschte unter Tiger weg und durchsuchte seine Taschen. Sie fand den winzigen Schlüssel in seiner oberen Jeanstasche. Nahm ihn heraus und schloss die Handschelle an ihrem Fuß auf. War frei. Stand auf. Zog ihr Top herunter und die Hosen hoch. Ging zu Sergi und nahm ihn in die Arme. Drückte ihn fest. Er machte sich frei und schaute zu Tiger hinunter, der immer noch reglos neben Annas Matte lag.

Anna kramte in seinen Taschen und fand weitere Schlüssel. Und ein Foto. Klein zusammengefaltet. Sergi am Strand. Fröhlich aus den Wellen laufend. In die Sonne lachend.

Sie hätte gern zugetreten. Noch mal und noch mal. Ins Gesicht, in den Bauch, in die Eier. Sie stand auf. »Alles okay. Du hast ihn nur vorübergehend ausgeschaltet.« Sie fesselte Tiger mit den Handschellen an das Gasrohr. »Komm, wir haben nicht viel Zeit!«

Anna ging voran. Die Tür war noch offen. Dahinter kamen sie in einen langen Gang. Zwei kahle Birnen an der grauen Zementdecke. Auf beiden Seiten lagen hinter Lattenrosten Reihen von weiteren Kellerräumen. Irgendwo tropfte Wasser, *blobb*, *blobb*, *blobb*. Es roch nach Metallstaub und nassem Zement. Dann eine steile Treppe nach oben. Zwölf Stufen. Anna spürte plötzlich die Hand von Sergi in ihrer. Sie stiegen hinauf.

Es war so eng, dass sie nicht nebeneinander gehen konnten, Sergi blieb dicht hinter ihr. Dann eine massive Eisentür. Angelehnt. Sie quietschte, als Anna sich dagegen stemmte. Schwärze. Ein weiterer Raum und der Geruch von Schmieröl, Gummi, Chlor und Fäulnis. Leises Tapsen. Ratten.

»Anna?« Sie drückte Sergis Hand. Wartete. Allmählich gewöhnten sich ihre Augen an die Dunkelheit. Sie sah den Sternenhimmel hinter deckenhohen Sprossenfenstern. Fast alle zackig zerschlagen, die Reste milchig verschmutzt. Und sie erkannte Stapel von gigantischen Kabelrollen. Anna glaubte zu wissen, wo sie waren – in einer der aufgelassenen Lagerhallen in Sant Andréu.

Sie zog Sergi hinter sich her zum Fenster. Sie bewegten sich leise. Atmeten kaum. Anna nahm sich einen der verrotteten Fensterriegel vor und versuchte, ihn aufzuziehen. Die meisten der kleinen Scheiben waren zerborsten, die Sprossen verrostet und brüchig. Sergi zog eine Kiste heran, damit sie darauf steigen konnte. Hinter den Fenstern lag ein Stück vergessenes Land, das Unkraut stand meterhoch, Berge von verbogenem Rohrgestänge und anderem Müll bis hin zu einem durchhängenden Maschendrahtzaun.

Anna drückte mit aller Kraft gegen das Fenster und bekam es auf. Sie zog Sergi hoch auf die Kiste und half ihm durch die letzten Glasscherben, die noch im Rahmen steckten.

Er war draußen.

Er lachte. Seine Zähne blitzten weiß in der dunklen Nacht. Anna wollte ihm folgen, als sie plötzlich am Bein gepackt wurde.

Sie schrie.

Sergi zögerte. Sie sah seine großen Augen. Er kam wieder näher.

»Nein!«, schrie sie, »hau ab! Lauf! Lauf, so schnell du kannst!« Sie klammerte sich an den Fensterstreben fest. Aber sie wurde brutal zurückgerissen. Anna konnte Sergi nicht mehr sehen. »Lauf, Sergi lauf!«, schrie sie noch einmal ins Dunkel, bevor sie endgültig überwältigt wurde.

V.

Zeichner der Zukunft

33

Es war angenehm kühl. Offensichtlich ließen sie die Klimaanlage nachts durchlaufen. Pia stand gleich am ersten Bankschalter, aber der Mann vor ihr führte unendliche Verhandlungen über sein Sparbuch und einen dicken Packen Euros in kleinen Scheinen, die er bar einzahlen wollte. Oder lieber nicht. Oder doch? Pia stand an der Messingleiste, und hinter ihr hatte sich eine lange Schlange gebildet. An den anderen Schaltern standen noch mehr Menschen, aber da ging es voran.

Sie gähnte. Es war früh am Morgen, und viel geschlafen hatten sie alle nicht. Dagmar hatte in dieser Bar fast eine Stunde lang mit Emilio geredet. Worüber auch immer. Pia hatte nur gesehen, dass er immer wieder einmal nach ihrer Hand gegriffen hatte, und dass sie ihm ausgewichen war. Eine Flasche Cava und zwei *cortados*. Dann hatte der Wirt sie rausgeschmissen und die Tür verrammelt.

Einmal hatte Dagmar Emilio mit dem Handrücken leicht über die Wange gestrichen.

Emilio versuchte weder, sie zu umarmen, noch, sie zu küssen. Er griff nur nach ihrer Hand. Redete und redete. Pia stand im nächsten Türeingang und konnte nicht verstehen, was sie sagten. Sie hielt einen Taschenspiegel in Kniehöhe um die Ecke und beobachtete.

»Nein, warte!«, rief Dagmar plötzlich. Emilio hatte sich abgewandt, Dagmar griff noch nach seinem Arm, aber er machte sich los und stürmte davon.

»Du lügst! Du bist doch genauso wie die anderen!«, schrie er noch. Pia nahm ihr Handy heraus und schickte Janet eine SMS.

Dagmar erzählte ihr nicht, was sie wirklich mit Emilio besprochen hatte, und als dann Janet, die alte Kettenraucherin, im gestreckten Galopp angerannt kam, war auch keine Zeit mehr dafür.

»Das war Rettung aus höchster Not!« Janets Lungen pfiffen, aber sie hatte schon wieder einen *pitillo*, einen ihrer ewigen Glimmstengel zwischen den Fingern. Grinste, als sie endlich wieder genug Luft bekam. »Emilio hat eine schwache Blase. Oder er hat ein Problem mit fremden Klos. Das war mein Glück. Der kam nach Hause und flitzte sofort ins Bad. Und ich konnte raus aus der Bude.« Sie sah zurück. »Ich schlage vor, wir verschwinden von hier.«

Sie liefen zur Catalunya und nahmen das nächste Taxi. Janet berichtete in Stichworten, was sie entdeckt hatte, und ließ den Fahrer zuerst nach Barceloneta in die Carrer de Ginebra fahren. »Ich brauch jetzt erst mal eine heiße Dusche und ein paar Stunden Schlaf. Bis morgen!« Sie sprang aus dem Wagen und verschwand in dem Haus, in dem sie wohnte, ohne sich noch einmal umzudrehen.

Barbara brachte es auf den Punkt. »Wenn selbst Janet so reagiert, dann haben wir es wirklich mit einem großen Haufen Scheiße zu tun.«

Pia, Dagmar und sie saßen noch gut eine Stunde zusammen. Sie redeten nicht mehr viel. Sie waren zu müde. Dagmar und Barbara übernachteten in einem der Gästezimmer von *Llimona 5*.

Pia wachte als Erste auf. Sie brühte sich einen schwarzen Kaffee, versorgte Fritz, hörte den Anrufbeantworter ab, las die E-Mails und sah den Kalender durch.

Nichts von Bedeutung. Zwei Anfragen wegen Personenschutz. Eine kolumbianische Popsängerin und ein berühmter Travestiekünstler. Und wieder einmal der cholerisch eifersüchtige Macho-Ehemann einer Mutter von sieben Kindern, der sie permanent überwachen lassen wollte. Die *Llimonas* hatten den Auftrag schon dreimal abgelehnt, aber der Typ kam immer wieder. Und eine Rückfrage in dem Fall von Industriespionage, an dem sie schon länger dran waren, aber nicht richtig vorankamen, weil alle Beteiligten mauerten. Es ging um Karosseriedesign für Lastwagen und Landmaschinen. Janet hatte den Job an Land gezogen, aber eigentlich hätten sie ihn nie annehmen dürfen, es war eine reine Männerstory. Pia sagte alle Verabredungen ab und legte einen Zettel für die anderen hin.

Pia wollte noch einmal zur Familie Montoro, und sie lief zu Fuß los. Sie liebte die Ruhe und den frischen Geruch von Barcelona am Morgen. Die Müllabfuhr war schon durch, die Läden waren noch geschlossen. In den Bars tranken die Leute aus dem *barrio* ihren *café con leche* und lasen dazu die Zeitung. Auf dem Weg zur Plaça de L'Angel war Pia an ihrer Bank vorbeigekommen und hineingegangen.

Jetzt war sie endlich dran. Ein sehr junger Mann mit bis oben zugeknöpftem Streifenhemd. Sie wartete auf das abfällige Lächeln. Er prüfte, stempelte und sah sie an. »Barauszahlung und aufs Konto?«

»Aufs Konto«, sagte sie hastig und konnte ihr Glück kaum glauben. Der Scheck war gedeckt. Mr Jonathan Smith war zwar abgereist, hatte aber sein Wort gehalten. Ein Gentleman trotz aller widrigen Umstände.

Pia winkte an der Laëtana ein Taxi heran und ließ sich euphorisch auf den Rücksitz fallen. Die Zukunft von *Lli-*

mona 5 war fürs Erste gesichert, sie konnten sich voll auf die Suche nach Anna konzentrieren.

Bei Montoros wurde nicht geöffnet.

Pia läutete Sturm, aber es tat sich nichts. Sie schaute die Fassade hinauf, vermochte aber hinter den Jalousien und Markisen nichts zu erkennen. Es kam ihr sehr seltsam vor, dass in der Wohnung eines erst kürzlich entführten Kindes niemand daheim sein sollte.

Pia tippte die Nummer Montoros in ihr Handy. Es wurde sofort abgenommen. Eine Männerstimme. »*Sí?*«

»Señor Montoro? Hier ist Pia Cortes. Es geht um Ihren Sohn Sergio. Ich war mit dem *capitán* Bonet bei Ihnen. Sie erinnern sich? Schön. Darf ich kurz raufkommen?«

Der Türöffner summte, und Pia ging hinein. Der antike Fahrstuhl rumpelte. Als sie ausstieg, stand Anselm Montoro schon in der Wohnungstür. Breitbeinig. Er war offensichtlich frisch geduscht, trug saubere Jeans und ein neues Hemd. Aber er sah müde und übernächtigt aus. Hinter ihm in der Wohnung lärmte ein Fernseher. Quäkende Zeichentrickstimmen.

»Sie wünschen?«

»Ich würde gern mit Ihnen sprechen. Darf ich kurz reinkommen?«

Montoro bewegte sich nicht. »Haben Sie einen Durchsuchungsbescheid?«

»Sie wollen mich nicht in Ihre Wohnung lassen?«

»Nein! Wir ... wir haben genug von diesen ewigen Belästigungen. Meine Frau ist nicht ganz gesund. Wenn Sie Fragen haben, wenden Sie sich bitte an unseren Anwalt.«

Pia antwortete nicht.

Der Fernseher wurde lauter. Schüsse, Stimmen, dramatische Musik.

Anselm Montoro schwitzte. Auf seiner Stirn und auf

der Oberlippe standen dicke Tropfen. Er war nervös. Er hielt sie immer noch für eine Kriminalkommissarin. Er hatte Angst.

Er hatte etwas zu verbergen.

Pia trat einen Schritt zurück, um ihm etwas mehr Raum zu geben. »Haben Sie etwas von Sergio gehört? Haben Sie irgendetwas erfahren?«

»Nein! Nein, nein, nein!« Anselm suchte noch nach Worten, als er beiseite geschoben wurde. Seine Mutter stand plötzlich in der Tür. Sie reichte ihm nur bis zur Schulter, trotzdem schien sie ihn zu überragen. Sie war sorgfältig geschminkt, hatte das Haar straff nach hinten geknotet und trug ein schmal geschnittenes Kostüm aus dunkelgrauer Seide.

»Worum geht es bitte?«

»Ich hätte gern noch einmal mit Ihnen gesprochen. Mein Name ist …«

»Cortes«, wurde sie unterbrochen, »ich habe mich über Sie erkundigt. Sie sind nicht mehr bei der Polizei. Sie haben keinerlei offizielle Funktion!«

»Das habe ich auch nie behauptet. Ich vertrete *Llimona 5*, die Detektei. Sie haben bereits meine Kollegin Janet Howard kennen gelernt. Wir suchen nach Ihrem Enkel Sergio. Schon vergessen?«

»Und? Haben Sie neue Erkenntnisse?«

»Ja. Haben wir. Dürfte ich wohl kurz reinkommen?«

»Nein, das dürfen Sie nicht. Ihre Meinung interessiert uns nicht. Wenn Sie noch Fragen haben, rufen Sie unseren Familienanwalt an. Jaime Bartolo Fusté. Danke.« Die alte Dame wollte die Tür schließen, doch von hinten fiel ihr Anselm in den Arm.

»Mutter, das kannst du nicht …«

»Doch. Natürlich kann ich das!« Sie drückte ihn mit dem Ellbogen zurück und schloss die Tür.

Pia nahm nicht den Lift, sondern lief die Treppen zu Fuß hinunter. Schon im Hinausgehen holte sie ihr Handy hervor und begann zu telefonieren.

Zuerst mit Bonet. »Josep, ich stehe gerade vor dem Haus der Montoros. Da stimmt irgendetwas nicht. Mich lassen sie nicht rein, aber du könntest doch …«

»Nein«, unterbrach er sie. »Kann ich nicht. Leider. Befehl von ganz oben. Der große Fusté hat sich gar nicht erst beim *comandante*, seinem Golffreund Sánchez-García, aufgehalten, er ist gleich ganz nach oben gegangen. Zum ehrenwerten Don Esteban persönlich. Da gibt es eine alte Verbindung zu den hochwohlgeborenen Montoros. Wir wurden alle zurückgepfiffen. Die Akte ist geschlossen.«

»Irgendeine Erklärung?«

»Eine Entschuldigung und eine große Spende für die Renovierung der *prefectura*. Aber das sind nur Gerüchte.«

»Und deine Vermutung?«

»Entweder direkter Kontakt zu den Entführern. Massiver Druck oder Einigung. Oder Sergio ist wieder zurück.«

»Genau das glaube ich nämlich. Die wollten mich unter keinen Umständen in die Wohnung lassen, drin lief erst ein Zeichentrickfilm, dann wurde umgeschaltet und der Fernseher sehr laut gestellt. Vielleicht um andere Geräusche zu übertönen.«

»Klingt logisch.«

»Kannst du die Montoros überwachen lassen?«

»Keine Leute, keine Chance!«

»Aber irgendetwas stinkt da doch gewaltig! Wieso wollen sie nicht mit uns sprechen?«

»Vielleicht wollen sie den Jungen schützen. Sicher hat er einiges durchgemacht.«

»Und Anna? Und die anderen Kinder? Verdammt, Josep, wir müssen unbedingt mit Sergio reden!«

»Tut mir Leid, Pia. Ich hab alles versucht. Glaub mir bitte. Aber Anna ist für den *jefe* nur eine kleine Fixerin, die sich schon wieder melden wird, wenn sie Geld braucht.«

Pia schwieg. Sie kannte den Laden gut genug, sie wusste, dass Bonet nicht log. »Ich verstehe.«

»Ruf mich an, wenn du mehr Infos hast. Und pass bloß auf! Falls wir Recht haben, dann sind hier ein paar wirklich gefährliche und bösartige Leute zugange. Ich lasse inzwischen inoffiziell auch nach dem weißen Berlingo suchen.«

»Danke.«

Die Nächste war Dagmar. Sie wollte gerade losgehen. Pia erklärte ihr kurz, worum es ging. »Du musst sofort zu Fusté fahren.«

»Ich rufe ihn an.«

»Nein, kein Telefon. Du gehst nach Hause, machst dich schön, ziehst dich sexy an und gehst dann hin!«

»Sag mal, tickst du noch richtig?«

»Er glotzt dir doch immer auf die Titten. Du musst ihn irgendwie einwickeln. Offiziell wird er nichts rauslassen.«

»Okay. Wir müssen schließlich Anna finden. Was genau soll ich rausfinden?«

»Warum die Montoros die Suche abgeblasen haben. Ob Sergio wieder daheim ist. Und ob sie vorhaben, ihn wegzubringen. Womöglich sogar außer Landes.«

»Alles klar. Barbara steht neben mir.«

»Sie soll bitte die Stellung halten. Eine sollte immer im Büro sein. Aber ich brauch auch hier Hilfe.« Pia wollte noch etwas sagen, aber in dem Moment ging die Haustür auf, und sie konnte sich gerade noch hinter einem Mauervorsprung verstecken.

Anselm Montoro. Er hatte es nicht weit, er ging nur in die Bäckerei nebenan, und Pia beobachtete durch das Fenster, wie er zwei *barras* kaufte, lange Weißbrote, eine Tüte voller Croissants, *ensaimadas* mit Puderzucker und Rosinenschnecken. Er nahm auch glacierte Früchte mit, Schokowellen und einen kleinen rosafarbenen Elefanten aus Marzipan.

Pia hatte genug gesehen.

34

Dagmar war überrascht, als sie ihr Spiegelbild in der Rückwand des gläsernen Jugendstilfahrstuhls sah. Sie sah richtig elegant aus. Sie passte durchaus hierher.

Das rote Kostüm stammte noch aus der Zeit, als sie mit Warwitz verheiratet war und Geld keine Rolle spielte. Heute war es absolut »in« und – das war das größte Wunder – es passte ihr auch wieder. Knapp, aber es passte. Sie hatte ein tief ausgeschnittenes Top dazu angezogen und rote Schuhe.

Dagmar reckte die Schultern, als sie die Kanzlei betrat. Sie lächelte der makellosen Mercedes zu, ging aber nicht erst in ihr kleines Kabuff, sondern direkt zu Señor Fusté in sein fußballfeldgroßes Büro.

Er sah irritiert auf und lächelte dann. In letzter Zeit lächelte er fast immer, wenn er sie sah, und er blaffte auch nur noch selten.

»Meine Liebe, was kann ich für Sie tun?« Er thronte hinter seinem gewaltigen Refektoriumstisch. An der Wand unter den Fenster war ein kleines *green* zum einputten, wie es auch die japanischen Golffreaks in ihren Büros hatten.

»Darf man gratulieren? Haben Sie Ihr Handicap verbessert?« Dagmar ärgerte sich, dass sie nicht den Mund halten konnte. Hoffentlich hatte er nicht die Ironie in ihrer Stimme gehört.

Als sie sich setzte, starrte er auf ihre Brust und auf ihre Beine. Sie hasste diese Fleischbeschau, sie war nicht wie Janet. Aber es ging um Anna. Sie musste nur an Anna denken. Fusté lächelte bewundernd. »Sie sehen gut aus. Sie haben Erfolg gehabt. Sie könnten richtig Karriere machen. Ich kann Ihnen helfen. Wir sollten mehr zusammenarbeiten. Warum sehe ich Sie so selten?« Er trug karierte Hosen und ein rotes Lacoste-Shirt. Auf der gebräunten Haut schimmerte ein Goldkreuz. Hatte er da früher nicht einen Haarpelz gehabt? Rasierte er sich womöglich die Brust?

Dagmar lächelte charmant.

Fusté spielte mit einem silbern blinkenden Briefbeschwerer in Form eines Golfballs. »Immer noch diese Schnapsidee mit dem Detektivspiel? Das ist doch weit unter Ihrem Niveau. Ich bitte Sie!«

Dagmar schwieg.

»Na schön, worum geht's denn heute?«

»Sie kennen doch die Familie Montoro?«

Sein Gesicht verschloss sich, abrupt legte er den Golfball auf die leere Mahagoniplatte. Er nahm den Blick von ihren Beinen und sogar von ihrer Brust. Das Lächeln erstarrte. »Sie sind eine sehr attraktive Frau. Vielleicht könnten wir mal zusammen essen gehen?« Er stand auf. »Es wäre mir eine große Ehre.« Er nahm Dagmars Hand und küsste sie.

Dagmar ging wie in Trance über den breiten Passeig de Grácia. Sie hatte versagt. Wieder einmal versagt. Wieso hatte sie Fusté nicht zuerst eingelullt, angemacht, hintenherum ausgehorcht? Sie hatte so etwas noch nie gekonnt. Das Kostüm war doch etwas zu eng, sie öffnete den Haken oben am Rock. Und die roten Schuhe drückten gemein. Sie spürte eine Reibung an der linken Ferse. Ein erstes Brennen. Gut so. Alle Strafen auf ihr Haupt. Sie hätte gern geweint.

Als sie vor ihrem Haus ankam, hatte sie eine Blase. Sie begann wehzutun. Nein. Halt. Die Zeiten der Selbstkasteiung waren endgültig vorbei. Dagmar zog die Schuhe aus, bevor sie die Treppen hinaufstieg.

Beinahe wäre sie an Emilios Tür vorbeigegangen.

Sie war schon fast in ihrer Wohnung, als sie realisierte, was sie gerade aus dem Augenwinkel gesehen hatte. Dass Emilios Tür nicht wirklich geschlossen war.

Dagmar blieb stehen. Sie fühlte sich nicht wohl, mit dem offenen Rock und den Schuhen in der Hand. Zögerte. Aber die Tür der Nachbarwohnung war nicht geschlossen. Sie trat näher und klopfte.

»Hallo! Emilio? Sind Sie da?«

Keine Antwort.

Vorsichtig stieß sie die Tür weiter auf.

Nichts.

Dagmar sah, dass das Holz rund um das Türschloss ausgefranst war und dass auf dem Fußboden davor kleine Späne lagen.

Spätestens jetzt hätte sie jemanden anrufen müssen. Pia oder Bonet. Sie ging weiter. Lautlos auf nackten Füßen. Sie dachte nicht nach, sie reagierte nur. Der Flur. Auf der rechten Seite die Küche, auf der anderen das Wohnzimmer. Sie blieb an der Tür stehen und schaute hinein. »Emilio?«

Der Computer war dunkel. Dann sah sie die Kassetten und CDs, die auf dem Boden lagen. Sie bemerkte den großen dunklen Fleck auf dem Teppich und nahm sich vor, Emilio einmal richtig die Meinung zu sagen. Plötzlich registrierte sie einen widerlich süßen Geruch. Und dann entdeckte sie den Schuh. Ein bulliger Laufschuh. Das Weiß rot von Blut, die Tennissocke, die hellblaue Jogginghose dunkel verklebt.

Er lag zwischen Computertisch und Bücherregal. Wie ein Embryo zusammengerollt, nur das eine Bein lang gestreckt. Die Hände wollten einen Kopf schützen, dem bereits der Schädel fehlte. Graue Hirnmasse klebte in einer riesigen Blutpfütze.

Dagmar ging vorsichtig zurück, rückwärts durch die Tür und hinüber in ihre eigene Wohnung. Sie nahm ihr Handy und rief Pia an. »Emilio ist tot. Ermordet. Alles ist voller Blut!« Erst dann brach sie zusammen.

35

Janet traf Luis Llobet in der Bar Arc De Triomf direkt hinter dem alles überragenden Justizpalast. Er trank einen *café solo* und las die Zeitung. »Wer hätte je gedacht, dass ausgerechnet wir Spanier uns plötzlich im Hinterteil des nordamerikanischen Präsidenten wiederfinden.«

»Wir Engländer waren schon vor euch da.« Janet grinste matt und bestellte sich einen *cortado*.

Anfangs hatte sie keinen Draht zu dem kleinen dicken Katalanen gehabt, der bei den Damen im Raval Stammgast war und sonst anscheinend nur ans Essen und Trinken dachte. Aber in den letzten Monaten hatte sie ihn als zuverlässigen Freund und extrem klugen Kopf kennen und schätzen gelernt. Er war nicht nur Polizeiarzt, Gerichtsmediziner, Pathologe und Professor an der Uni, er war auch immer an allen Neuerungen der Kriminalistik interessiert und bestens informiert.

Llobet war sicher gut zehn Jahre jünger als sie. Aber er sah sie immer als Frau und nie als Kumpel. Er liebte Pia auf seine exzentrische Art, aber eigentlich liebte und bewunderte er alle Frauen. Inzwischen mochte Janet ihn richtig gern. Er rollte die Zeitung zusammen, stand auf, ging hinaus und überließ es ihr, zu zahlen.

Das Haus, das sie suchten, lag gleich um die Ecke in

einer Nebenstraße. Ein Neubau aus den siebziger Jahren, blassgelb, nackt, nüchtern und hässlich. Balkone klein wie Kaninchenställe. Wäsche, Kinderwagen, Rennräder und Bierkisten. Auf einem Balkon krächzte ein einsamer Papagei in seinem Käfig.

Im Treppenhaus roch es nach Knoblauch, heißem Olivenöl und chlorhaltigen Putzmitteln. Der Mann, den sie besuchen wollten, war ein Freund von einem Freund Llobets. Jeroni Guasch. Er kam von einer der Baleareninseln und hatte die Wohnung im zweiten Stock gemietet.

Janet kannte den Mann nicht, aber sie vertraute auf Llobet.

Jeroni öffnete ihnen die Tür. Er war blass, etwa Mitte dreißig, hatte kurzes Haar und einen Dreitagebart. Dunkle Ringe unter den Augen. Er begrüßte Llobet und übersah Janet. Im Flur mussten sie über ein Chaos von Pappkartons und Aktenstapeln klettern. Dann kamen sie in das so genannte Wohnzimmer.

Janet blieb fast die Luft weg.

Wände waren durchbrochen worden, es gab nur noch einen großen Raum. An der Decke zwei Stahlträger. Hellgraue Wände, vor den Fenstern dichte Rollos, indirektes Licht von Deckenstrahlern, einzelne Punktleuchten. In den Ecken Regale mit CD-Roms und Akten. Ein fast geschlossenes Rund von Bildschirmen an der Wand, darunter die Arbeitsplätze mit Computern und Tastaturen. Im Hintergrund leise Miles Davis, *Sketches of Spain*.

Janet kam sich vor wie in einem Science-Fiction-Film. Sie zählte sechs junge Leute. Eine Frau, fünf Männer. Sehr jung. Keiner von ihnen sah auf, als sie hereinkamen und Jeroni zu seinem Arbeitsplatz folgten. Ein durchgesessener Drehstuhl vor einer aus Pressspan zusammengeklebten Arbeitsplatte.

»Wir suchen vermisste Kinder. Vornehmlich aus Spanien. Weltweit.« Jeroni zeigte auf die Bildschirme, auf denen diverse Internetaufrufe zu sehen waren. Und immer wieder Fotos von Kindern. Überwiegend Mädchen, aber auch kleine Jungen.

»Wie finanziert ihr euch?« Llobet beugte sich vor.

»Spender, Sponsoren. Und die Eltern natürlich.«

»Aber erwecken Sie dann nicht unerfüllbare Hoffnungen bei den armen Eltern? Und kassieren dafür?« Janet konnte sich nicht zurückhalten. Jeroni ignorierte sie noch immer, wandte sich an Llobet.

»Wir arbeiten hier rund um die Uhr. Meine Mitarbeiter sind Schüler oder Informatikstudenten. Keiner von uns wird reich.«

Janet schwieg.

Llobet schien ihn zu verstehen. »Was treibt Sie an? Ein persönliches Erlebnis?«

»Meine Schwester.« Jeronis Gesichtsmuskeln verhärteten sich, aber er fuhr äußerlich ruhig fort: »Sie war erst vier, als sie verschwand. Alícia. Ich war mit ihr im Supermarkt. Ich hätte … Aber ich werde sie finden. Heute ist sie dreißig.« Er zeigte ihnen das Foto eines kleinen Mädchens mit dunklem Haar und großen braunen Augen, das fröhlich in die Kamera lachte. »Das hier sind unsere Eltern.« Er legte weitere Fotos auf den Tisch.« Er öffnete in dem PC ein Programm und holte das Foto der kleinen Alícia auf den Bildschirm. »Sehen Sie hier, die Ohren. Ohren sind sehr wichtig. Die Augen, der Mund, die Kopfform. Das alles gleiche ich mit den Fotos der Eltern ab.« Er rief die anderen Fotos auf und legte sie über das Kindergesicht. »So kann ich erkennen, wem sie später mal ähneln wird, wie sie sich entwickeln wird, wenn sie älter ist.« Jeroni klickte weiter. »Hier, das ist Alícia mit vierzehn, das hier mit zwanzig. Und so sieht sie heute aus.«

Sie sahen eine schöne junge Frau mit dunklem Haar und einem fröhlichen Lachen.

»Und wenn sie« – Janet suchte nach einer taktvollen Formulierung –, »wenn sie nicht lacht?«

»Alle Möglichkeiten lassen sich durchspielen.« Jeroni sah sie nicht an, seine Hand lag auf einer schnurlosen Maus und ließ sie über ein abgewetztes *mousepad* gleiten. »So sähe sie aus, falls sie krank wurde. Oder so, wenn sie auf Drogen sein sollte. Oder so, wenn sie es gut hatte.« Er klickte weiter und weiter. »Das nennen wir *morphing*. Oder *aging*. Wir zeichnen die Zukunft.«

Sie sahen das Mädchen als Frau mit allen möglichen Frisuren und Haarfarben. Einmal schlank, einmal dick, einmal wirklich krank, einmal verwahrlost, einmal gepflegt und wohlgenährt. Mit ernstem Mund, mit Brille. Jeroni drehte sich wieder zu ihnen herum. Er schluckte unmerklich. Atmete durch. »Wir sind nicht die Einzigen, die so etwas machen. Aber wir sind die Ersten in Spanien. Wir suchen in ganz Europa und in Nordamerika. Wir suchen weltweit über das Internet. Wir arbeiten erst seit sieben Monaten, und wir haben schon vierundsechzig Kinder gefunden. Die meisten natürlich Ausreißer. Aber nicht alle. Acht Kinder waren verschleppt, geraubt, entführt worden. Und wir haben sie wiedergefunden. Ein Mädchen nach zwölf Jahren!« Er sah Llobet an und streckte die Hand aus. »Und wen sucht ihr?«

Janet leerte das große Kuvert von Bonet aus. Die Fotos von Sergio und den vier Mädchen, aber auch die Fotos der in den letzten zehn Jahren verschwundenen Kinder, die Fotos ihrer Eltern, und soweit möglich alle Angaben, alle bekannten Daten.

Jeroni sah sich die Fotos an. »Dieser Sergio und die Mädchen sind ja erst kürzlich verschwunden.« Er ordnete die Unterlagen und begann die ersten Fotos einzuscannen. »Bei den anderen wird es schwieriger. Ich vermute mal, zahlen könnt ihr auch nicht.«

»Zweitausend Euro«, bot Janet spontan an. »Wäre das eine Hilfe?«

Llobet warf ihr einen überraschten Blick zu, Jeroni nickte nur unmerklich mit dem Kopf. Janet legte die Visitenkarte von *Llimona 5* auf den Tisch neben Jeroni. »Danke für Ihre Unterstützung. Bitte rufen Sie mich an, falls Sie etwas herausfinden.« Sie stand auf und ging hinaus. Sosehr sie das ganze Thema und diese Technik von *morphing* und *aging* interessierte – das alles begann sie plötzlich zu belasten. Sie wusste zu viel, um diese Kindergesichter weiter ansehen zu können, sie hatte zu viel erlebt, um noch sachlich an Sergio und die kleinen Mädchen denken zu können.

Vor der Haustür steckte sie sich erst mal eine Zigarette an. Und dann ging es plötzlich Schlag auf Schlag.

Ihr Handy meldete sich. Pia. »Janet? Na endlich. Ich versuch es schon die ganze Zeit. Was ist mit deinem Handy los? Hör zu. Jemand muss die Montoros überwachen. Wir vermuten, dass Sergio wieder zu Hause ist, aber von der Familie versteckt wird.«

»Wo bist du?«

»Ich steh bei denen vor dem Haus.«

»Bin schon unterwegs. Fünf Minuten.«

»Janet?«

»Ja?«

»Dagmars Nachbar ist ermordet worden.«

»Emilio?«

»Ja.«

Janet winkte ein Taxi heran. Sie wollte gerade einsteigen, da kam Llobet aus dem Haus gerannt.

»Halt, warten Sie! Können Sie mich bitte ein Stück mitnehmen? Meine Dienste sind gefragt.«

»Kein Problem, wir fahren sowieso da vorbei«, sagte Janet und gab dem Fahrer die Adresse. »Emilio Negre, richtig?«

»Woher wissen Sie das denn schon wieder?« Luis Llobet ließ sich schwer atmend ins Polster fallen. Legte ihr seine runde Hand aufs Knie. »Aber Sie wissen ja immer alles. Möge der liebe Gott verhindern, dass wir jemals auf verschiedenen Seiten stehen. Haben Sie womöglich noch weitere Informationen?«

»Nein«, sagte Janet. Und dachte daran, wie sie Emilios Wohnung durchsucht hatte, seinen Computer gefilzt und ihm auf dem Flur gerade noch ausgewichen war. Und überall ihre Fingerabdrücke hinterlassen hatte. »Nein.«

36

Fritz war kein echter Trost. Er schmuste mit ihr und tat ihr schön, solange er Leckerbissen erwarten konnte. Aber kaum gesättigt, verschwand er auch schon wieder über die Terrasse und die Dächer der Nachbarschaft.

Und natürlich hasste er den Staubsauger. Barbara putzte gegen ihre Wut und ihren Frust an. Inzwischen waren sowohl die vordere Wohnung als auch der rückwärtige Teil mit den Gästezimmern und dem Büro blitzsauber. Es blieb nichts mehr zu tun, als untätig zu warten.

Pia hatte gerade noch einmal angerufen. Und ihre Anweisung war kristallklar. Eine musste Büro und Telefon hüten. Und nur Barbara war noch da. Die Gespräche mit den Familien der Mädchen aus Raval, Sants, Poble Nou und Sagrada Familia waren vorerst zurückgestellt.

Der kleine Sergio war anscheinend wieder zu Hause und wurde von seiner Familie versteckt. Vielleicht war er krank oder verletzt. Zutiefst verstört auf alle Fälle. Die Polizei spielte mit. Selbst die Medien wussten nicht Bescheid. Vermutlich hatten die Montoros ein gewaltiges Lösegeld gezahlt, und sie hatten die besten Anwälte. Und allen war es scheißegal, was mit Anna geschah. Wenn sie überhaupt noch lebte.

Und dann noch der Mord an Emilio. Ganz offensichtlich ein regelmäßiger Benutzer dieser widerlichen Seiten. Und vielleicht mehr. Wenn es da einen Zusammenhang gab – und davon war Barbara überzeugt –, dann bewies es, dass sie, wer auch immer sie waren, vor nichts zurückschreckten.

Er läutete. Zweimal. Dreimal. Barbara rannte zur Wohnungstür und drückte auf den Öffner, ohne nachzufragen. Fritz tauchte neben ihr auf und versuchte ins Treppenhaus zu gelangen. Sie nahm ihn hoch. Der Lift rumpelte nach unten. Fritz begann euphorisch zu schnurren. So sehr ihn Treppenhäuser auch faszinierten, der Platz oben an Barbaras linker Schulter war der Beste, Nähe und Überblick in einem. Der Lift kam unten an, hielt kurz und setzte sich wieder in Bewegung. Barbara war ziemlich sicher, dass Fritz sich manchmal einbildete, genauso groß zu sein wie sie. Sie blies ihm leicht ins Ohr, etwas, das sich nicht einmal Pia erlauben durfte. Ihr nahm Fritz das nicht übel, im Gegenteil, er stupste seinen Kopf kurz in ihre Halsbeuge.

Der Lift hielt, und Felip kam heraus. Er wirkte viel zu groß für die niedrige Kabinentür. Sein Gesicht war gerötet. Vielleicht war er gelaufen. Sie standen sich gegenüber und sahen sich an. Fritz hatte aufgehört zu schnurren, aber das merkte Barbara nicht.

»Komm doch rein«, sagte sie endlich.

Felip nickte, ohne sich zu bewegen.

Sie drückte Fritz viel zu fest an sich. Er fuhr die Krallen aus, kratzte sie, sprang hinunter und rannte maunzend in die Wohnung zurück. Sie nahm es nicht wahr.

»Komm doch!« Sie wich einen Schritt zur Seite. Felip schob sich an ihr vorbei. Er war groß. Er roch nach Schweiß, Staub und Benzin. Er roch nach der Straße. Barbara ging voraus in die Küche, blieb abrupt stehen und drehte sich zu ihm herum. »Warum …«

Weiter kam sie nicht. Er konnte nicht mehr rechtzeitig

abbremsen, stieß mit ihr zusammen, und beide wären gestolpert, wenn er sich nicht an ihr festgehalten hätte. Wenn er sie nicht festgehalten hätte. Fest. Stark. Er ließ sie nicht los. Er glühte von der Hitze der Stadt. Barbara schaute hoch, sein Gesicht war dicht über ihrem. Sie küssten sich. So viel größer war er gar nicht.

Irgendwann schaltete sich ihr Verstand wieder ein. Sie gingen in die Küche und setzten sich an den großen Tisch. Vor ihnen zwei Gläser und die Flasche mit kaltem Mineralwasser. Ihre Füße berührten sich, ihre Knie, ihre Schenkel. Sie hielten sich an den Händen. Barbara konnte noch immer nicht richtig denken, sie hatte das Gefühl, seit Stunden mit Felip hier zu sitzen. Anna! Das schlechte Gewissen trieb ihr Tränen in die Augen. Sie ließ seine Hand los. »Ich ... nein, wir müssen ...« Sie brach hilflos ab, aber Felip reagierte sofort. Rückte ein Stückchen weg.

»Ja. Klar. Tut mir Leid. Ich hätte ja auch anrufen können, aber ich wollte lieber selbst ... ich meine ... ich hab das Auto gefunden. Den weißen Berlingo!«

»Wo?« Die Nebel in Barbaras Kopf zogen ab.

»In Sant Andréu. Du weißt schon, diese aufgelassenen Lagerhallen, das alte Industriegebiet da oben, wenn man nach Barcelona reinkommt ...«

»Und das ist das Auto, das wir suchen?«

»Weißer Berlingo. Keine Firmenaufschrift. An einer Ampel konnte ich reinschauen. Da liegt ein silbernes Kickboard drin. Hier, ich hab die Nummer aufgeschrieben.«

»Und jetzt?«

»Simón muss sich zum Job melden, vorher wollte er noch Bonet anrufen, damit die Polizei auch nach dem Auto fahnden kann. Ich hab gekündigt. Und mir ein Taxi hierher genommen. Ich hab dem kleinen Paco meine Vespa gegeben, er bleibt dran. Versucht es zumindest. Die Vespa ist schon ziemlich alt.«

»Du hast gekündigt?«

»Halb so wild. Wir haben im Oktober einen Auftritt bei einer Fernsehshow in TV-3. Und davor müssen wir noch viel üben. Ich brauche jede Minute dafür.« Er verhaspelte sich fast, so schnell redete er.

»Danke.« Barbara stand auf und ging zum Telefon. Sie durfte ihn jetzt nicht ansehen. Sie durfte nicht weich werden. Pia meldete sich beim ersten Ton. Barbara berichtete kurz.

»Barbara, wenn er Zeit hat, schick ihn zu den Montoros. Dagmar und ich sind jetzt mit Bonet bei Emilio. Und Janet observiert die Montoros. Aber sie ist allein und braucht vielleicht Hilfe.«

»Alles klar.«

»Und seid vorsichtig! Sichert euch ab, passt bloß auf! Das ist kein normaler Job!«

»Verstanden.« Barbara legte auf. Drehte sich zu Felip um und erklärte ihm alles. Felip war schon auf dem Weg zur Tür.

»Entführte Kinder werden fast nie einfach freigelassen. Da stimmt doch irgendetwas nicht!«

»Vermutlich waren die Entführer maskiert!« Barbara zog die Tür für ihn auf.

»Hoffentlich.« Er ging, ohne sie noch einmal zu berühren. Barbara sah ihm nach. Sie hatte in ihrem Leben schon einige Männer getroffen, aber sie war noch nie wirklich verliebt gewesen. Es fühlte sich sehr ungewohnt an.

Sie schloss die Wohnungstür und trat fast auf Fritz, der plötzlich wieder neben ihr war. Sie nahm ihn hoch. In dem Moment läutete die Klingel auf der anderen Seite, die Büroklingel. Barbara setzte Fritz wieder ab und lief durch die Küche, den Flur, am Wohnzimmer vorbei und nach hinten in den Büroteil. Das empörte Maunzen von Fritz folgte ihr. Sie drückte den Türöffner.

Hier gab es keinen Lift. Ein enges Treppenhaus mit einem von Tauben verdreckten Oberlicht. Die Schritte, die die Stufen hochgehetzt kamen, waren viel zu schnell für alle Leute, die Barbara kannte.

Und dann bog er um den Treppenabsatz und stand vor ihr. Ein kleiner Junge. In Jeans, T-Shirt und Sweatjacke. Dunkle Haare, dunkle Augen. Er schnaufte, bekam keine Luft mehr.

»Sergio? Du bist bestimmt Sergio!« Barbara zog ihn herein. »Ich bin Barbara. Eine Freundin von Anna.« Sein Schnaufen verwandelte sich in Schluchzen. Sie legte ihm den Arm um die Schultern und nahm ihn mit nach vorn ins Wohnzimmer. »Ist ja gut. Glaub mir, Sergi, alles wird gut. Alles.« Sie drückte ihn auf das Sofa. »Hast du Hunger? Durst?« Plötzlich klammerte er sich an sie, so fest, dass sie sein Kopfschütteln spürte.

Sie hielt ihn in den Armen und redete und redete. Über seinem Kopf und in sein Haar hinein. »Du bist super. Ein toller Typ. Ehrlich, du bist richtig erwachsen für dein Alter. Du bist zehn, oder? Erst neun! Ich hätte dich älter geschätzt.«

Langsam beruhigte er sich und wischte sich die Tränen mit dem Ärmel aus dem Gesicht. »Ich muss mit dir reden.« Er sah schmal aus und blass, und viel jünger als auf den Fotos, die sie gesehen hatte. »Keiner hört mir zu, aber wir müssen doch Anna retten!«

»Ich höre dir zu.« Barbara wartete. Schwieg. Ein paarmal setzte er an, brach wieder ab.

»Ähm, entschuldige die Frage, aber du bist von zu Hause abgehauen, oder?«

Er zögerte, nickte dann.

»Ist dir vielleicht jemand gefolgt?«

Er schwieg. Fritz sprang aufs Sofa und balancierte auf der Rücklehne an Barbara vorbei zu Sergio. Der wandte den Kopf und zuckte zurück. »Ein Tiger!« Er wollte ausweichen, aber Fritz sprang auf seine Knie und machte es sich dort bequem. Sergio saß steif aufgerichtet und hielt die Luft an. Fritz begann zu schnurren. Barbara kraulte ihn an den Wangen.

»Das mag er besonders. Er ist ein Kater und heißt Fritz. Fritz the cat.«

Vorsichtig hob Sergio eine Hand und berührte Fritz, strich ihm mit gerade ausgestreckten Fingern leicht über den Rücken. Fritz schnurrte lauter. Sergio versenkte die Hand im gelben Fell. »In dem Keller waren Ratten«, sagte er leise. »Da hätte ich gern eine Katze gehabt.« Ein winziges Lächeln blitzte auf. »Er fängt doch Ratten?«

»Selten. Wir leben im vierten Stock. Meistens bringt er uns Vögel. Leider.«

»Das ist ein Vorurteil«, dozierte Sergio, »Katzen erwischen keine gesunden Vögel. Höchstens kranke.« Er machte eine kleine Pause, sein Gesicht verdüsterte sich wieder. »Oder ganz junge.«

»Du bist kein Vogel.« Barbara drückte ihn kurz. »Und wenn, dann ein sehr schlauer. Du bist schließlich entkommen.«

»Das hätte ich doch ohne Anna nie geschafft! Sie hat mich aus dem Fenster geschubst und hat gesagt, lauf, lauf so schnell du kannst.«

»Und das hast du gemacht. Das war genau richtig. Nur so kannst du jetzt Anna helfen.«

»Sie hat mir von euch erzählt, von den fünf Detektivinnen am Pati de Llimona. Und da hab ich ... da bin ich ...« Tränen stiegen ihm in die Augen. Barbara unterbrach ihn leise.

»Du bist also weggelaufen. Es war Nacht. Und du warst in einer völlig fremden Gegend. Wie hast du da rausgefunden?«

»Ach, das war einfach. Es war ziemlich dunkel, und da standen ganz alte Fabrikhallen, aber weiter hinten waren Lichter. Und Verkehrslärm. Ich bin gerannt und gerannt, und dann war ich an einer breiten Straße. Ich hab auf ein freies Taxi gewartet und bin heimgefahren.« Er sah plötzlich auf. »Ich hab mir sogar die Nummer von dem Taxi gemerkt. Damit man den Fahrer fragen kann, wo genau er mich aufgepickt hat.« Wieder brach seine Stimme. »Aber jetzt hab ich die Nummer vergessen. Ich hab sie meinem Vater gesagt und der *abuela*, aber die haben sich gar nicht dafür interessiert.«

»Du bist also heimgefahren?«

»Der Taxifahrer ist mit hoch, weil ich ja kein Geld dabeihatte. Mein Vater hat ihn bezahlt. Dann hat mich die *abuela* in die Wanne gesteckt. Und immer, wenn ich etwas sagen wollte, hat sie mich unterbrochen. Denk nicht mehr dran. Hauptsache, du bist gesund und du lebst. Immer wieder, denk nicht mehr dran. Weinen darf man als Junge nicht. Und wenn ich von Anna angefangen hab, ist sie richtig wütend geworden. Aber dann hat sie mir eine heiße Schokolade ans Bett gebracht und mir vorgelesen, bis ich eingeschlafen bin ...«

»Und deine Mutter?«

»Die hat geschlafen. Es war doch mitten in der Nacht.«

Barbara, die immer von einer Familie geträumt hatte, sah plötzlich den Alltag im Leben des kleinen reichen Sergio vor sich. Die Mutter tablettensüchtig, den Vater nannte er nur »meinen Vater«, und eine harte und gefühlskalte *abuela* hatte alle Familienmitglieder unter Kontrolle. Barbara stand auf. »Komm, wir gehen in die Küche. Dann kannst du Fritz ein bisschen Fisch geben.«

Fritz hatte entweder das Wort Fisch gehört, oder er verstand einfach, worum es ging. Jedenfalls ließ er sich ohne Widerspruch von Sergio in die Küche tragen.

Barbara gab Sergio ein paar frische *anchoas* für Fritz, machte eine Cola für den Jungen auf, gab Eiswürfel und Zitronenschnitze dazu und stellte ihm einen Teller mit Schokoplätzchen hin. »Und wie bist du jetzt hergekommen?«

»Ich bin einfach aus dem Taxi rausgesprungen. Wir waren schon in L'Hospitalet.«

»Wir?«

»Er ... er ... Onkel Eduard und ich. Wir hatten Koffer dabei. Ich glaube, wir wollten zum Flugplatz. Wir haben ein Chalet in der Schweiz, in den Bergen, da ist es sehr schön. Aber wenn ich weg bin, kann ich Anna ja überhaupt nicht mehr helfen!«

»Kennst du dich denn aus in L'Hospitalet?«

»Klar.« Er grinste plötzlich. »Ich schreibe für den *foro*, das Forum. Das ist unsere Schülerzeitung. Ich hab mit den Spielern von Barça Interviews gemacht.«

»Und einer kommt aus L'Hospitalet.«

»Ich bin nur weggerannt.« Sergio war schon wieder ernst. »Er ... er konnte das Taxi ja nicht verlassen, mit allen Koffern und so. Ich bin gerannt, bis ich wieder ein Taxi gefunden hab. Damit bin ich zurück bis zur Kathedrale. Jetzt hab ich ja Geld dabei.«

»Und das letzte Stück bist du gelaufen. Genial.«

»Aber wie sollen wir Anna finden, wenn ich doch die Nummer von dem anderen Taxi vergessen hab!« Seine Stimme begann zu zittern, und Barbara legte ihm die Hand auf die Schulter.

»Die brauchen wir nicht. Ich glaube, wir wissen schon, wo sie dich versteckt gehalten haben. Wir haben den weißen Berlingo entdeckt. Er fuhr in Richtung Sant Andréu. Aber das ist ein ziemlich großes Gebiet. Ich müsste mehr wissen.«

»Im Keller war nur Tiger. Aber als wir in diese Halle

gekommen sind, war plötzlich auch der mit dem Piratentuch da. Und vermutlich noch andere, allein hätte er Anna ja niemals festhalten können!«

»Natürlich nicht.« Barbara schaute auf die Uhr. Sergio war jetzt schon fast vierzig Minuten da. Eduard würde kommen. Die Familie würde ihn genau hier suchen.

»Erzähl doch mal von Anfang an, Sergi. Wie sie dich an der Rambla de Catalunya geschnappt haben. Dich und dein Kickboard.«

»Das war ja Annas Kickboard!«

»Der Mann mit dem Citroën Berlingo …« Barbara zögerte. »Und dem Tigertattoo.«

»Tiger«, sagte er. »Ja. Ich fand ihn eigentlich … eigentlich gar nicht so schlimm, aber Anna mag ihn nicht!« Er sah auf. »Und Anna hatte Recht. Tiger ist total gemein.« Er nahm einen langen Schluck von seiner Cola und dann erzählte er. Von Anfang an.

37

Die Schmerzen waren zu ertragen, aber sie bekam keine Luft. Anna zwang sich, ein- und auszuatmen, ein und aus. Ruhig. Ein und aus. Sie lag auf der Seite und konnte sich nicht bewegen. Sie hatten sie verschnürt wie ein Brathähnchen. Unter ihr vibrierte der gerippte Metallboden des Autos.

Jeder Knochen tat weh. Sie hatte jedes Zeitgefühl verloren. Sie hatte sich gewehrt. Die Kerle hatten sie geschlagen und getreten. Der Pirat trug Doc Martens. Anna hatte den Stiefel noch auf sich zukommen sehen. Dann wurde alles dunkel. Als sie wieder zu sich kam, lag sie auf dem feuchten Betonboden in der großen Halle. Zusammengeschnürt, aber noch nicht geknebelt. Tiger hockte neben ihr. Er schien sich Sorgen zu machen. Sie versuchte die Augen wieder zu schließen. Eins war sowieso halb zugeschwollen, und in der Oberlippe war ein Riss. Blutgeschmack. Vorsichtig tastete sie mit der Zunge ihre Zähne ab. Am rechten Schneidezahn war eine Ecke abgebrochen. Eine scharfe Kante schnitt in die Zunge.

Sie hatten gestritten. Pirat gab das Tempo vor.

»Jetzt mach endlich! Scheiße Mann, die ist doch sowieso schon halb tot!«

»Ja und? Willst du sie ganz umbringen?«

»Später. Erst brauchen wir sie noch als Geisel. Falls hier was schief läuft.«

»Aber ...«

»Wach auf, Mann. Das kleine Arschgesicht wird den Bullen diese Bude hier zeigen. Und er hat unsere Gesichter gesehen. Vor allem deins. Wir haben schon viel zu viel Zeit vertan! Wir müssen weg hier!«

«Wir können sie doch nicht so einfach ...«

Tigers Stimme klang aufgeregt, Pirat blieb cool.

»Nein, logisch, wir hinterlassen keine Spuren, wir erschießen sie nicht einfach, wir fahren sie mit der Tanit raus. Aber weg muss sie! Wenn du sie also noch mal ficken willst, dann tu es jetzt!«

Das höhnische Gelächter von Pirat hatte sie vermutlich gerade noch vor einer Vergewaltigung bewahrt. Tiger hatte sie wütend noch fester zusammengeschnürt und ihr den Mund verklebt. Pirat hielt sie fest. »Du solltest ihr die Jeans ausziehen. Dann kannst du ihr auch die Beine hinter dem Kopf zusammenbinden und kommst jederzeit ran.«

Tigers Bewegungen wurden hektisch. Sie trugen sie hinaus in die Nacht. Dieselbe Nacht? Ein dunkelgrüner Volvo wartete mit offener Kofferraumklappe. Sie warfen Anna hinein und stiegen vorn ein.

»Was ist das für ein Auto? Wieso nehmen wir nicht den Berlingo?«

»Mich hat vorhin dauernd so eine Scheißvespa verfolgt. Ein junger Zivilbulle vielleicht. Ich hab ihn gerammt, aber ich weiß nicht, ob er wirklich tot ist.«

»Wieso hast du das nicht gleich gesagt, Mann! Wir hätten doch sauber machen müssen, die Spuren ...«

»Nicht mehr nötig!« Sie fuhren los, Vollgas aus dem Stand. Das Lachen von Pirat war laut und schrill, aber es übertönte nicht die gewaltige Explosion, die den Volvo fast aus der Spur brachte. Anna schleuderte im Kofferraum herum.

Sie machte sich keine Illusionen. Die Männer hatten die Lagerhalle und vermutlich auch den Berlingo gesprengt und damit alle Spuren vernichtet. Und wenn der Vespafahrer wirklich einer von Bonets Leuten gewesen war, dann konnte er jetzt auch nicht mehr aussagen.

Sergi. Der hatte es geschafft. Aber auch er würde nicht mehr viel helfen können. Selbst wenn er die *Llimonas* und die Polizei herbrachte. Das Gebäude war zerstört.

Tanit. Die Göttin der Fruchtbarkeit. Ein beliebter Name für Schiffe. Ein Schiff. Sie wollten sie aufs Meer rausbringen und dort über Bord werfen.

Wenn es nicht wie Mord aussehen sollte, mussten sie ihr vorher die Fesseln abnehmen. Und viel Zeit hatten sie nicht, sie würden also sicher nicht zu weit rausfahren.

Anna entspannte sich etwas. Schwimmen konnte sie. Es war September, noch hatte es keinen großen Sturm gegeben, das Meer war warm. Zwei, drei Stunden konnte sie schwimmen. Vielleicht auch länger.

Eine Polizeisirene heulte plötzlich in der Nähe auf, von der anderen Seite her kam die Feuerwehr.

»Scheiße«, knurrte Tiger, »fahr langsamer!«

»*Cool down!*« Pirat kicherte. »Die suchen nicht uns. Die haben jetzt einen ganz anderen Job.«

»Trotzdem. Die Ampel eben war rot!« Tigers Stimme stieg an. Pirat lachte.

»Ist ja gut, Kleiner. Ist ja gut!«

Der Volvo hielt. Offenbar an einer weiteren Ampel. Anna hörte dicht neben sich einen anderen Automotor tuckern, und sie hörte Frauenstimmen. Mit aller Kraft schleuderte sie die gefesselten Beine gegen die Kofferraumklappe, warf sich herum, schlug mit dem Kopf gegen das Blech.

»He, hast du das auch gehört?«, fragte eine der Frauen.

Der Volvo fuhr los. Die Reifen quietschten unter ihr auf, Anna wurde gegen die Klappe gepresst.

»Das war knapp.« Pirat lachte immer noch. Er schien die Situation zu genießen. »Sag mal«, fuhr er fort, »die hat doch so Narben an den Armen, oder irre ich mich? Vor allem in der linken Ellbogenbeuge. Kleine weiße Einstichnarben.«

»Du kennst dich aus.«

»Richtig. Ich erkenne einen Junkie. Und die war einer. Mann, das ist ja noch viel einfacher, als ich dachte! Vergiss die Tanit.«

38

Können wir ihn haben?« Die Männer mit dem flachen Transportbehälter aus Hartplastik warteten in der Wohnzimmertür. Pia hätte beinahe etwas gesagt. Sie konnte sich gerade noch zurückhalten und Bonet die Antwort überlassen.

»Ja, nehmt ihn mit.«

Der Fotograf und die Leute von der Spurensicherung waren fertig. Sie drängelten sich draußen vor der Wohnung, steckten sich erste Zigaretten an, zogen die weißen Raumanzüge aus und packten ihr Material zusammen.

Auch Luis Llobet schloss seinen Koffer. »Ich kann vor der Obduktion noch nicht viel sagen. Jemand hat ihm mit einer großkalibrigen Waffe den halben Kopf weggeschossen. Und das ist, grob geschätzt, vor etwa vier bis zehn Stunden geschehen.« Er suchte Pias Blick, lächelte ihr zu.

Neben ihm stand Víctor. Der Mann, der in der Mordkommission ihren Platz eingenommen hatte. Sie hatte nur bei einem Fall mit ihm zusammengearbeitet. Auch da ging es um Kinder. Ein Familienvater hatte über Jahre seine Töchter missbraucht und eines Tages sich, seine Frau und fast alle Kinder getötet. Der Mordverdacht richtete sich zuerst aber nicht gegen ihn, sondern gegen seine älteste Tochter, die zum Tatzeitpunkt angeblich nicht in Barcelona gewesen war. Sie log. Sie arbeitete seit Jahren unter falschem Namen als Prostituierte im *barrio chino*, im Raval. Pia ermittelte, und deshalb wollte sie alles über diesen Kollegen von der Sitte wissen, mit dem sie an einem so sensiblen Fall zusammenarbeiten sollte.

Víctor war kein Macho, kein Chauvinist. Ein Weichei allerdings schon gar nicht. Er sah nicht unbedingt gut aus. Etwas untersetzt, durchtrainiert, extrem kurzes Haar, dunkle Augen hinter einer schmalen Hornbrille und ein viel zu breiter Mund mit ziemlich sinnlichen Lippen.

Wenn Pia ganz ehrlich zu sich war, musste sie zugeben, dass sie damals an Víctor nicht nur dienstliches Interesse zeigte. Aber er hatte nicht einmal Notiz von ihr genommen. Sie hatte sich sogar dazu hinreißen lassen, ihn nach Abschluss des Falls auf einen Drink in ihre Wohnung am Pati de Llimona einzuladen, doch er hatte abgelehnt. Kühl, bestimmt und ohne jede höfliche Ausrede. Pia hatte diese peinliche Geschichte tief in ihrem Unterbewusstsein vergraben. Und da wollte sie sie auch lassen.

Dagmar hatte Emilio gefunden. Bonet und Víctor hatten sie befragt und immer wieder befragt, aber sie konnte ihnen nicht viel sagen. Sie saß in der Küche. Neben ihr Luis Llobet. Vor ihnen standen Kaffeetassen, und ein Hauch von Magno zog durch die Küche. Pia setzte sich zu ihr.

»Hast du für mich auch einen *carajillo*?«

Dagmar goss ihr schweigend Kaffee ein und gab einen guten Schuss *coñac* dazu. Pia versuchte, ihren Blick einzufangen, aber Dagmar wich ihr aus. Pia war sich sicher, dass Dagmar nichts von Janets Einbruch in der Wohnung gesagt hatte. Aber Janet hatte garantiert Fingerabdrücke hinterlassen. Sie mussten sich also unbedingt eine gute Geschichte dafür ausdenken. Und zwar alle dieselbe.

Bonet und Víctor befanden sich noch im Wohnzimmer.

Llobet war in erster Linie Freund, dann Arzt, und erst an dritter Stelle arbeitete er für die Polizei. »Janet kannte Emilio auch«, begann Pia vorsichtig.

»Ja, stimmt.« Dagmar sah sie noch immer nicht an. »Ich glaube, sie hat ihn sogar mal besucht. Sie wollte mit ihm über die Wohnung reden …« Ihre Stimme zitterte verdächtig.

»Schon gut«, unterbrach Pia sie hastig. Dagmar konnte nicht lügen. Das machte alles nur noch schlimmer. Aber Dagmar war nicht mehr aufzuhalten.

»Ich bin schuld«, schluchzte sie. »Wir alle sind schuld. Wir hätten ihn nie so unter Druck setzen dürfen. Und jetzt … jetzt …«

»Jetzt?« Bonet stand in der Tür. »Was ist jetzt?«

»Nichts.« Dagmar putzte sich entschlossen die Nase. Bonet starrte Pia an. Llobet sprang in die Bresche.

»Jetzt setz dich doch erst mal her und trink einen *carajillo* mit uns. Und lass die armen *chicas* in Ruhe. Die haben genug mitgemacht!« Bonet beachtete ihn nicht, er nahm sich einen Stuhl, setzte sich direkt vor Pia und starrte sie aus seinen traurigen Bassetaugen an.

»Was hast du mitgemacht? Erzähl mal!« Hinter Bonet tauchte Víctor auf, Pia entschloss sich zur halben Wahrheit.

»Wir haben rausgefunden, dass Emilio ein User dieser Internetseiten ist. Er besucht regelmäßig die Newsgroups mit kleinen Mädchen, und er hat auch die geheimen Passwörter.«

»Und das hat alles unsere kleine Dagmar herausgefunden?«

»Bitte Josep, nicht in diesem Ton!« Pia kannte ihn lange genug, sie wusste, was in seinem Kopf vorging. Dagmar hatte kaum Ahnung von Computern, und auch Pia nur begrenzt, der Hacker unter ihnen war Janet.

Bonet stand langsam auf, wechselte einen Blick mit Víctor und schob den Stuhl wieder unter den Tisch.

»Nein!« Pia sprang hoch und baute sich vor ihm auf. Sie musste den Kopf in den Nacken legen, um in seine Augen sehen zu können. »Nein und nochmals nein! So was darfst du nicht mal denken, du Scheißkerl!«

»Was denke ich denn?« Die Distanz in seiner Stimme ließ sie erschaudern. Sie zwang sich zur Ruhe. »Du denkst, diese verrückten Weiber sind ausgetickt, als sie den perversen Typen am Computer über den kleinen Kindern erwischt haben.«

»Und? Seid ihr?«

»Nein. Wir haben ihn nie direkt am Computer erwischt. Und wir haben ihn auch nicht erschossen. Klar?«

»Ihr habt auch nicht seine Festplatte zerstört und seine CD-Roms durchwühlt.«

»Nein.«

»Ihr seid überhaupt niemals ungebeten in seiner Wohnung gewesen?«

»Nein!« Pia sah ihn direkt an, sie war katholisch, sie konnte gut lügen.

»Na schön«, sagte Bonet, ging aber nicht weiter darauf ein. »Und erschossen habt ihr ihn vermutlich auch nicht. Aber sicher wäre es hilfreich gewesen, mit mir zu reden. Freddi, unser kleiner Computerguru in der *prefectura,* ist Emilio nämlich auch auf die Schliche gekommen. Er ist in einige dieser geheimen Newsgroups reingekommen und hat versucht, die regelmäßigen Benutzer über *nameserver* zurückzuverfolgen. Wir hatten Emilio auch auf der Liste. Und wenn ihr nicht …«

»Wenn wir nicht was, Josep?« Pias Stimme wurde stets etwas schrill, wenn sie lauter sprach. »Ermittelt hätten? Sondern mit dir geredet? Was hätte das geändert? Ihr habt ihn zurückverfolgt. Das hat offensichtlich auch jemand anderes getan. Jemand, der etwas zu verbergen hat. Setz dich hin!«

Bonet zog den Stuhl wieder hervor und setzte sich. Víctor grinste, Pia konzentrierte sich auf Bonet. »Fassen wir mal zusammen. Irgendjemand betreibt einen lebhaften Handel mit Kindern. Fotos und persönliche Kontakte. Emilio gehörte zu den Kunden. Er hat sich irgendwie ungeschickt benommen. Er muss versucht haben, näher an die Leute ranzukommen. Das Einfachste wäre in so einem Fall, den *account* zu ändern. Das haben die sowieso regelmäßig gemacht. Um ihre Spuren zu verwischen. Aber Emilio hat sich nicht nur mit Fotoserien begnügt. Er hat diese Kontakte genutzt, die Telefonnummern angerufen. Und dabei muss er wohl irgendwann einmal zu viel mitbekommen haben. Irgendeine Spur, einen Namen.«

»Vielleicht hat es auch schon genügt, dass ihr ihm auf der Spur wart.«

»Mein Mitleid hält sich durchaus in Grenzen«, sagte Pia.

Dagmar zog scharf die Luft ein. Pia mochte Dagmar, aber sie konnte nur schlecht ertragen, dass sie sich immer und überall sofort die Schuld an allem gab.

»Kann auch sein, dass sie mitbekommen haben, dass die Polizei in ihren Daten herumstochert.« Víctor grinste Pia aufmunternd zu. Glücklicherweise meldete sich genau in diesem Moment ihr Handy, und sie musste ihn nicht ansehen.

Barbara.

Sergio war bei ihr.

Und Pacos Vater hatte angerufen. Ein Arzt vom Hospital De La Santa Creu hatte sich bei ihm gemeldet, offensichtlich lag Paco dort. Schwer verletzt.

Pia sagte nur ja und nein. Ist gut. Wir kümmern uns

darum. Gab sich Mühe, sich nichts anmerken zu lassen. Dagmar sah sie an, reagierte sofort. Sie mussten los. Die Männer ließen sich leicht täuschen. Bis auf Luis. Er stand auf.

»Ich bin hier fertig. Pia, teilen wir uns ein Taxi?«

»Ja, gern. Dagmar, kommst du auch mit?« Bonet wollte sie zurückhalten, als sein Handy piepste.

»*Si, diga!*« Er hörte einen Moment lang zu, sein Gesicht wurde so grau wie seine stoppelige Haarbürste. »Verstanden.« Er sprang auf. Er schien Dagmar, Pia und alles andere vergessen zu haben. Er schlug Víctor auf die Schulter und rannte in den Flur. Víctor folgte ihm.

Pia lief hinterher.

Sie stolperte fast über den letzten der Spurensicherer, der überall die gelben Polizeisiegel anbrachte. Bekam die inzwischen polizeilich gesicherte Wohnungstür nicht gleich auf.

Dann war sie endlich im Treppenhaus.

Bonet und Víctor befanden sich bereits zwei Stockwerke unter ihr. Trotzdem konnte sie noch gut verstehen, was Bonet sagte.

»Eine Riesenexplosion in Sant Andréu. Eine Lagerhalle. Davor stand anscheinend auch ein weißer Citroën Berlingo …«

39

Alles hier war grau in grau. Die Häuser standen so eng, dass die Sonne höchstens mittags bis auf die Straße hinunterschien. Auf den wabenwinzigen Balkons staubte die Wäsche ein. Es roch nach Benzin und Armut. Nicht einmal Kinder lärmten hier.

Und natürlich gab es weit und breit kein Taxi.

Janet steckte sich eine Zigarette an und machte sich auf den mühevollen Weg zur nächstgrößeren Straße. Sie war noch nie in dieser Ecke von Hospitalet gewesen. Sie kannte diese dicht übereinander gebaute Siedlung nur durch die Fahrten von und zum Flughafen.

Sie hatte Sergio verloren.

Eduard Montoro war mit Sergio und reichlich Gepäck aus dem Haus gekommen und in ein wartendes Taxi gestiegen. Janet konnte nicht mehr auf diesen von Barbara angekündigten Felip warten, sie sprang ins nächste Taxi und folgte den beiden. Sie war sich so sicher, dass sie Eduard am Flughafen stellen würde! Sie rechnete einfach nicht damit, dass Sergio plötzlich bei Rot aus dem Taxi sprang.

Er verschwand wieselschnell zwischen den Häusern. Eduard blieb im Auto sitzen und sah ihm nach. Janet zahlte rasch ihr Taxi und folgte dem Jungen, hatte ihn aber schon nach wenigen Metern verloren.

Sie versuchte schneller zu laufen. Aber Sportlichkeit hatte noch nie zu ihren besonderen Begabungen gehört, selbst mit vierzehn nicht, als sie noch nicht rauchte.

Sie sah ihren Lebensretter ein Stück vor sich: einen roten Sonnenschirm. Neben einer Garage befand sich ein kleines Café mit zwei Coca-Cola-Tischchen vor der Tür. Janet setzte sich aufatmend hin. Eine verhärmte Frau musterte sie abschätzend, Janet bestellte einen J&B mit viel Eis.

Sie wartete, bis ihr Atem sich beruhigt hatte. Dachte an die Horrorjahre in den verschiedenen englischen Internaten. Die kahlen Schlafräume, den seifigen Geruch der Waschräume, die eisige Kälte im Winter. Die Einsamkeit und gleichzeitig das Fehlen jeglicher Intimsphäre. Die kratzigen Uniformen, der Drill, die Vergötterung von Teamgeist, Abhärtung und Sport. Reiten, Hockey, Tennis, frühmorgendliches Jogging, das man damals noch Dauerlauf nannte. Mit fünfzehn hatte sie hinter den Ställen ihre erste Zigarette geraucht und begonnen, sich mehr für die Stallburschen als für die Pferde zu interessieren. Sie wurde immer wieder erwischt und relegiert, aber das nächste Internat war auch nicht besser.

In Barcelona gab es noch ein paar dieser konservativen, englisch orientierten Privatschulen. Anscheinend besuchte Sergio eine davon. Trotzdem hatte er sich hier erstaunlich sicher bewegt. Er war wohl ein besonders schlaues Kerlchen.

Janet nahm ihren Block heraus und notierte sich ein paar Punkte.

1. Sergio wollte nicht mit Onkel Eduard zum Flughafen.

2. Eduard ist ihm nicht gefolgt. Vielleicht konnte er sich denken, welches Ziel Sergio hatte.

3. *Llimona 5*. Sergio war lange genug mit Anna zusammen gewesen.

Janet zahlte, gab der verhärmten Frau ein üppiges Trinkgeld und bat sie, ihr ein Taxi zu bestellen. Es dauerte keine Minute. Der nächste Taxistand war gleich hinter der nächsten Ecke.

»Zur Plaça del Regomir, bitte!« Ein Nichtrauchertaxi. Der Fahrer war sehr alt und hörte ungeniert den Polizeifunk ab. Als die Meldung über eine Explosion in Sant Andréu kam, drehte er lauter. Janet beugte sich vor. »Vergessen Sie Regomir. Wir fahren nach Sant Andréu.«

»*Sí!*« Der Fahrer drehte sich etwas mühsam zu ihr um und grinste mit zahnlosem Mund. »Sie sind Reporterin, richtig? Das erkenne ich sofort! Soll ich mal ein paar Kollegen anrufen? Ob jemand mehr weiß? Ob es Tote gegeben hat?«

Janet war nicht besonders ängstlich. Aber mittlerweile fuhr das Taxi weit auf der linken Straßenseite, und ihnen kam ein mit orangefarbenen Butangasflaschen beladener Lastwagen entgegen. Janets Fahrer riss in letzter Sekunde das Steuer herum, fuhr zurück auf die rechte Seite und über den schmalen Bürgersteig. Beinahe nahm er noch eine Frau mit Kinderwagen mit.

»Danke, nein«, sagte Janet, »*so* eilig habe ich es auch wieder nicht.« Sie nahm ihr Handy heraus und tippte die Nummer von *Llimona 5* ein, aber es meldete sich nur der Anrufbeantworter. »Hallo, Barbara? Pia? Ich habe den Jungen verloren. Könnte sein, dass er bei uns auftaucht. Und dass er von seinem Onkel Eduard genau da gesucht wird. Irgendetwas stimmt nicht. Also Vorsicht! Ich bin unterwegs nach Sant Andréu.«

Das Feuer war gelöscht, aber immer noch stiegen dichte schwarze Rauchwolken in den wolkenlos blauen Himmel. Es stank scharf nach Chemikalien und verbranntem Gummi.

Die grünen *guardias* und die blauen *municipales* bildeten in seltener Eintracht einen Polizeikordon, um die Neugierigen zurückzuhalten. Janet entdeckte Pascual Carrera, den dicken Brandermittler und obersten Chef der Feuerwehr, der seine *bomberos* langsam wieder zurückholte.

Janet zahlte. Der Fahrer wäre ihr am liebsten gefolgt. Ein junger *guardia* griff nach seinem Schlagstock und hielt ihn quer. »Hier können Sie nicht weiter!«

»Wetten dass?« Janet wollte sich gerade aufplustern, als sie neben sich zwei Männer wahrnahm. Polly und Frank. Annas Brüder. Janet wäre gern weggerannt, aber die beiden nahmen sie in die Zange.

»Wo ist Anna?«

»Ist sie da drin?«

»Los, reden Sie schon!«

»Was ist mit Anna passiert?«

Carrera kam dazu. »Lasst sie durch, die gehört zu Bonet.«

»Aber wir wissen noch nicht, was für gefährliche Gifte hier mitverbrannt sind!« Der junge *guardia* zögerte.

»Kein Problem.« Carrera nahm Janet am Arm und zog sie mit sich. »Meine kleine englische Freundin hat eine nikotintrainierte Asbestlunge.«

Der *guardia* gab nach, hielt aber umso entschlossener Polly und Frank zurück, die Janet folgen wollten.

»Stimmt das mit den Giften?« Janet sah nicht zurück.

»Kaum.« Carrera ging so schnell, dass sie fast nicht mitkam. »Die sagen das nur, um die Leute zurückzuhalten. Diese Lagerhallen hier stehen seit Jahren leer. Hier wurden Kabel gelagert, außerdem Bodenplatten aus gepressten Steinen, und dort drüben haben sie früher aus Altglas Isolatoren hergestellt. Keine Chemie und keine leicht entflammbaren Materialien. Das war unser Glück.«

»Und die Ursache?«

»Sprengstoff. Dynamit vielleicht. Ich muss aber erst alle Informationen haben. Auf jeden Fall wurden da drin zwei Bomben gezündet. Eine haben wir gefunden. Ziemlich primitiv, aber wirksam.«

Die Explosion hatte die Halle fast völlig zerstört. Nur Teile der Außenmauern standen noch. Alle Fenster waren zerborsten. Direkt daneben lag hinter verrottetem Maschendrahtzaun ein Stück Brachland, dahinter die nächste Straße.

Sie kamen an einem ausgebrannten Autowrack vorbei. Ein Citroën Berlingo, die weiße Farbe war an einigen Stellen noch zu erkennen. Janet versuchte hineinzuschauen, aber die Hitze war noch zu stark, sie kam nicht nahe genug heran.

»Was machst du hier?« Bonet stand plötzlich vor ihr. Sehr erfreut wirkte er nicht. Carrera grinste anzüglich.

»Deine kleine *amiga* hatte Sehnsucht nach dir!« Er ließ Janets Arm los und lief wieder hinüber zu seinen Männern.

Bonet und Janet schwiegen. Die Hitze war kaum zu ertragen, aber keiner wollte als Erster zurückweichen. Sie standen etwa zehn Meter vom Eingangstor entfernt.

»Waren sie da drin?« Janet sah Bonet nicht an. Er legte ihr plötzlich einen Arm um die Schulter und führte sie weg, raus aus der Hitze.

»Wir können noch nicht rein. Carrera sagt, es gibt da drunter einen Keller. Dort haben sie die zweite Bombe gezündet. Mit Zeituhr. Genau abgestimmt. Da kannte sich jemand aus.«

»Aber, wenn …« Janet sprach nicht weiter. Bonet hatte immer noch seinen Arm auf ihrer Schulter, drückte sie kurz.

»Falls noch jemand da unten war, hat er nicht überlebt. Unmöglich.«

40

Pia hatte einige Zeit gebraucht, um sein Vertrauen zu gewinnen. Auch jetzt war der Erfolg noch zweifelhaft. Sergio lächelte schläfrig. Er saß auf dem roten Sofa, in weiche Kissen gebettet wie der kleine Lord Fontleroy, Fritz the cat schnurrend neben sich. In einer Hand ein Glas Eisschokolade, in der anderen einen Mandelkeks. Barbara saß neben ihm und las ihm alle Wünsche von den Augen ab.

Pias Auftritt hatte ihn verschreckt, keine Frage.

Sie war mit Dagmar zusammen hereingestürmt, hatte die Nummer der Klinik herausgesucht und dort angerufen, um sich nach Paco zu erkundigen, und hatte dabei Janets Warnung auf dem Anrufbeantworter gefunden. Barbara saß ganz entspannt mit dem Jungen im Wohnzimmer und war nicht ans Telefon gegangen. Pia reagierte gereizt. Sie drückte Dagmar etwas Obst, Saft und ihren Walkman mit ein paar Kassetten in die Hand und schickte sie zu Paco ins Krankenhaus.

Dann rief sie Janet auf ihrem Handy an und erfuhr, dass Annas Brüder bei ihr waren, dass man aber wegen der großen Hitze noch immer nicht in den Keller der Lagerhalle hineinkam. Dann hatte sich aufgeregt Felip gemeldet: Anselm Montoro verließe das Haus, er trage einen Anzug und habe eine Mappe dabei. Ob er ihm folgen solle? Pia überlegte nicht lange. »Nein, bleib bei der Wohnung. Warte, ob Eduard Montoro zurückkommt.« Bisher war er noch nicht wieder aufgetaucht.

Erst dann hatte sich Pia einen Kaffee gemacht und versucht, mit Sergio zu reden. Doch er schwieg. Barbara erzählte ihr, was er bisher berichtet hatte. Über seine Entführung, über den Keller und über Tiger. Er war intelligent und offenbar auch ein guter Beobachter.

Pia versuchte ihn abzulenken, kam dann wieder auf Tiger zu sprechen, bat Sergio, sich an weitere Einzelheiten zu erinnern. Aber Sergio schrie plötzlich auf: »Tut doch was! Tut doch endlich was! Holt Anna da raus! Ich hab euch doch alles gesagt! Holt sie endlich raus!« Er weinte, bis er husten musste. Barbara knuffte ihn kurz, gab ihm ein Paket Papiertaschentücher, hielt Fritz fest, der sich davonstehlen wollte, weil ihm das Ganze zu aufregend wurde, und drückte ihn wieder in das Kissen neben Sergio zurück. Pia sah zu.

Sie fühlte sich bei Kindern seltsam gehemmt. Konnte sie nicht wirklich einschätzen und wusste nicht, wie sie mit ihnen umgehen sollte.

Ihre eigene Kindheit schien viel zu weit zurückzuliegen. Als sie zehn war, bewunderte sie ihren Vater, den *capitán* bei der Kriminalpolizei, bedingungslos und wehrte sich vehement gegen die Versuche ihrer Mutter, sie zu einem kleinen süßen Mädchen zu machen. Sie in hübsche Kleidchen zu stecken und ihre widerspenstigen roten Haare mit Kämmen und Spangen in eine weibliche Frisur zu zwingen. Pia konnte sich nicht erinnern, in jener Zeit Freunde gehabt oder auch nur mit anderen Kindern gespielt zu haben. Die Jungen hatten sie verspottet, die Mädchen hatten sie ausgegrenzt.

Ihr fiel ein, dass sie im Tiefkühlfach noch eine Packung

Schokoladeneis hatte. Sie mixte einen Schokoeis-Milchshake, öffnete eine Packung Mandelplätzchen und zauberte damit das Funkeln in Sergios Augen zurück. Kleine Jungen und Kater waren sich sehr ähnlich.

»Du kannst mit mir reden. Ich bin eine Freundin von Anna.«

»Ich weiß, wer du bist. Du bist die Polizistin.«

»Das stimmt nicht. Ich bin nicht mehr bei der Polizei. Ich bin jetzt Privatdetektivin.«

»Cool. Zeig mir mal deine Pistole!«

Er ließ keine Ausrede gelten. Pia holte ihre Waffe, ohne zu sagen, dass es die alte Pistole ihres Vaters war und dass sie normalerweise in den Safe geschlossen wurde. Sie hatte ihm eine kleine John Wayne-Nummer vorgespielt, und Sergio hatte sie endlich akzeptiert.

»Ihr seid richtig nett«, sagte er jetzt und nahm einen langen Schluck von seiner Eisschokolade. Seine Bewegungen wurden langsamer, gleich würde er einschlafen. Pia berührte ihn am Knie, kam versehentlich an das Pflaster. Er zuckte zusammen.

»Tut mir Leid.«

»Kein Problem.« Er lächelte tapfer. Er hatte viele Pflaster, an den Beinen, an den Armen. Pia war sich bewusst, dass dies nicht die einzigen Wunden waren, die er davongetragen hatte. Aber jetzt dachte sie an Anna und war nur froh, dass er aus seinem Halbschlaf auftauchte.

»Versuch dich noch mal zu erinnern. Anna schubst dich aus dem kaputten Fenster, und du rennst los. Durch die Büsche und über die Steine, durch den kaputten Drahtzaun hindurch. Dann bist du auf der Straße. Du siehst den weißen Citroën. Du überlegst, in welche Richtung du rennen sollst.«

»Nach links. Da war es hell, da fuhren Autos, da war eine größere Straße.«

»Du bist also losgerannt. Hast du noch irgendetwas gesehen? Irgendetwas Auffälliges?«

»Nein. Da war nichts. Es war ja Nacht, alles dunkel. Das ist ja auch keine Gegend für Bars oder alte Rentner mit ihren Hunden oder so. Nur Lagerhallen. Ich bin einfach gerannt. An dem Citroën vorbei und dem Volvo. Da war gar nichts. Das war schon unheimlich.«

Pia wagte kaum zu atmen. »Dem Volvo?«

»Dunkelgrün, glaub ich. Der stand hinter dem Berlingo.«

»Du kennst dich sicher gut aus mit Autos?«

»Nicht wirklich, aber ich habe ein gutes Gedächtnis.«

»Der Volvo – war das ein Kombi?«

»Nee, der war hinten ganz normal. Mit Kofferraum.«

»Mehr hast du nicht gesehen?«

»Was meinst du? Ach so, die Nummer. Die war ... warte mal, die war B – 7614 IF oder auch 1674 AF oder ... Und er war neu, er roch noch ganz neu. Ich bin nahe dran vorbeigelaufen, und er roch nach Lack und neuem Auto. Hilft euch das?«

»Ja, super. Das war super, Sergio.« Pia rief Bonet auf seinem Handy an.

»Josep? Hör zu, habt ihr da draußen bei den Lagerhallen einen dunkelgrünen Volvo gesehen? Nein? Okay, leite bitte sofort eine Großfahndung ein. Volvo, tannengrün, neues Modell, Nummer B – 7614 IF oder B – 1674 AF oder ähnlich. Verstanden?«

Pia schaltete ihr Handy ab und lächelte Sergio zuversichtlich an. Er sollte weder etwas von der Explosion erfahren noch von Bonets gefluchter Ablehnung ihrer recht schroff formulierten Anweisung.

Sie vergaß immer wieder, dass sie nicht mehr bei der Kripo war. Und sie vergaß bei aller Liebe und Freundschaft auch, dass Bonet ein eingefleischter Macho war, der es hasste, von Frauen Befehle oder auch nur Hinweise anzunehmen. Es sei denn, sie waren so charmant und diplomatisch verpackt, dass er sie für seine eigenen Ideen halten konnte.

Pia bemerkte die Unsicherheit in Sergios Augen und beruhigte ihn hastig. »Das war vielleicht der entscheidende Hinweis. Dieser grüne Volvo. Damit haben Tiger und dieser Pirat Anna vermutlich weggebracht. Zu einem neuen Versteck. Aber weit werden sie nicht kommen. Die ganze Polizei Barcelonas fahndet jetzt nach ihnen.«

»Das ist gut.« Sergio lächelte zufrieden und lehnte sich wieder zurück. Seine Augen schlossen sich, er musste todmüde sein. Er tat Pia Leid, aber sie konnte ihn jetzt noch nicht schlafen lassen.

»Dann hast du dir ein Taxi geschnappt und bist heimgefahren. Das finde ich richtig professionell.« Sergios Augen öffneten sich einen Spalt. »Ehrlich! Das ist absolut stark.«

»Ich hab gedacht, dass sie helfen, Anna zu finden. Dass wir ein Lösegeld für sie zahlen können oder so.«

»Und?«

»Sie haben mir gar nicht zugehört! Mama hat geweint, die *abuela* hat mich in die Wanne gesteckt und dann ins Bett. Du darfst nicht mehr daran denken, hat sie immer gesagt. Dann bin ich eingeschlafen, obwohl ich das gar nicht wollte. Und heute Morgen hat mein Vater einen Marzipanelefanten für mich geholt. Dabei kann ich Marzipan nicht ausstehen. Ich hatte überhaupt keinen Hunger. Ich wollte nur über Anna reden, aber keiner hat zugehört!«

»Sie wollten dir helfen.«

»Ich bin doch frei! Aber Anna ist noch in Gefahr! Wieso kapiert denn das keiner?«

»Sie hatten eben Angst um dich.« Pia bemühte sich, ihre Stimme ruhig zu halten. »Sie dachten wohl, das Beste für dich ist, wenn du nicht mehr darüber nachdenkst. Deshalb wollten sie dich auch in die Schweiz schicken. Mit Onkel Eduard.«

Sergio schien zu erstarren, seine Augen blieben geschlossen, aber die Lider zitterten. Barbara nahm ihm das Glas und den angebissenen Keks aus den Händen und deckte ihn mit der alten, karierten englischen Kaschmirdecke zu. Zweiunddreißig Grad im Schatten – aber Kaschmir!

Pia wollte etwas sagen, fing den Blick von Barbara auf und schwieg.

In dem Augenblick läutete es.

An der Bürotür von *Llimona 5*. Pia lief durch den Gang und das Büro und drückte den Öffner. Hörte Schritte. Schnaufen. Ein Mann. Sie beugte sich hinunter, sah aber nur eine runde, weiße Hand am Geländer. Polly?

Eduard Montoro.

Vor der Tür blieb er schwer atmend stehen und grinste Pia an. Sein Grinsen gefiel ihr nicht. Ganz und gar nicht. Und plötzlich dachte sie an Sergios Reaktion auf den Namen Eduard.

»Sie wünschen?«

»Meinen Neffen. Sergio.«

»Das verstehe ich. Aber wir haben leider noch nichts herausfinden können. Haben Sie etwas von ihm gehört?«

»Jetzt stellen Sie sich nicht blöder, als Sie sind! Sie wissen ganz genau, wo der Junge ist!«

»Nein! Woher denn?«

»Kann ich kurz reinkommen?«

»Tut mir Leid.« Pia machte sich breit. Sie durfte diesen Mann auf keinen Fall hereinlassen. Sie hatte nichts in der Hand, das sich als Waffe benutzen ließ. Sie stellte sich im Kopf rasch auf die verschiedenen Stellungen des Tae Kwon Do ein.

»Er ist da drin!« Eduard kam näher. Er war groß und wog sicher dreimal so viel wie sie. Er hatte diesen befehlsgewohnten Ton am Leib. Aber den beherrschte Pia zur Not auch.

»Jetzt hören Sie mir mal gut zu, Señor Montoro. Ihr Neffe wurde entführt. Und ganz offensichtlich ist er wieder bei Ihnen aufgetaucht. Sie haben es aber nicht für nötig gehalten, die Polizei zu informieren.«

»Die Polizei ist sehr wohl informiert.«

»Verplappert?« Pia lächelte höhnisch. »Sergio ist also zurück, aber leider gleich wieder durchgebrannt. Ach. Nun, dann suchen Sie ihn mal schön.« Sie wies mit dem Kopf zur Treppe. »Aber nicht hier!«

Einen Augenblick lang bewegte er sich nicht. Er schien seine Chancen abzuwägen. Dann wandte er sich langsam um.

»Ich komme wieder.«

»Ich freu mich drauf.«

Er ging bis zum ersten Treppenabsatz, ohne zurückzuschauen. Als er wieder sprach, hatte Pia die Tür schon fast geschlossen. »Ja, freu dich schon mal, du Schnalle.«

Pia war sich nicht ganz sicher, ob sie ihn richtig verstanden hatte. Aber ihr war klar, dass sie in Gefahr waren.

41

Die Schmerzen wurden erst von einem unerträglichen Kribbeln und dann endlich von Gefühllosigkeit überlagert. Anna spürte weder ihre Füße und Beine noch die Arme und Hände. Tiger hatte sie mit Nylondraht zusammengeschnürt, und jedes Mal, wenn sie sich zu bewegen versuchte, zogen sich die Fesseln noch enger. Die Schulter, die Hüfte und der Rücken brannten. Für ihre fast einen Meter achtzig war auch der Kofferraum eines Volvo nicht groß genug. Sie lag auf der Seite und flog hilflos hin und her, wenn der Wagen in eine Kurve ging.

Sie waren lange unterwegs. Anna kam es so vor, als würden sie die ganze Stadt durchqueren. Endlich bremste der Volvo und parkte rückwärts auf einer schrägen Fläche. Sie hörte das Kreischen von Kränen und Schiffssignale, und es roch nach Diesel und Salz. Sie waren am Meer, im Hafen. Im großen Containerhafen.

Eine Zeit lang tat sich nichts. Vielleicht warteten Tiger und Pirat, bis sie allein waren. Anna ahnte, dass sie keine Chance mehr hatte, aber wenn sie ihr den goldenen Schuss setzen wollten, dann war das wenigstens ein guter Abgang.

Wieso waren sie im Hafen? Hatte das etwas mit den

entführten Kindern zu tun? Wurden sie von hier aus ins Ausland geschafft? Nach Übersee?

Die beiden Männer vorn im Wagen schwiegen noch immer. Dann zischte ein Feuerzeug, und Zigarettenrauch überlagerte den Salzgeruch.

Anna dachte an Sergio und an die anderen *Llimonas*. Sie drehte mühsam den Kopf, um zu sehen, ob es irgendeinen scharfen Gegenstand gab, den sie in den Mund nehmen konnte, um damit eine letzte Nachricht ins Volvoblech zu ritzen. Viel konnte sie nicht erkennen. Ein Abschleppseil, eine alte Decke, ein Benzinkanister und ein großer Schraubenzieher. Er lag in der Rille neben der Vertiefung für den Reservereifen. Anna versuchte ihn zu ergreifen, gab aber nach den ersten Bewegungen wieder auf. So taub waren ihre verschnürten Gelenke doch noch nicht.

Dann fingen die Männer an zu reden.

»Also, was ist?«, fragte Pirat leise.

»Was soll sein?« Tigers Stimme war noch schwerer zu verstehen.

»Willst du jetzt noch mal drüber oder nicht?«

»Hier?«

»Wo sonst? Hinter den Containern sieht dich kein Schwein.«

»Trotzdem.« Tiger machte eine Pause, steckte sich eine neue Zigarette an der alten an. »Eine andere Möglichkeit gibt's nicht?«

»Definitiv nein!«

»Dann lass es uns sofort machen.«

»Sag mal, hat's dich erwischt, oder was ist los?«

»Scheiße, nein!«

»Okay, okay. Gib mir das Zeug, ich mach's.«

»Wieso? Du hast das doch!«

»Ich? Wieso ich, Mann?«

»Weil du der Junkie bist.«

»Ich bin Sniffer, kein Junkie. Trottel!«

»Und Koks geht nicht?«

»O Gott! Bist du jetzt so bescheuert, oder tust du nur so?« Der Motor wurde angelassen, der Volvo machte einen Satz nach vorn und raste mit aufheulenden Reifen davon.

Anna wurde gegen das Blech gedrückt, und als der Wagen wieder normal fuhr, war der Schraubenzieher in irgendeiner Ritze verschwunden.

Die Männer stritten während der ganzen Fahrt. Aber der Motor und der Verkehrslärm waren so laut, dass Anna nichts verstehen konnte.

Sie hatten die einsamen Dockanlagen verlassen und schienen sich wieder der belebten Innenstadt zu nähern. *Stop and go*, quietschende Bremsen und Stimmengewirr. Dann wurde es wieder ruhiger. Gitarrenmusik. Lachen. Wieder ein Moment Ruhe, der Volvo rangierte kurz, hielt, der Motor wurde abgestellt. Dröhnende Heavy Metal-Rhythmen hämmerten ganz in der Nähe.

Anna verstand nur bruchstückhaft, was die Männer sagten. Es ging wohl darum, wer hineingehen und das Zeug besorgen und wer beim Auto bleiben sollte. Dann verlagerte sich das Gewicht, eine der Türen wurde geöffnet, gleichzeitig begann ein Handy aufdringlich die Melodie des Las Ketchup-Songs zu quäken. Tiger meldete sich. »*Diga!*« Er hörte einen Moment lang zu, dann schrie er etwas, wieder verstand Anna nicht alles. Nur, dass die beiden sofort irgendwo hinmussten, und etwas von Waffen und vollem Einsatz. Sie stiegen aus, der Volvo wankte nur unmerklich, jemand klopfte mit der Faust auf den Kofferraum. Tiger. »Bis gleich, Süße, wir kommen wieder!« Oder so ähnlich.

Sie war allein. Die Kerle hatten sie ganz allein zurückgelassen. Für wie lange auch immer, es war eine Chance.

Anna versuchte, sich so zu drehen, dass sie mit den Füßen an das Blech klopfen konnte. Vergeblich. Sie versuchte, durch den stinkenden Knebel hindurch Laute von sich zu geben, aber nach kurzer Zeit bekam sie nicht mehr genug Luft durch die Nase. Außerdem war die Musik infernalisch laut.

Nur ein Spiel, redete sie sich ein. Nicht aufgeben. Jemand wird kommen, jemand wird dich finden. Ich bin doch erst achtzehn. Das kann doch noch nicht alles gewesen sein. Ich will noch nicht sterben.

Sie dachte an Polly und Frank. An die verrückte Kindheit in der Finca auf Ibiza. Den stürmisch grauen Tag, an dem sie die Jugendsurfmeisterschaft gewonnen hatte. Ihr Foto am nächsten Tag im *Diario*. Die witzige Glückwunschkarte von ihrem Vater. Sie dachte an die Mutter. Whisky und Miles Davis. Einmal, als sie fünf oder sechs Jahre alt gewesen war, hatte sie sich auf dem Meer einen schlimmen Sonnenbrand geholt, und die Mutter hatte sie mit Joghurt eingerieben. Viel zu fest. Es hatte gebrannt, und es hatte milchsauer gestunken. Anna hatte geschrien und sich gewehrt. Sie konnte sich nicht erinnern, ob die Mutter sie später noch jemals berührt hatte. Sie dachte an Paco und seine Familie. Die fröhlichen Tage in Valencia. Den kleinen Amigo. Und an Pia, Dagmar, Barbara und Janet. Ihre Freundinnen. Ihre wahre Familie.

Sie war so müde. Sie wollte noch einmal nach dem Schraubenzieher suchen, aber die Augen fielen ihr immer wieder zu. Schlafen. Sie gab sich einen Ruck. Sie durfte doch jetzt nicht die vielleicht letzten Minuten ihres Lebens verschlafen! Ihr Kopf fiel zurück.

Sie wusste nicht, ob sie wirklich eingeschlafen war. Sie schreckte hoch, als die Musik plötzlich aussetzte. Wusste für einen Sekundenbruchteil nicht mehr, wo sie war. Hörte dicht neben sich ein Schnüffeln, ein Winseln.

Ein Hund. Ein Pfiff. Eine Männerstimme.

Die Musik setzte wieder ein, hämmernd, dröhnend.

Ein Hund. Ein Hund hatte sie gewittert! Sie musste verhindern, dass der Hund wieder von dem Volvo weggezerrt wurde.

Sie bäumte sich auf und warf sich wieder zurück. Bäumte sich auf, warf sich, bäumte sich auf, warf sich. Sie spürte keine Schmerzen mehr und keine Müdigkeit. Sie bäumte sich auf und warf sich zurück. Sie brachte Rhythmus in ihre Bewegungen, und ganz allmählich spürte sie, dass der Volvo ihren Bewegungen folgte. Auf und ab, auf und ab.

Ein Mann lachte.

Der Hund heulte jetzt aus voller Kehle.

Weitere Männerstimmen kamen dazu. Jemand lehnte sich auf den Volvo und verstärkte ihre Bewegungen. Erneutes Lachen. Dann kratzte Metall gegen den Kofferraumdeckel.

Anna ließ sich zurückfallen.

Knirschen. Ganz langsam öffnete sich ein Spalt und ließ etwas Licht herein. Noch ein Stück weiter.

Dann sprang der Kofferraumdeckel plötzlich auf.

Direkt über Anna hing ein hechelnder Pitbull mit gefletschten Zähnen, sein Geifer tropfte ihr ins Gesicht.

42

Barbara hatte Angst.

In den letzten zehn Jahren, seit sie mit vierzehn in Barcelona gelandet war, hatte sie nur einmal wirklich Angst gehabt. Als sie mit verbrannten Händen völlig allein und hilflos im Krankenhaus lag.

Jetzt war sie nicht allein. Und dennoch.

Pia telefonierte der Reihe nach alle Freunde zusammen. Dagmar, Janet, Felip, Simón und Annas Brüder.

Sie fühlte sich auch nicht hilflos. Pia hatte die Pistole aus dem Safe geholt. Und sie selbst hatte ein großes Küchenmesser neben sich liegen.

Es ging um Sergio.

Was sie vorhatten, war Wahnsinn. Pia hatte Bonet eine Nachricht hinterlassen, aber ob und wann er kam, stand in den Sternen. Und der kleine Junge war sowieso schon traumatisiert genug. Aber als Barbara vorgeschlagen hatte, ihn zu seinen Eltern nach Hause zu bringen, war er völlig hysterisch geworden und hatte geschrien und geweint.

»Er bleibt hier«, hatte Pia entschieden. Sie hockte sich vor Sergio auf den Boden, um mit ihm auf einer Augenhöhe zu sein, und legte eine Hand auf sein Knie. »Hör auf zu weinen, Sergi. Du musst nicht zu deinen Eltern zurück, wenn du nicht willst. Das verspreche ich dir. Du musst mir jetzt auch nicht sagen, warum du Angst vor deinem Onkel Eduard hast. Ich glaube, ich versteh es auch so.« Sie stand wieder auf. »Ich verstehe allmählich ziemlich viel. Komm mit. Du kannst hier bleiben, aber du musst dich verstecken. Ich zeig dir schon mal, wo.« Pias Schlafzimmer lag ziemlich genau in der Mitte zwischen Wohnung und Büroräumen. Und es hatte einen begehbaren Kleiderschrank. Pia hatte bereits einen Vorrat an Limo und Keksen und eine Taschenlampe hingebracht. »Keine Angst, eine von uns wird immer bei dir sein.«

»Er …« Sergio schaute nicht auf, holte tief Luft und begann noch einmal: »Er wird zurückkommen.«

»Das hat er angedroht.«

»Er wird jemanden mitbringen, oder?«

»Ja. Allein ist er unsicher.«

»Die Polizei?«

»Ich fürchte, nein. Mit der Polizei hätten wir kein Problem. Aber so …« Sie wurde unterbrochen.

Es läutete an der Tür. Die Wohnung. Barbara sah Pia an. »Bleib du hier!« Sie lief durch den Gang und die Küche in den Flur hinaus. Packte das Messer gleich vorn am Griff und hielt es auf halber Höhe mit der scharfen Seite nach oben. Es läutete wieder, sie riss die Tür auf.

Dagmar starrte sie entsetzt an. »Bist du verrückt?« Sie hatte Paco am Arm, der sich mit der anderen Hand auf eine Krücke stützte.

Unter den Augen waren tiefviolette Ringe zu sehen, sein Kopf war dick verbunden, der linke Arm hing in einer Schlinge, der linke Fuß war bis zum Knie eingegipst. Er grinste breit. »Ich hab mitgekriegt, wie Dagmar euren Anruf bekommen hat. Ich bleib doch nicht im Krankenhaus, wenn ich hier helfen kann!«

»Er wollte nicht auf mich hören, er ist ...« Barbara unterbrach Dagmar und zog die beiden in die Wohnung. »Wir können jede Hilfe brauchen!«

»Hier geht es ja wirklich rund!« Paco deutete bewundernd auf das Messer in Barbaras Hand. Barbara brachte die beiden in Pias Schlafzimmer und machte Paco und Sergio miteinander bekannt.

»Paco, das ist Sergio, Annas kleiner Freund ...«

»Ich bin nicht klein!«

»Und das ist Paco. Auch ein sehr guter Freund von Anna.«

»Ah ja? Paco? Von dir hat sie aber nie gesprochen.« Sergio musterte Paco abschätzig. Paco fiel fast hin, als er seine Hand von der Krücke nahm, um sie Sergio entgegenzustrecken.

»Du hast ihr schon mal das Leben gerettet, richtig?« Paco wies Dagmars Hilfe ab und stützte sich mit der Achsel auf die Krücke, ohne die ausgestreckte Hand zurückzuziehen. »Aber noch ist sie nicht hier. Wir müssen also zusammenhalten. Einverstanden?«

»Ja, klar!« Sergio wurde rot, nickte heftig mit dem Kopf und packte Pacos Hand. »Logisch, tut mir Leid.«

»Sehr schön«, sagte Pia, »dann bleibt Paco jetzt bei dir.« Sie musterte Paco zweifelnd. »Er hat mit seiner Krücke ja eine richtig gute Waffe dabei. Aber eure allererste Pflicht ist es, absolute Ruhe zu halten. Niemand darf euch finden.«

»Keine Sorge!«, sagte Paco.

»Alles easy«, ergänzte Sergio. Dann verschwanden die beiden einträchtig unter Pias Klamotten.

Wieder läutete es.

Diesmal auf der Büroseite. Pia lief voraus, spähte durch den Spion und öffnete die Tür. Polly und Frank. Kurz danach kamen Simón und Felip. Fast gleichzeitig Janet –

natürlich auf der Wohnungsseite, durch das Treppenhaus mit Lift. Janet schwang einen Baseballschläger in der Hand. In ihrer Begleitung waren ihr Sohn Eric (Fallmesser), sein Freund Bertran (Wurfstern), der schwarzlederne Gil (Schlagring) und Gustavo Soler (Eisenkette).

Barbara fühlte sich schon sehr viel besser. Sergio war mit Paco zusammen und gut versteckt. Felip war da und stellte sich neben sie. Die Verteidigung war gesichert. Sie waren eine richtige Armada. Vier Frauen, acht Männer. Und alle zum Äußersten entschlossen.

Pia hatte sie alle in die Küche geschoben. Außer Pollys Attrappe besaßen sie immerhin zwei echte und sogar legale Pistolen. Von Simón und Pia. Das Problem war der ungünstige Schnitt der Etage: lang und relativ schmal. Zwei Eingänge, und keiner wirklich gut gesichert.

Pia teilte zwei Gruppen ein.

Für die Wohnung: Pia selbst, Barbara, Frank, Felip, Gustavo und Gil.

Für das Büro: Janet, Dagmar, Simón, Polly, Eric und Bertran.

Felip hatte mit der Kündigung auch seine Waffe zurückgegeben. Er, Dagmar und Frank durften sich Messer aus Pias reich bestücktem Messerblock aussuchen.

Dann warteten sie.

Irgendwo in einem der Nachbarhäuser spielte eine Gitarre im Stil von Django Reinhardt *You're Driving Me Crazy*.

»Vielleicht sollten wir auch Musik anstellen«, schlug Frank vor, »falls der kleine Sergio schreit.«

»Er wird nicht schreien«, sagte Barbara etwas zu laut. Sie mochte Annas Brüder immer noch nicht. Aber im Moment war sie froh, dass sie da waren.

Pia hatte überall Wasserflaschen bereitgestellt, aber niemand hatte Durst. Auf ihrer Seite rauchte nur Gustavo.

Bei den anderen pafften Janet, Polly, Simón und Eric um die Wette. Aber keiner wagte es, auch nur zu husten. Die Spannung war mit Händen zu greifen.

Schweigen.

Warten.

Es läutete.

An der Wohnungstür. Zögerlich kurz, und nur einmal. Ein Trick. Pia huschte zur Tür, die anderen bildeten einen Kordon hinter ihr, die Waffen gezückt.

Es war Luis Llobet.

Als er sie alle sah, hob er die Hände. »Nicht schießen, bitte. Ich bin nur der Bote.«

»Luis!« Pia sicherte ihre Pistole wieder. »Ich erklär dir später alles. Am besten gehst du solange in mein Schlafzimmer.«

»Nur zu gern. Aber doch nicht ohne dich! Gib mir ein Glas Cava und ein Messer, und ich folge dir in den Tod.«

»Bitte, bedien dich selbst.«

Llobet ging in die Küche und holte eine Flasche aus dem Kühlschrank. »Noch jemand Lust auf schönen kalten Cava?«

Polly kicherte kurz, sonst bekam er keine Antwort.

Als sie dann wirklich kamen, konnte kaum einer von ihnen richtig reagieren.

Sie erschienen gleichzeitig an beiden Eingängen. Und sie läuteten nicht. Sie schossen auf die Schlösser. Brachen durch die Türen.

Barbara konnte nichts erkennen. Sie kauerte mit Gustavo hinter einer Kommode. Gustavo schrie beim ersten Schuss wie am Spieß und klammerte sich an sie. Gil zerrte ihn weg. Barbara hörte einen Schrei. Eine Pistole schlidderte über den Boden. Vorsichtig richtete Barbara sich auf.

Pia, Felip und Frank waren dabei, einen Mann zu entwaffnen, zu fesseln und zu knebeln.

Einen einzigen Mann. Er trug Jeans und ein rotes Muskelshirt. Auf dem Oberarm hatte er einen zähnefletschenden Tiger eintätowiert. Unter einer dunklen Snapcap war sein Haar schweißnass. Er trat um sich und wehrte sich nach Kräften, aber gegen drei hatte er keine Chance.

Barbara wartete das Ende nicht ab. Sie rannte hinüber zum Büroteil. Auch da Schüsse und Schreie.

Dagmar schrie, Janet ohrfeigte sie, um sie zum Schweigen zu bringen. Dann nahm sie eine Pistole vom Boden auf und rannte durch die offene Tür ins Treppenhaus hinaus. Janet rannte! Simón und Eric drückten einen jungen Mann mit Piratentuch auf den Boden und legten ihm Kabelbinder als Handschellen an. Nur Bertran war verletzt, er blutete sehr dekorativ durch sein weißes Leinenhemd. Eric ließ von dem Piraten ab und warf sich neben Bertran auf die Knie. Dagmar beruhigte sich und half ihm. Bertran hatte einen Streifschuss, sie zog ihm das Hemd aus, zerriss es und band seinen Arm ab. Bertran sah wunderschön aus mit seinem gebräunten und durchtrainierten Oberkörper. Und dem blutdurchtränkten weißen Verband am Oberarm.

Janet erschien wieder in der Tür. Da sie nicht schwer atmete, war sie wohl auch nicht sehr weit gelaufen. Hinter ihr erschien Polly, er hatte Eduard Montoro im Polizeigriff. Der schrie und schimpfte: »Lassen Sie mich sofort los! Ich bin ein unbescholtener Bürger. Und ich habe einigen Einfluss. Loslassen, sage ich! Oder Sie werden es noch bitter bereuen!«

Sie kümmerten sich nicht weiter um sein Geschrei. Simón drehte auch ihm die Hände nach hinten und fesselte ihn. Dann trieben sie ihn und den Mann mit dem Piratentuch durch die Küche auf die andere Seite hinüber.

Dort legten sie die drei nebeneinander im Flur auf den

Boden. Onkel Eduard Montoro, Tigertattoo und Piratentuch.

»Okay.« Pia beugte sich über sie. »Wir haben euch. Straftaten für mindestens zehn Jahre. Ihr habt noch eine letzte Möglichkeit. Wenn ihr jetzt auspackt. Wo ist Anna?«

»Da irren Sie sich aber gewaltig, gute Frau!« Eduard versuchte trotz seines Übergewichts, der derangierten Designerkleidung und der gefesselten Hände, etwas von seiner gewohnten Überlegenheit zu bewahren. »Sie haben hier widerrechtlich meinen Neffen versteckt. Das ist Kidnapping. Und was Sie gerade mit mir machen, ist eindeutig Freiheitsberaubung. Sie werden von meinen Anwälten hören. Und dann ist Schluss mit allen Ihren Lizenzen und mit *Llimona 5*, ha!«

»Wo ist Anna? Ihre letzte Chance!« Pia beugte sich über Eduard. Er grinste feist.

»Ich kenne keine Anna. Sorry.«

»Und dieser Überfall in meiner Wohnung? Mit zwei bewaffneten Gangstern? Die kennen Sie auch nicht?«

»Nein. Nie gesehen.«

Barbara bemerkte, dass sich Tigertattoo und Piratentuch kurz ansahen.

»Na schön.« Pia richtete sich wieder auf und lächelte. »Das werden wir alles noch nachweisen.« Sie wandte sich an die beiden anderen. »Versprechen kann ich euch nichts. Aber wenn ihr jetzt mitarbeitet, werde ich mich für euch einsetzen.«

Schweigen.

»Wo ist Anna?«

Schweigen.

»Tiger!«

Plötzlich stand Sergio da. Paco kam hinter ihm hergehumpelt. »Hey, Sergi, warte doch!«

Sergio achtete nicht auf ihn. Er starrte den Mann an. »Tiger! Ich hab immer gesagt, dass du nicht ganz böse bist. Ehrlich. Bitte, sag uns, wo Anna ist. Bitte!«

Tigertattoo schien antworten zu wollen. Er kam nicht mehr dazu.

Es läutete Sturm. Barbara rannte zur Tür. Sie schaute nicht durch den Spion und sie fragte auch nicht über die Gegensprechanlage nach. Wer sollte jetzt noch kommen?

Anna.

Sie sah schlimm aus. Verschmutzt, erschöpft und mit einem zugeschwollenen Auge. Sie lächelte matt. Bonet und Víctor stützten sie auf beiden Seiten.

»Tut mir Leid, wenn wir etwas spät dran sind«, sagte Bonet. »Aber Anna hat uns ein paar wichtige Hinweise geliefert. Und wir haben gerade noch den Frachter stoppen können, auf dem schon die kleinen Mädchen waren. Alle vier.«

»Kommt rein«, sagte Barbara. »Wir haben die Entführer. Fertig für euch verschnürt.«

»Ach ja, wirklich?« Bonet und Víctor sahen sich an. Männergrinsen. Männerheldengrinsen. Sie ließen Anna los und traten in die Wohnung.

Barbara sah nur Anna. Sie nahm sie in die Arme und drückte sie, so fest sie konnte. Sie weinte. Sie weinten beide. Pia, Janet und Dagmar kamen dazu. Hielten sich alle fest. Lachten und weinten durcheinander.

43

Ich liebe dich.«

Fast gleichzeitig begannen Felip und seine Garrapatas wieder zu spielen, und Anna konnte so tun, als hätte sie nichts gehört.

Sie küsste Paco und stand auf. Sie mochte ihn gern, wirklich gern, und er tat ihr verdammt Leid, wie er da neben ihr saß, dick verbunden und eingegipst. Ihretwegen. Aber das, was er wollte, konnte sie ihm nicht geben. Zurückgehen konnte sie nicht mehr. Nie wieder. Natürlich musste sie ihm das sagen. Aber nicht jetzt.

Heute war der schönste Tag ihres Lebens. Sie lebte. Sie war wieder daheim. Und sie feierte mit allen Freunden ihren achtzehnten Geburtstag. Mit einer Woche Verspätung. Ihre Gefangenschaft hatte nur drei Tage gedauert. Aber die erschienen ihr unendlich viel länger als die eine Woche danach.

Es war zehn Uhr abends. Über der Terrasse hingen Ketten mit bunten Birnen und Papierlampions, die Dagmar in einem chinesischen Laden aufgestöbert hatte. In der Küche war ein gewaltiges Tapasbuffet aufgebaut, und Sergi hatte es sich zur Aufgabe gemacht, Fritz zurückzuhalten.

Felip hatte nicht nur sein Saxophon mitgebracht, sondern auch seine Band – die runde Marina am Keyboard und die etwas knochige Natalia am Schlagzeug. Sie spielten Jazz bis Pop, fetzig bis schmusig, und sie waren richtig gut. Felip schien nur für Barbara zu spielen.

Anna ging zu ihr hinüber. »Küssen eigentlich Trompeterlippen besonders gut?« Barbara wurde rot.

Die Leute lachten und schwatzten, die Stimmung war ausgelassen und fröhlich. Luis Llobet tanzte eng mit Pia, Víctor ließ die beiden nicht aus den Augen. Simón tanzte mit Dagmar, aber die beiden schienen nicht dieselbe Musik zu hören. Eric und Bertran legten eine kabarettreife Tanznummer hin. Miguel, der Fotograf, stand an der großen, mit Eiswürfeln gefüllten Plastikschüssel und schenkte Wein oder Cava aus. Polly und Frank hatten den Esstisch an die Wand geschoben. Die Geburtstagstorte mit achtzehn ausgeblasenen Kerzen stand darauf, ein riesiger Rosenstrauß und ein Berg von Geschenken. Und daneben zwei nagelneue silberne Kickboards.

Anna stellte sich zwischen ihre Brüder und legte wie früher die Arme um ihre Taillen. Bei Polly war das nicht so einfach. »Ich hab darüber nachgedacht«, sagte sie. »Ich werde Mutter in Mallorca besuchen. Auch, wenn sie mich nicht mehr erkennt, ich werde hinfahren. Und diesen blöden Gentest mache ich auch. Es ändert sich ja nichts mehr für mich.«

»Außer, dass du vielleicht einen Haufen Geld bekommst.«

Frank drückte sie.

»Nicht vielleicht. Sicher. Ich bin mir sicher.« Polly gab ihr einen Kuss aufs Haar. »Tut mir Leid. Wir haben einen Haufen Mist gebaut.« Anna machte sich los und schlenderte weiter.

Janet und Bonet standen etwas abseits, soweit das auf der vollen Terrasse noch möglich war. Anna zögerte, es sah aus, als wollten die beiden allein sein, aber dann entdeckte Janet sie und winkte sie zu sich.

Anna beeilte sich nicht sonderlich. Bonet hatte sie nie für voll genommen. Er war eben ein Bulle und er war ein Obermacho. Aber als dieser Pitbull über ihr hing, und die drei Männer hinter ihm es kaum schafften, ihn zurückzuhalten, als sie sah, was für Männer das waren und wie sie sie anstarrten, als da plötzlich Bonet und Víctor aus dem Nichts auftauchten und sie aus dem Kofferraum befreiten, da hätte sie bei Bonets Anblick vor Glück heulen können.

»Alles Gute zum Geburtstag!« Er grinste sie an. Anna holte tief Luft.

»Ich … ich hab mich noch nicht bedankt. Ich … ihr habt mir das Leben gerettet!«

»Halb so wild. Die Kollegen, die nach dem grünen Volvo suchen sollten, hatten uns gerufen. Die Typen sahen schlimmer aus, als sie waren. Kleine Zuhälter. Ich glaube fast, so wie du ausgesehen hast, hatten die vor dir mehr Angst als umgekehrt.« Bonet wurde ernst. »Ich muss mich bei dir entschuldigen. Was du geleistet hast, ist unglaublich. Und in Bezug auf den Hafen hattest du völlig richtig kombiniert.«

Sie hatten sie nach Hause bringen wollen, aber Anna hatte darauf bestanden, mitzukommen. Der Frachter fuhr unter dem schönen Namen *Maria del Mar* und der Flagge Costa Ricas und war gerade dabei auszulaufen. Zielhafen Halifax, Neuschottland in Kanada. Ein spanischer Bootsmann versuchte abzuhauen. Brachte sie dann aber – nach einigen ziemlich massiven Überredungskünsten durch Bonet und Víctor – zu dem Versteck. Ein winzig kleiner Raum, ausgespart zwischen Containern.

Die vier Mädchen klammerten sich aneinander. Àngela, Lídia, Agnès und Paula. Sie waren verängstigt und schmutzig, aber gesund. Sie lagen jetzt im Hospital del

Mar und wurden medizinisch und psychologisch betreut. Ihre Familien waren bei ihnen.

Offenbar hatten Tiger und Pirat sie in der alten Lagerhalle bis zum Auslaufen der *Maria del Mar* gefangen gehalten. Sergi sollte ihnen folgen. Und in dieser gottverlassenen Hafengegend sollte auch Anna gefunden werden. Tot.

»Und mit Onkel Eduard hattest du auch Recht.« Janet legte Anna etwas steif einen Arm um die Schultern, eine für sie sehr seltene Geste. Eric tanzte gerade vorbei und warf ihr eine Kusshand zu. Anna dachte an den Keller zurück. Und an Sergis Verhalten zwischen extremer Kindlichkeit und extremer Reife. Und seine Reaktionen, wenn die Sprache auf seinen Onkel Eduard kam. Sie sah sich suchend nach Sergi um. Er kämpfte mit Fritz, wollte ihn zurückhalten und knuddeln, aber Fritz hatte endgültig die Nase voll von unerreichbaren Genüssen und lauter Musik, sprang auf den Wassertank hoch und putzte sich ausgiebig.

»Ich werde vor Gericht aussagen. Keiner von denen darf davonkommen!«

»Wir haben genug Beweise.« Bonet zählte an den Fingern auf. »Eduard Montoro gehört seit langer Zeit zu den Benutzern der ganz besonders harten Seiten im Internet. Er hat aber auch die Adressen aufgesucht. Und er konnte die Finger nicht von seinem eigenen Neffen lassen. Dann kamen wohl einige Dinge zusammen. Die *abuela* hatte in ihrem Testament verfügt, dass der Großteil des Vermögens an Sergio gehen sollte, Testamentsverwalter bis zu seinem achtzehnten Geburtstag ist sein Vater Anselm. Sie wusste von Eduards Spielchen. Und schwieg. Sergis Mutter ahnte etwas. Und schwieg ebenfalls. Nahm nur immer mehr Tabletten. Der Vater hat möglicherweise wirklich nichts gemerkt.«

»Männer«, sagte Janet leise. Bonet überging es.

»Eduard versuchte seit einiger Zeit, in das Geschäft mit Kinderpornos einzusteigen. Er hatte Kontakte und Verbindungen in den USA. Und er hatte Tiger und Pirat als Helfer gekauft. Sie heißen übrigens Javier Puente und José Alvarez.«

»Und die Verbindung zu den beiden ist schon mit dem Überfall bei uns erwiesen.«

»Außerdem haben wir unter den Fingernägeln von Emilio Negre Blut und Hautfetzen gefunden, die eindeutig von José Alvarez alias Pirat stammen. Es hat offensichtlich einen Kampf gegeben. Und die Kugel, die ihm den Kopf halbiert hat, passt zu dem amerikanischen Revolver von Alvarez.«

Anna hatte Emilio nicht ausstehen können, aber solch ein Ende hatte sie ihm natürlich nicht gewünscht. Er war in seiner Gier und Dummheit in einer der Newsgroups über eine Querverbindung gestolpert und so bei Eduard gelandet. »Aber der kleine Sergio ... Sein eigener Neffe! Das verstehe ich nicht.«

»Sergio hat an seinem Computer gespielt und war auch auf eine dieser Seiten gestoßen. Eduard liebte ihn und hasste ihn gleichzeitig. Er sah in ihm sich selbst als kleiner verwöhnter Junge. Aber die *abuela* zog ihn, den kleinen Enkel, plötzlich ihm, dem eigenen erstgeborenen Sohn, vor. Und setzte ihn sogar als Erben ein. Außerdem musste Eduard fürchten, dass die Familie nicht ewig zu seinen Kuschelspielchen schweigen würde. Also wollte er Sergio loswerden. Ohne Spuren zu hinterlassen. Das Foto, das du bei Tiger gefunden hast, hat der gute Onkel Eduard in den letzten Sommerferien gemacht. Es ist immer noch in seinem Computer.«

»Das ist so abgrundtief widerlich, dass ich kaum daran denken kann!« Pia war dazugekommen. Llobet folgte ihr mit einem riesigen Teller, beladen mit Auberginenröllchen, gefüllten Artischockenböden, gratinierten Jakobsmuscheln, Oliventarte und überbackenen Tintenfischringen.

»Ich hab euch noch gar nicht erzählt, dass Jeroni Guasch und seine Computerjungs ein Mädchen wiedergefunden haben. Rita Fernandez, sie verschwand im April vierundneunzig. Heute ist sie neunzehn und lebt als Hausangestellte in New Mexiko. Die Eltern sitzen schon im Flugzeug nach Amerika.«

»Ich muss euch auch noch etwas erzählen.« Janet sah Pia von der Seite her an. »Die Verkehrsgeschichte Soler – Arcas. Wir werden von den Versicherungen siebentausend Euro bekommen. Zwei davon hab ich diesen Computerjungs gegeben. Ohne euch zu fragen.«

»Das war die beste Investition aller Zeiten!« Dagmar brachte ein Tablett mit vollen Cavagläsern mit, und alle griffen zu.

Anna sah sich nach Sergi um, sie konnte ihn nirgends entdecken. Vorläufig wohnte er bei den *Llimonas*. Bis seine Situation geklärt war. Das hatte Dagmar rechtlich abgecheckt und durchgesetzt. Fusté, der Familienanwalt der Montoros, hatte sich nach Offenlegung aller Umstände sehr kooperativ gezeigt. Sergis Mutter befand sich inzwischen in einer Klinik für Suchtkranke und würde dort voraussichtlich noch drei Monate bleiben. Eduard war bereits im Gefängnis, aber auch die Großmutter musste mit einer Anklage rechnen. Anselm Montoro hatte sich schon eine neue Wohnung gesucht und war umgezogen. Im Moment wurde von Kripo, Jugendamt und Psychologen geprüft, ob er das Sorgerecht für Sergio behalten durfte. Sie hatten Sergio angeboten, seinen Vater auch zu dem Fest einzuladen, aber vorläufig wollte er ihn noch nicht sehen. Am nächsten Montag sollte seine Therapie beginnen.

Anna entdeckte ihn hinter dem großen Yuccabaum. Er hockte auf einem Mauervorsprung und knabberte ein Hühnerbeinchen ab. Anna setzte sich neben ihn. »Na du?«

»Ich versteh das nicht. Normalerweise ist er doch völlig verrückt nach Hühnerbeinchen. Die lässt er mich nie in Ruhe aufessen.«

»Fritz? Dem ist es hier zu laut.« Da hörten sie einen schrillen Schrei aus der Küche und sprangen auf. Gustavo.

Fritz war durch das Wohnzimmerfenster wieder hereingekommen und machte sich gerade über die *gambas* her. Sergio lachte.

Felip und seine Garrapatas setzten zu einem neuen Stück an. *¿Dónde Hay Música?* »Wollen wir tanzen?« Anna hielt Sergi die Hand hin. Er strahlte und folgte ihr zurück auf die Terrasse.

Nachwort

Hiermit versichere ich, dass dieses Buch ein Roman ist und auf reiner Fantasie basiert. Jede Ähnlichkeit mit wirklichen Ereignissen und lebenden Personen könnte nur auf einem Zufall beruhen.

Als ich etwa die Hälfte des Romans geschrieben hatte, gab es in Deutschland eine ganze Reihe von grauenhaften Kindesentführungen. Die Realität holte mich nicht nur ein, sie überholte mich. Daraufhin habe ich meine Geschichte stark verändert. Ebenso habe ich vor allem die Details über das Internet verfremdet. Dies alles ist jetzt zwar glaubhaft, funktioniert aber in Wahrheit nicht ganz so. Diese Veränderungen waren Absicht. Falls mir ansonsten Fehler unterlaufen sind, ist dies allein meine Schuld.

Wieder hatte ich bei diesem Buch die Hilfe meiner Familie und vieler Freunde.

Ich danke Sabine, die immer ein offenes Ohr für meine vielfältigen Probleme hatte, Nikola, die mir Tae Kwon Do nahe brachte und Oliver, der mir den Unterschied zwischen Scooter und Kickboard erklärte.

Die Computerknoten zu lösen halfen mir Rich und Claudia »Digital«, und alles, was Barcelona betrifft, prüfte wie immer sorgfältig Annas und mein Freund, der Fotograf Miguel F.